白雪之劫

白銀ジャック

東野圭吾

東野圭吾

導讀——

沒有槍戰、只有速度，有如動作電影般的紙上滑雪快感

【影評】龍貓大王通信

一九八七年的日本電影《帶我去滑雪》開場，一位上班族的週五夜下班活動，不是急著參加派對，而是回家整備老車，將滑雪裝備裝上車，與沖沖地長途開車去滑雪場。這部青春滑雪電影裡，上班族們在雪場盡情飆速，談起能融化冰雪的火熱戀情。他們的生命除了滑雪，就是戀愛……作為上班族，似乎不太盡責。但觀眾似乎也不太在意，他們在意的是原田知世與三上博史，是不是終於能誤會冰釋，未來過著永遠幸福快樂的日子……這是電影的魔力。很明顯地，身為推理小說家的東野圭吾，這次轉行了，他在二〇一〇年推出的小說《白雪之劫》，與其說是推理小說，不如說是一部洋溢青春熱血的動作冒險電影，十數年後的現在，讀來依舊充滿濃濃的電影感。

《白雪之劫》是一部紙上電影，原書名看起來就像一部電影：《白銀ジャック》裡的「ジャック」（jack），是脫胎於英文單字「劫機」（hijack），這種和製英文用法將 jack 演化成了「劫盜」之意，而「白銀」指的則是如同銀色世界的山岳滑雪場。《白雪之劫》有電影規格的浮誇前設：恐怖分子要脅滑雪場，他們已經「綁架」了整座滑雪場，在雪場某處事先埋藏了炸藥，沒拿到贖金就要引發爆炸，讓雪崩結束滑雪民眾與雪場的性命。而對抗恐怖分子的主角們，也如同《捍衛戰警》裡的珊卓・布拉克，是沒有專業作戰技能，卻有著勇氣毅力的市井小民……這些滑雪場員工，只能用豐富的雪場知識與精湛的滑雪技巧，解除這場白銀危機。

小說常常是電影改編的對象，但是反過來，要把小說寫成電影卻不太容易，如果只有類似動作電影裡「敵暗我明」或「小人物鬥智黑幕勢力」的設定是不夠的。東野圭吾是個因為滑雪小說無法餬口，所以還是寫推理小說賺錢、然後一年有好幾個月都待在雪場不亦樂乎的滑雪迷，而《白雪之劫》也忠實繼承了滑雪迷愛上這項運動的魅力之一：速度感。

小說無法像電影一般，用快速剪輯的零碎鏡頭，去傳達在雪上高速滑降時的速度感。相反地，《白雪之劫》的故事進展明快流暢，儘管這是一個有多條支線的故事，但東野圭吾卻能行雲流水般地同時鋪陳這些故事：一年前滑雪場發生了死亡意外，死者的丈夫與兒子卻在滑雪場面對炸彈威脅的此時，回到傷心處想要緬懷家人，他們會不會其實對雪場心懷怨恨……他們會是這次要脅雪場的犯人嗎？陌生的老夫婦，要求前往曾發生死亡意外、但現在已經封閉的雪場參觀，他們會不會才是真正的犯人呢？與此同時，對死亡意外感到無能為力的年輕雪場巡邏員根津、藤崎，還有他們的主管倉田，正為了犯人的威脅信而大傷腦筋，但他們又必須面對一年前的事故餘波；此時，藝高人膽大的年輕雪板選手瀨利千晶，意外發現了這樁表面平穩、卻暗藏危險的雪場危機……

《白雪之劫》裡，有人來到新月滑雪場療傷、有人只想享受今年第一道的粉雪雪道、有人正對臨門之災焦頭爛額、也有人試圖揭開被刻意隱瞞的不公不義。在這場白銀世界的眾生相群戲裡，沒有動作電影裡常見的槍戰與飛車追逐橋段，這些角色必須用自己的滑雪技巧解除危機、找出真相，甚至是化解心頭的鬱結。當然對於喜愛滑雪的讀者而言，這本雪地冒險小說充滿了他們熟悉的語言。但即便對於滑雪運動並不熟悉的台灣讀者而言，《白雪之劫》一樣能傳達滑雪的刺激與魅力，而這就有賴東野圭吾對於細節的描寫。在他的筆下，滑雪板有如騰雲駕霧般在新鮮粉雪上快速漂浮前進，同時在雪白大地上切割出一道俐落的曲線……

但這片白銀之地卻處處隱藏著危險，滑雪者必須隨時控制雪板鋼邊的角度以調整方向，避免撞上樹林或墜入懸崖。對於安坐家中閱讀《白雪之劫》的讀者來說，似乎都能聽到鋼邊摩擦雪面時的清脆刺耳聲響。

東野圭吾刻意以最簡單的方式，解釋複雜的雪道或滑雪術語，反過來，《白雪之劫》以鮮明的角色與炸彈危機的倒數計時期限，營造出所有讀者都能享受的速度感。如果你不喜歡滿地是血的大量殺人劇情，也沒有心思推理複雜的燒腦詭計，如同電影一般的《白雪之劫》，可以帶來難得的清爽快感，十數年後再讀一次，仍然是充滿娛樂性的有趣小說。

《白雪之劫》創作秘辛

東野圭吾

我從國中開始愛上滑雪，這個興趣大約持續了十年左右。因為當時還是學生，每年最多只能滑十天左右，滑雪技術當然也好不到哪裡去，能夠做出接近平行轉向的動作，就感到心滿意足了。我和朋友一起熱鬧滑雪很開心，所以當時不惜搭好幾個小時的夜車去各地的滑雪場，大部分都是志賀高原或是妙高這些地方。

二十五、六歲時，我在滑雪時受了重傷，之後就遠離了雪山。諷刺的是，幾年之後，受到電影《帶我去滑雪》★的影響，掀起了一股滑雪熱潮。那時候我已經搬到東京生活，住在關越自動車道的大泉交流道附近，經常在星期五晚上看到年輕人前往滑雪場的車子大排長龍。當時即將迎接泡沫經濟時期，再加上《帶我去

★編按：私をスキーに連れてって，由馬場康夫執導，原田知世、三上博史、原田貴和子、沖田浩之等人主演的一部愛情喜劇片。

滑雪》這部電影的上映，也發揮了推波助瀾的效果。和我很熟的編輯邀我去滑雪，我婉言拒絕說：「我不想坐那麼長時間的車子。」沒想到編輯輕鬆地回答：「搭新幹線的話，一下子就到了。」搭新幹線去滑雪場？當時我完全沒有想到竟然有這種好方法。

千葉的船橋建造了全世界最大的室內滑雪場ＳＳＡＷＳ時，我大吃一驚，終於意識到滑雪熱潮真的來臨了，但我自己仍然沒有去滑雪。朋友去苗場滑雪場後回來告訴我，光是在那裡排隊等纜車就等了很久，我在內心竊笑：「真是何苦呢？」

二〇〇二年，我才暌違多年，再度前往滑雪場，但我不是去玩雙板滑雪，而是去體驗單板滑雪。我和《單板滑雪手》這本雜誌的主編在酒店喝酒時，他對我說：「請你務必挑戰一下。」我當時回答說：「如果你送我新的滑雪板，我可以考慮看看。」我以為他邀我去滑雪只是在說客套話，所以半開玩笑地這樣回答。

沒想到幾天之後，真的收到了嶄新的滑雪板。事已至此，當然不能食言。只不過我已經四十四歲，大家都紛紛想要勸退我，但在二月底，我還是捨命前往Gala湯澤滑雪場。沒錯，那是我有生以來第一次搭新幹線去滑雪。說實話，那次可真是大開眼界，一到車站，眼前就是滑雪飯店，可以換衣服，也可以租用滑雪器材，纜車站就在飯店旁。

那次是我的單板滑雪初體驗。從頭到尾都在跌倒，那絕對是我這輩子摔最多次的一天。那天做好了防寒措施，沒想到練得滿身大汗，但多虧教練細心指導，半天之後，總算勉強學會了。

滑了又跌倒，跌倒後繼續滑，四十四歲的大叔簡直變成了小孩子。我在雪地上躺成大字，深深體會到原來世界上還有這麼好玩的事，早知道應該更早開始享受這種樂趣。

那一年，我也第一次去了ＳＳＡＷＳ，再度驚嘆竟然可以建造出如此巨大的室內滑雪場。令人遺憾的是，ＳＳＡＷＳ在那一年就歇業了，幸好我在歇業之前去見識了一下。

八年的時間過去了，大叔我也年過五十，但仍然熱愛滑雪。一聽到哪裡的滑雪場開放，就立刻去衝第一波，享受滑雪樂趣，然後滑一整季，直到冰雪融化為止。每個滑雪季差不多都會去滑三十天到四十天，最近幾乎都是五月底去月山，為滑雪季劃上句點。

我是小說家，整天滑雪當然無法填飽肚子。雖然也可以成為職業滑雪選手，只不過聽說想要在那個世界站穩腳步並不容易，我只能乖乖寫小說，但既然我整天都在滑雪，沒有理由不寫以滑雪為主題的小說。問題是要寫怎樣的小說？

我最先想到的是前面提到的那部電影《帶我去滑雪》。我相信滑雪的人都知道，近年滑雪場的生意越來越差，雖然一方面是因為不景氣，但我認為滑雪熱潮漸漸消退是更重要的原因。可不要為搭纜車時不必大排長龍感到竊喜，萬一滑雪場賺不了錢，滑雪客就很傷腦筋。無論如何都要吸引更多人去滑雪，現在正需要像《帶我去滑雪》這樣的作品，為滑雪場帶來良性刺激。

可能也有人和我有同感，幾年前，有人拍了一部關於滑雪的電影。我興奮地去看了那部電影，看完後大失所望。這部電影的主角是一名雙板滑雪客，但完全不遵守滑雪場的規定和禮儀，而且還把這些違規行為描寫成角色的魅力。如果這種人真的在滑雪場內囂張，就沒人想去滑雪場了。事後我才得知，那部電影的導演完全不懂滑雪，難怪會拍出那種外行的電影。

我無法再寄望他人。我決定自己創作一部電影。不，我當然不是實際去拍一部電影，而是想像如果換成自己，會拍出怎樣的電影，然後用文字記錄下來。

我判斷自己無法寫出像《帶我去滑雪》這樣的愛情故事，還是適合寫刺激和懸疑為賣點的故事，故事舞台當然就是滑雪場。這只是我想像世界中的電影，完全不需要考慮預算的問題，但我還是將劇情安排集中在滑雪場內，完全沒有將舞台轉移到其他地方。

滑雪場內到底發生了什麼事？

其實《白雪之劫》這個書名就隱藏了暗示。「jack」（ジャック）這兩個字來自於「劫機」（hijack），和日本自創的英文「busjack」（持劫公車）、「seajack」（劫船），以及「電波jack」（劫持電視等公共頻道的電波信號，也就是所謂的蓋台）一樣，是「搶奪」或是「強行奪取」的意思（但英文的「jack」並沒有這種意思，在劫持飛機以外的交通工具時，也是使用「hijack」這個字，所以請多加注意）。

所以，這次的故事就是有人劫持了白銀。或許有讀者納悶，白銀是什麼？白銀就是滑雪場。滑雪場上有許多人用單板或是雙板滑雪，但是光有滑板，根本無法滑行，因為身處滑雪場，才能夠以時速好幾十公里的速度前進，也就是說，整個滑雪場成為了一個巨大的交通工具。

歹徒到底用什麼方式劫持了整個滑雪場？我就在這裡揭曉謎底，歹徒在故事開始時寄發的恐嚇信中寫了以下的內容。

「這個滑雪場目前積雪量豐沛，讓你們樂翻了天，但滑雪場下方已經設置了定時爆裂物。我們在降雪之前就偷偷埋設了爆裂物，可以透過遙控的方式，隨時讓爆裂物爆炸。」

我相信各位讀者看到這裡就已經知道，有人在滑雪場的某個地方埋設了爆裂物，曾經去過滑雪場的人都知道，要在滑雪場內找到埋設的爆裂物是一件多麼困難的事。滑雪場的經營者只有兩個選擇，一就是關閉滑雪場，等到春天來臨，冰雪融化後拆除爆裂物，另一個選擇就是接受歹徒的要求，如此才能瞭解爆裂物的埋設地點。但是，如果整個滑雪季都不做生意，損失的金額就會相當可觀。書中虛構滑雪場的經營者將如何作出選擇？

電影《帶我去滑雪》的主角是喜愛滑雪的年輕上班族，這本小說的主角是索道部經理和巡邏隊的隊長，也就是滑雪場的幕後工作人員。當然故事中還有野心勃勃的女單板滑雪客、心靈承受了創傷的父子雙板滑雪客等豐富的角色，因為這是一部電影，是一部有動作、有推理解謎，也有戀愛元素的娛樂電影。我把文學性這種麻煩的東西放到一邊，只思考如何讓劇情生動有趣。

相信各位讀者看了這部小說，腦海中的銀幕就會出現一個廣大的滑雪場，無論是單板或是雙板滑雪客，都在這座滑雪場內盡情滑雪，而且可以安排自己喜歡的演員來演小說中的角色，盡情享受這部「電影」的樂趣。但由於作者寫作功力有待加強，對於單板滑雪和雙板滑雪的技巧無法寫得很透徹，希望各位讀者用各自的想像力加以彌補。

當各位讀完這本小說時，絕對會想衝去滑雪場。

敬請期待。

1

代替鬧鐘使用的手機鬧鐘響起，倉田玲司從熟睡中醒來。房間內的鬧鐘在幾天前壞了。

他從偏硬的單人床上坐了起來，轉頭看向拉起的窗簾。目前時間尚早，陽光還沒有從窗簾縫隙照進房間。

倉田坐在床上，豎起了耳朵。沒有任何聲音傳進耳朵。他感受著這份寧靜，想像著窗簾外的景象。他記得昨晚睡覺之前，扎實的細小雪粒不停地打在窗戶玻璃上。

他走到窗前，打開窗簾。窗戶玻璃上凝結了滿滿的水珠，他用旁邊的抹布擦去了水珠。

他的房間可以看到飯店停車場。種植的白樺樹包圍了整個停車場，昨晚下的雪積在樹枝上，在柔和的燈光下閃耀著光芒。停車場內那些車子車頂上的積雪至少有五十公分。

倉田情不自禁握緊了拳頭。根據這些情況判斷，滑雪場內的積雪應該將近兩公尺。已經多年未見在新年之前就有這麼厚實的積雪了，滑雪季節剛開始時，還曾經擔心積雪不足，這下子不會讓新年期間來滑雪的客人失望了。

他換好了衣服，走向管理辦公室。事務所位在飯店的一樓，倉田走出房間，只要沿著走廊就可以來到管理辦公室。

走進事務所後，發現津野雅夫和辰巳豐已經到了，他們都穿著深藍色制服夾克，已經把地圖攤在會議桌上，發現倉田走進來後，異口同聲地向他打招呼道早安。

「早安，你們兩個人都這麼早啊。」倉田搓著手回答。暖爐似乎才剛打開，室內的氣溫仍然很低。「雪況如何？」

「家庭雪道的積雪昨天一口氣增加了六十公分，所以我打算提前三十分鐘進行作業。」辰巳回答，他目前的頭銜是滑雪場的整備主任，他的工作內容是維持滑雪場最佳狀態，讓滑雪客能夠暢快享受滑雪樂趣。

倉田點了點頭後，將視線移向津野身上。津野是索道部主任。

「我打算從今天開始，讓吊椅纜車全面運行，人員方面沒有問題吧？」

「沒問題，昨天已經讓四名工作人員待命，今天還有四名新的人手，所有人都是很熟識的老手，所以不會搞不清楚狀況。」

「維修整備也都萬無一失嗎？」

「當然。」津野挺起胸膛回答。

「太好了，那就請巡邏隊去巡邏一下，如果沒有雪崩的危險，就朝這個方向進行。」

「瞭解了。」辰巳和津野異口同聲回答。

兩個小時後，隨著中央四人座吊椅纜車啟動，新月高原滑雪場內的吊椅纜車紛紛開始運行。住宿在飯店內的客人紛紛帶著滑雪板快步走出飯店，想要搶先在完全沒有人滑過的鬆雪上滑行。新月高原飯店的最大特色，就是飯店旁就是滑雪場。

倉田穿上防寒外套，搭上了纜車。搭乘八人座的箱型纜車，只要十多分鐘，就可以來到全長三千兩百五十公尺的山頂。從山頂站可以前往好幾條雪道，單板滑雪或是雙板滑雪的滑雪客可以根據自己的技術和喜好，滑向各種不同的雪道。中途有好幾個吊椅纜車站，也可以反覆挑戰自己喜愛的雪道。

他把臉貼在纜車的窗戶上，俯瞰著整個滑雪場。看著滑雪客身穿色彩繽紛滑雪裝，在滑雪場上盡情玩樂成為他最大的樂趣。管理索道必須同時顧及很多問題，氣象的變化經常令人疲於奔命，但看到滑雪客歡樂的表情，就覺得自己所有的辛苦都值回了票價。

倉田在二十年前進入廣世觀光株式會社任職，公司在那之前開始參與滑雪場的經營業務，在公司旗下的所有滑雪場中，這個滑雪場最具代表性。原本由幾個村莊和城鎮各自經營小型滑雪場，公司收購了這些滑雪場後，改建成新月高原滑雪場後重新開幕，由廣世觀光百分之百出資的子公司新月高原飯店暨度假村株式會社負責經營。

倉田在進公司的第五年被派到這家子公司，而且並不是派他到飯店事業總部，而是負責吊椅纜車和箱型纜車運行的索道事業總部。從那一年開始，在即將進入滑雪季節的十一月到隔年五月的黃金週為止，他每年都在這裡生活，所以目前已經過了而立之年，仍然未能結婚成家。六年前，他被拔擢為索道部經理，同時成為索道技術方面的管理者。在吊椅纜車和箱型纜車的安全運行問題上，他的職位僅次於社長和索道事業總部部長，工作的內容當然並非只負責纜車問題，管理整個滑雪場，維持安全和舒適的遊樂環境也是他的重要工作。

他也不知道目前的生活會持續到什麼時候，但他猜想日後會被調往其他職場，所以只希望在那一天之前，滑雪場不會發生重大意外。

「可以請教一下嗎？」

突然聽到一個男人問話的聲音，倉田回過神。一對男女滑雪客坐在他對面，他們戴著護目鏡，所以看不到他們的長相，但從他們整體的感覺可以察覺到已經上了年紀。兩個人都背著背包。

「你是滑雪場的工作人員嗎？」男人問。他應該看到了倉田的防寒外套上有滑雪場的標誌。

「對，請問有什麼事嗎？」倉田微笑著問，他沒有戴護目鏡，對方可以清楚看到他的表情。

「請問北月滑雪區在哪裡？」

倉田有點為難。因為他不太想回答這個問題，但又不能不回答。

「就在山頂繼續往上一小段山路，再往北走就到了。」

「你說往上一小段山路，是用走的嗎？」

「對。」

男人微微納悶地看向身旁的女人問：「有那樣的地方嗎？」

女人歪著頭，似乎表示她也不太瞭解。

「今年的滑雪季還沒有開放那個區域。」倉田說。

「喔喔，原來是這樣。請問是有什麼原因嗎？」

「嗯，是基於安全的考量。因為尚未整備完善。」

「你的意思是說，還未確認那裡安全無虞嗎？」

「沒錯，就是這樣，很抱歉，造成兩位的困擾。」倉田鞠躬道歉。

「這樣啊，真是太遺憾了。我聽說還有其他滑雪區域，覺得既然來了，很想和我太太一起去試試。」

「和這裡相比，那裡的雪道很狹窄，而且滑下雪道之後，要回到這裡也很辛苦。」

「喔喔，」女人發出了叫聲，「既然這樣，那還是不要去比較好，萬一回不來就慘了。」

「再怎麼樣，也不可能回不來。更何況既然還沒有確認安全性，那也無可奈何。」男人說。

「不好意思。」倉田再度道歉。

纜車抵達了山頂站。倉田跟在老夫婦後面下了纜車。年輕的工作人員發現了他，向他打招呼說：「辛苦了。」

「辛苦了，有沒有狀況？」

「完全沒問題。」

倉田點了點頭，走向出口。剛才那對夫妻走在前面，看到他們扛在肩上的固定器，忍不住感到有點訝異。因為那是自由腳跟滑雪使用的固定器。

他終於瞭解剛才的男人對其他滑雪區產生興趣的原因了。自由腳跟滑雪（Telemark Ski）和普通的高山滑雪不同，腳跟與雪板呈現分離狀態，和用於距離競技的越野滑雪一樣，滑行方式也和高山滑雪完全不同，難度比較高，但很適合在雪地行走，可以積極挑戰沒有吊椅纜車的地方，也成為這種滑雪方式的強項。那個男人應該想要運用這個強項，進入沒有人去過的地方。

許多滑雪客都在山頂站外穿滑雪板。雙板滑雪客都站著輕鬆穿上滑雪板，但單板滑雪客幾乎都坐在地上。單板滑雪剛開始流行時，許多雙板滑雪客都投訴他們擋住了通道，滑雪場方面也在當時特地為單板滑雪客設置了穿雪板的場所避免衝突，但現在並沒有特別指定地點。因為即使不需要特地標示，單板滑雪客也都會主動在角落穿雪板。由於單板滑雪算是相當比較新的運動，所以需要一點時間才能落實相關的規範。

只不過並不是完全沒有糾紛。許多資深的常客至今仍然把單板滑雪客視為眼中釘，經常質問倉田和其他工作人員，為什麼開放單板滑雪客入場？

原本滑雪場是雙板滑雪客的天堂，是為了讓他們享受滑雪樂趣而建造的空間，大批年輕人踩著單板，在滑雪場內橫衝直撞，原本的雙板滑雪客當然不可能高興。雙板滑雪客無法預測單板滑雪客的動向，再加上那些年輕人根本不把滑雪場的規定放在眼裡，不管在哪裡，都可以滿不在乎地就地而坐，也難怪那些雙板滑雪客會感到不滿。

新月高原滑雪場在十年前開放單板滑雪客入場，當時也預料到會引起雙板滑雪客的反彈，但在衡量因此可能會造成雙板滑雪客減少的人數，和吸引上門的單板滑雪客人數之後，作出了這樣的決定。

倉田並不知道當初的決定是否正確。在開放單板滑雪客入場後，入場人數的確增加了，如果當時沒有作那樣的決定，滑雪場或許撐不過這十年。

但他也產生了疑問，認為此舉會不會只是撐不了多久的延命措施？單板滑雪的熱潮並沒有達到預期的規模，也沒有持續太久。近年來，新月高原滑雪場的入場人數持續下滑。

他看向剛才一起搭纜車的那對老夫婦。他們穿上滑雪板後，動作熟練地開始滑行，在轉彎時單側屈膝的動作是自由腳跟滑雪特有的技巧，他們有職業水準的動作不僅吸引了其他雙板滑雪客的目光，就連單板滑雪客也都被他們吸引。

如果有更多像他們一樣，上了年紀後，夫妻一起來滑雪的滑雪客，滑雪場的經營或許可以輕鬆些——倉田看著他們優雅的滑行，忍不住這麼想。

2

棕色的影子在樹木之間鑽來鑽去，那個人應該並非碰巧穿了一身暗色的滑雪衣。

棕色的影子似乎發現被盯上，突然改變了方向，只不過沒有放慢速度，似乎認為自己可以順利逃脫。

根津昇平使用滑雪杖，以高山滑雪的方式開始滑行。在下坡的同時，兩腳就像溜冰一樣輪流著地滑行，持續加速。

一個身穿迷彩滑雪衣的雙板滑雪客鑽過繩子，從禁滑區域衝了出來。技巧相當嫻熟。那個人穿著較寬的卡賓板，想必是為了享受昨晚開始積起的雪而闖入禁滑區域。

根津在滑行的同時，把哨子咬在嘴上，來到對方背後時，用力吹了起來。刺耳的聲音連他自己都忍不住皺起眉頭。

周圍的滑雪客也都驚訝地停了下來。根津吹哨的目的之一，也是提醒他們注意。

前方的滑雪客並沒有乖乖就範，可能覺得被巡邏員追上很沒面子，所以全力逃脫。

根津趁對方稍微閃神，滑到了對方身旁，然後對著滑雪客的側臉，再度用力吹響了哨子。

對方戴著護目鏡的臉皺了起來，垂頭喪氣地放慢了速度，最後停了下來。

「吵死了，我知道了啦。」對方不悅地說。看來是二十多歲的年輕人。

「你知道什麼？知道自己很蠢嗎？」

年輕人揚起下巴說：

「你可以用這種態度對滑雪客說話嗎？」

「這裡不歡迎不遵守規定的人。」根津伸出右手，「我要沒收你的纜車券，因為這是規定，纜車券售票處也貼了公告。」

「我沒有什麼纜車券，我用回數券搭纜車。」

「那就把回數券交給我。」

「沒有了，全都用光了。」

「少騙人了。」

「真的啊，我下去之後就離開，這樣你就沒什麼好囉嗦了吧？」

「我記住你了，下次再這樣，就別怪我不客氣。」

「我再也不來這種地方了，哼！」

年輕人用鼻子噴氣後滑了起來。他可能很希望馬上從根津的視野消失，以驚人的速度衝下了旁邊的斜坡。

「根津。」

聽到叫聲的同時，身後傳來滑雪板壓向雪面的聲音。根津回頭一看，發現藤崎繪留低頭看著他。她和根津一樣，也是巡邏員。

「你追得很緊啊，滿場的人都看著你。」

「有什麼關係？不是可以讓其他人知道，破壞規定會有什麼後果。」

「這當然沒問題，但如果太過頭，會影響滑雪場的風評，到時候業務部門又要向我們抗議了。」

「管他呢，這裡不歡迎不遵守規定的人。」

「倉田經理聽到你這麼說，又會露出難過的表情了。」

「為什麼？他不是也經常說，滑雪客的安全最重要。」

「我的意思是說，如果沒有客人上門，這一切不就失去了意義嗎？」

「我不是說了嗎？不遵守規定的傢伙稱不上是客人。」

根津嘟起嘴巴時，對講機發出了一陣雜音，同時傳來一個男人的聲音。

「這裡是總部，可以聽到嗎？」

根津拿起對講機說：

「我是根津，可以聽到。」

「有人在活力雪道受了傷，是女性單板滑雪客，桐林已經騎雪地摩托車去那裡了，你可以過去嗎？」

「我目前在迴轉雪道上方，馬上就過去。」

「收到，拜託了。」

根津收好對講機後，看著繪留咂著嘴說：

「有人受傷了，不知道又怎麼亂來了。」

「這裡和幼稚園或是託兒所差不多，」繪留重新握好滑雪杖，「到處都是好不容易才能走路或是跑步的小孩子，何必對他們生氣？」繪留說完，立刻滑了起來。她拿著滑雪杖擺動的動作還是這麼優美。

「幼稚園嗎？有道理。」根津點了點頭，也馬上出發了。

3

索道事業總部的總部長辦公室就在管理辦公室隔壁。倉田敲了敲門，室內傳來一個低沉的聲音：「請進。」

「打擾了。」倉田在說話的同時打開了門。

松宮忠明正坐在辦公桌前看資料，鼻子上戴了一副老花眼鏡。他的臉頰垂了下來，看起來像一頭年邁的鬥牛犬。

「吊椅纜車的狀況如何？我記得從今天開始全面運行。」松宮問道，他臉頰上的肉也跟著抖動起來。

「沒有任何問題，目前已經安全運行。」

松宮聽了倉田的回答，不滿地揮了揮手。

「我不是問這個，而是問滑雪客的搭乘狀況。尤其是第二高速四人座吊椅纜車和第一雙人座吊椅纜車。我剛才看了一下，都沒什麼人在搭乘，是不是沒有必要運行？」

「不，有必要。如果這兩條線路不運行，位在中央滑雪場的那兩條纜車線路就會很擁擠。」

「即使再怎麼擁擠，最多只要等五分鐘左右。」

「雖然是這樣，但常客會抱怨為什麼不讓其他纜車運行？」

松宮撇著放鬆的嘴角說：

「以前泡沫經濟時代都要等一個小時，真想對這些人說，才五分鐘而已，就耐心等一下。」

「這也太……」倉田委婉地反駁。他覺得和泡沫經濟時期比較，簡直有點莫名其妙。

「先不談這件事，等了今天的數字之後，再來思考今後該怎麼做。先解決當務之急，你應該聽說了明天有畢業旅行的團體吧？」

「我聽說了，我記得是奈良縣的一所高中。」

「總共有兩百八十二人，要在這裡住三天。後天開始要舉辦為期兩天的滑雪教室，有沒有決定要讓他們使用哪裡的雪道？」

「我想了一下，初學者可以使用綠色雪道，初級和中級程度的學生可以使用一部分挑戰雪道——」

松宮再度在臉前搖著手說：

「已經決定讓他們使用金色雪道和銀色雪道了。」

「啊？」倉田瞪大了眼睛問：「兩個雪道全都給他們使用嗎？」

「對，有什麼問題嗎？」

「也不是說有什麼問題……但是我認為基於安全的考量，學生使用的區域最好和其他滑雪客分開，也就是包場是最理想的方法。」

松宮一臉不解的表情抬頭看著倉田，他拿下了老花眼鏡放在桌子上。

「當然是包場，已經協調由他們包下金色雪道和銀色雪道。」

倉田再次驚訝地倒吸一口氣。

「所以其他滑雪客無法進入這兩個雪道嗎？」

「當然啊，因為已經被包下了啊，反正還有很多雪道，這樣沒有什麼問題吧？」

「但是這兩個雪道就占據了中央滑雪場的三分之一，尤其對初學者來說，銀色雪道禁止通行，可能會對他們產生很大影響。」

松宮緩緩搖頭說：

「只是從上午十點到下午兩點之間而已，這段時間就請他們走林道。」

「如果其他滑雪客都集中在狹窄的林道，那裡就會變得很擁擠。」

「所以就要拜託你多留神，避免意外發生。這件事就這麼定了，如果不好好對待這些團體的客人，以後很難繼續經營下去。」

倉田低頭不語。即使不需要松宮提醒，他也知道是為了確保畢業旅行這種高額的收入來源而強行變更原本的安排。

「我要說的事已經說完了，你有什麼事需要報告嗎？」

「嗯……今天有滑雪客問了北月滑雪區的情況，詢問為什麼還不開放？」

松宮頓時板著臉說：

「你對滑雪客說，是因為安全方面有疑慮嗎？」

「我並沒有說得這麼明確……只說尚未整備完成。」

「我正在和上面溝通那個滑雪區的問題，再給我一點時間。畢竟曾經發生過那樣的意外。雖然並非我方的疏失，但還是必須小心謹慎。」

「我當然瞭解。」

「有一件事之前沒有告訴你，入江父子近期將會來我們這裡。」

倉田聽到這個名字，立刻愣了一下。

「入江先生嗎？你說他們父子會來，所以達樹也會來嗎？」

松宮用力點了點頭說：

「之前接到入江先生的聯絡，說他有一些想法，打算帶達樹來這個滑雪場。我當然回答說，我們竭誠歡迎他們，而且也已經指示飯店方面，為他們安排最好的房間。」

「他說有一些想法，請問是什麼想法？」

「這必須到時候問了他才知道，無論如何，在那對父子即將來這裡的時間點，沒必要思考開放那個區域的問題。總而言之，你只要讓目前滑雪場能夠安全營運就好。」

「我瞭解了。」

倉田鞠了一躬，準備走出辦公室。這時，聽到了急促的敲門聲，松宮說了聲：

「請進。」

門打開後，辰巳走了進來。他的手上拿了一張紙。

「倉田經理，你也在這裡嗎？那剛好。」

「怎麼了？」松宮站了起來。

辰巳走向前說：

「我在更新網站的內容時，收到了這封電子郵件。」辰巳說話時，把手上的紙遞到松宮面前。

松宮重新戴上老花眼鏡後接了過來。他皺起眉頭，看著紙上的文字。

他的表情越來越凝重。

4

有四根支柱被撞倒，原本掛在支柱上的網子也埋進了雪裡，而且還破了洞。看來剛才衝撞的力道很大。網子後方是新積的雪，如果倒在那片雪地上，恐怕很難脫困。那裡的確有一個很大的凹洞，似乎證實了他的想法。前方是樹林，如果不是在那裡跌倒，可能就會用力撞上樹木。

根津扶起倒地的支柱，把網子重新掛好。雖然破了洞的網子很難看，但仍然必須掛起來。巡邏員的重要工作，就是必須明確標示出禁止滑行區域。國外的滑雪場幾乎都不會設置禁滑區域，無論滑雪客發生任何意外，滑雪客必須自行承擔責任，但在日本，這種做法就行不通，一旦發生意外，就會追究滑雪場的責任。

因為這裡是幼稚園。根津回想起藤崎繪留剛才說的話。

女性單板滑雪客在活力雪道發生意外，腿部受了傷，立刻被送去了醫院。剛才接到通知，骨頭並沒有異常。當事人當然放了心，根津他們也鬆了一口氣。

把柵欄恢復原狀後，拿著滑雪杖，穿上滑雪板。太陽快下山了。纜車的營業時間已經結束，夜間滑雪區以外的吊椅纜車也將紛紛停駛。

正當他準備滑行時，眼角瞄到了動靜。根津看向樹林內，發現有人在樹木之間滑行。從那個人的動作來看，應該是單板滑雪客。

「別鬧了，太陽都快下山了。」

根津慌忙滑了起來。

他沿著雪道筆直滑了三百公尺之後，穿越柵欄，進入了禁止滑行區域。根津成為巡邏員只有五年，但從七歲開始，就在這個滑雪場內滑雪，很瞭解該在哪個位置等待。

他在樹木稍微有點稀疏的位置停了下來。他有十足的把握，對方會經過這裡。果然不出所料，滑雪客很快就出現了。那個人穿著深色滑雪服，根津把哨子咬在嘴上，吹了一下後，舉起一隻手。

沒想到滑雪客並沒有放慢速度，而是朝向根津衝了過來。根津不由得緊張起來，因為他察覺了對方可能會衝撞過來的危機感。

但是滑雪客在即將撞上的瞬間轉了彎，揚起一陣雪花。雪花都打在根津的頭上。

「王八蛋，在搞什麼啊！」

根津拍了拍身上的雪，立刻追了上去。滑雪客在樹木之間穿梭。因為樹林裡積雪很深，所以對方可能認定根津用雙板滑雪的方式追不到。雖然雙板滑雪速度的確無法太快，但根津自認比任何人更瞭解這座山，即使無法用速度取勝，也能夠藉由走捷徑追上對方。

話說回來——

那傢伙的技術的確很精湛。根津在後方追趕時，忍不住感到佩服。對方不時閃躲眼前的障礙物，身體的重心很穩。有這樣高超的技術，難怪會認為完全可以甩掉巡邏員。

根津降低了重心，加快了滑行速度。絕對不能讓對方逃之夭夭。

沒想到對方的速度比他更快，背影越來越遠。

不妙！真的會逃走——

根津咬著嘴唇時，原本輕快滑行的滑雪客突然失去了平衡。好像在做自由體操般向前翻了一個跟斗，然後重重地摔向前方，揚起了一陣雪霧，一時之間什麼都看不到了。

針織帽和護目鏡掉在雪地上。根津撿起後繼續向前滑行。那名滑雪客倒在前方十公尺處一動也不動。

「喂，沒事吧？」根津問道。因為他以為滑雪客受了傷。

不一會兒，滑雪客緩緩動了起來。抬起頭後，撥了撥頭上沾到的雪。根津大吃一驚，因為沒想到對方有一頭長頭髮。

「太驚訝了，原來妳是女生。」根津走過去時問她：「妳有沒有受傷？」

「狐狸。」

「什麼？」

「狐狸從我面前跑過去，我想要閃避，沒想到來不及。可惡，死狐狸竟然跑出來嚇人。」女性滑雪客懊惱地說，她的年紀大約二十歲左右，一雙鳳眼和大嘴巴看起來好勝心很強。

「看來妳並沒有受傷。」根津把帽子和護目鏡遞給她，「小姐，不守規矩很傷腦筋喔。」

她板著臉接了過去，把纜車券手環從手臂上拿了下來。

「這樣就行了吧？」

根津搖了搖頭說：

「這不是夜場的纜車券，沒收這種東西根本沒用。」

「那該怎麼辦？」

根津嘆了一口氣，低頭看著她說：

「下次再被我遇到，就要留下姓名和地址，我要把妳列入黑名單。」

「被列入黑名單會怎麼樣？不准我以後再來這裡的意思嗎？」

「如果妳還想來，請遵守規定，就這麼簡單。」

她沒有回答，戴上帽子和護目鏡，站起來後，準備開始滑行。

「等一下，妳不可以自行離開，跟著我走。」

她沒有理會根津，自顧自滑了起來，滑向正規雪道的方向。

根津目送她的背影，輕輕搖了搖頭。

5

倉田和辰巳一起來到飯店的會議室。他已經通知津野，請他一起參加會議。飯店方面由飯店事業總部長兼總經理中垣、總務部長宮內，以及營業部長佐竹也都出席了會議。

凝重的沉默持續片刻，中垣開了口。

「應該是惡作劇，我認為這是唯一的可能。」

「我也這麼認為……」宮內吞吞吐吐地說。

「總之，就看社長如何判斷。」中垣伸手拿起香菸。飯店的公共空間幾乎都禁菸，但這個會議室內還放著菸灰缸。

倉田拿起放在桌上的Ａ４紙。這是辰巳列印出來的，他也是滑雪場官方網站的管理員。

倉田再次看著紙上的文字。他非常瞭解中垣等人希望這是惡作劇的心情，因為上面的內容簡直太瘋狂了。

「致新月高原滑雪場的諸位工作人員」，這句開場白之後，寫了以下的內容：

「受到全球暖化的影響，世界各地都發生了降雪不足的問題，今年順利降了大量的雪，相信諸位都鬆了一口氣。但是地球暖化問題日益嚴重，諸位的煩惱並未真正解決。

希望諸位不要忘記，你們並非全球暖化的受害者，而是引發這個問題的罪魁禍首。你們大肆砍伐山上的樹木，讓山都禿了，改變了水流。所有這些破壞環境的行為，都是造成了當今異常氣象的原因，所以你們每年都為雪量不足的問題煩惱，可說是咎由自取。

但是，那些沒有參與大規模破壞環境的人，也同樣受到了異常氣象的上天懲罰，實在太不公平了，所以必須向你們申請賠償費作為補償。

你們務必在三天內準備三千萬現金。一旦準備就諸，就在箱型纜車山麓站屋頂，綁上一條超過一公尺的黃色布條。我方會透過即時影像加以確認，請確保攝影機和螢幕沒有任何故障。

如果不聽從我方指示，將會導致以下的後果。

這個滑雪場目前積雪量豐沛，讓你們樂翻了天，但滑雪場下方已經設置了定時爆裂物。我方在降雪之前就偷偷埋設了爆裂物，我方可以透過遙控的方式，隨時讓爆裂物爆炸。至於爆裂物的規模，就任憑諸位想像，但有一點要聲明，絕對不是巡邏隊用來防止雪崩所使用的那種小兒科爆裂物，不需要我方說明，相信諸位也知道一旦發生爆炸，會對周圍的滑雪客造成怎樣的影響。

如果三天後仍然沒有收到諸位的答覆，我方將視為交易破局，屆時就會啟動定時器。恕我方有言在先，一旦啟動，就回不去了，我方沒有方法讓計時器停止。

你們一旦報警，我方就視為交易破局。壓雪車作業時不會引爆爆裂物，但無法保證用鏟土機隨便亂挖會造成怎樣的結果。

我方在降雪之前就已經做了充分的準備，如果諸位認為這只是嚇唬你們，可以去第四雙人吊椅纜車的第十二號鐵塔往東五公尺的位置挖看看，看到我方埋在那裡的訊息，應該能夠瞭解我方的執行力。期待諸位的答覆。即使回覆這封電子郵件，我方也無法收到。

埋葬者」

倉田忍不住嘆著氣。雖然很希望是惡劣的玩笑，但看了內容，渾身不由得起了雞皮疙瘩。文字很平淡，卻反而可以感受到歹徒的自信。

「上面寫著，在降雪之前就已經著手進行了準備，實際上到底是什麼時候呢？」一頭白髮的佐竹自言自語地問。

「我認為很可能是十二月初的時候，」倉田回答說，「如果真的設置了爆裂物的話。」

「你為什麼這麼認為？」

「我試著瞭解歹徒的想法。因為不知道什麼時候會下雪，歹徒很希望可以趁早埋好爆裂物，只不過埋好之後，如果遲遲沒有下雪，就有可能被發現。今年的天氣預報說，十二月的第二週開始降雪，那個時候也的確下了雪。之後積雪量一度減少，但並沒有完全融化，滑雪場也得以順利開張營業。由此可見，第一次降雪之前，是最理想的時機。」

佐竹一臉愁容點了點頭。

「原來是這樣，我們看到下雪感到很高興，歹徒也在偷笑。」

「他們並不一定真的埋設了爆裂物，所以別說這種話。」中垣一臉不悅地提醒說。

「是啊，對不起。」佐竹低下花白頭髮的腦袋道歉。

「再給我看一下。」中垣向倉田伸出手。

中垣接過恐嚇信後又看了一次，咂著嘴說：

「雖然我認為是惡作劇，但還真是滿嘴歪理。我從來沒有聽過有人說，滑雪場造成了全球暖化。而且這傢伙說自己沒有破壞環境，但其實每個人或多或少都在破壞地球環境。沒有人不搭車，而且追根究柢，電力也是來自石油。」

宮內和佐竹聽了總部長發表的意見，紛紛點著頭，但倉田無法表示認同。滑雪場的開發破壞了環境是常識，正因為這樣，所以在歇業時，有義務要將場地恢復原狀。

「你說這封恐嚇信是用電子郵件寄來的，沒辦法查到是從哪裡傳來的嗎？」中垣問辰巳。

辰巳坐直了身體回答說：

「如果報警，可以請警方協助調查。」

中垣立刻皺起眉頭。

「警方？你沒辦法查出來嗎？」

辰巳微微皺起眉頭。他可能覺得說明起來很麻煩。

「呃，寄送電子郵件時，會有一家扮演中繼角色的公司，只要問那裡就可以查到，但因為會侵犯隱私，所以沒有警方的正式公文，對方就不會透露。」

「……原來是這樣啊。」雖然不知道中垣是否真的理解，但他表示瞭解了狀況。

「要什麼時候報警？」倉田問，「我認為這種事越快越好。」

中垣在捻熄香菸的同時，瞪了倉田一眼。

「先別著急，剛才不是說了，要交由社長決定嗎？」

「喔。」倉田垂下了雙眼。目前松宮正用電話向社長報告這件事。新月高原飯店暨度假村株式會社的事務所位在東京，社長筧純一郎平時都在東京，他也是廣世觀光株式會社的董事。

倉田在腦海中回想著恐嚇信的內容。歹徒揚言，一旦報警，就視為交易破局，將引爆炸彈。這段文字讓人不敢輕易報警，但遇到這種事，還是應該報警。首先向滑雪客說明情況，請他們轉移到安全的地方後，由警方介入調查，可能還會視實際需要，請爆破專家到場協助。只要做好這些防範措施，即使歹徒真的引爆，也不會造成人員死傷，更不會追究滑雪場方面的責任。

只不過一旦事情曝光，將會重創滑雪場的形象。原本滑雪客已經逐年減少，絕對會更加一落千丈。

中垣也許是基於這種盤算，所以似乎不太願意報警。

三千萬嗎？

這的確是一大筆錢，但是對於這種類型的事件來說，絕對不算是龐大的金額。

無論如何，這是向企業勒索，即使要求以億為單位的贖款也不足為奇。

倉田認為歹徒的目的可能是讓滑雪場衡量到底要報警造成形象受損，還是咬牙付這筆錢。果真如此的話，這個金額很合理。

倉田心不在焉地思考著這個問題，門突然打開，松宮走了進來。他的額頭上微微冒著汗。

「你向社長說明情況了嗎？」中垣問。

松宮點著頭，在椅子上坐了下來。

「社長大吃一驚，沒想到社長也有驚慌失措的時候。」因為中垣比松宮大兩歲的關係，所以松宮對他說話時，都使用敬語。

「社長怎麼說？」中垣問。

松宮抱起手臂後回答：

「他說先繼續觀察。」

「觀察？什麼意思？」

「就是啊，」松宮指著桌上的紙說：「歹徒不是寫了嗎？如果我們認為只是嚇唬而已，可以去纜車鐵塔旁挖挖看。等確認那裡挖出什麼之後，再來思考這個問題。」

中垣搓了搓臉，然後托著腮。

「嗯，目前的狀況，也只能這樣了。」

「社長說，到時候看結果如何，他可能會趕來這裡。」

「社長會通知總公司嗎？」

中垣說的「總公司」是指廣世觀光。

松宮搖了搖頭說：

「社長說，目前暫時不會通知，同時要求我們這裡除了最低限度必要的人員以外，也要下封口令。」

「還有其他人知道這件事嗎？」中垣看著倉田和辰巳問。

「應該沒有。」辰巳回答，「因為我接到電子郵件之後，就立刻去找松宮總部長了。」

「太好了，那從現在開始，未經我或是松宮的許可，不可以對任何人透露這件事，沒問題吧？」

「請問，」倉田插嘴問，「報警的事呢？」

松宮板著臉看向他說：

「剛才不是說了嗎？先去歹徒提到的地方挖看看，然後再來考慮這個問題。」

「所以暫時不報警的意思嗎？」

「對。」

「那滑雪客怎麼辦？」

「滑雪客？滑雪客怎麼了？」

松宮一臉不解的表情問，倉田看著他的臉，內心為他的後知後覺感到愕然。索道事業總部長也是統籌管理這個滑雪場安全的負責人，必須比任何人更優先考慮滑雪客的安全。

「像是新幹線如果接到歹徒的恐嚇電話，說在列車上放了爆裂物時，就會讓乘客在最近的車站下車，然後徹底檢查車廂內，確認沒有可疑物品之後，讓乘客回到車上後重新發車。我認為可以遵循這種慣例，在確認是惡作劇之前，應該避免讓滑雪客進入滑雪場內。」

倉田的話還沒說完，松宮就皺起了眉頭，中垣也撇著嘴角。

「不能把新幹線和滑雪場相提並論。」松宮說，「新幹線只是交通工具，調查的範圍有限，但這裡就不一樣了，到底要怎麼調查有沒有埋了可疑爆裂物？」

「正因為無法調查，不是應該在查清楚之前，暫時關閉滑雪場——」

「倉田，」中垣插嘴說，「你缺乏這方面的經驗，做服務業久了，有時候會接到這種莫名其妙的恐嚇，就像你剛才舉例的新幹線一樣，但十之八九就是惡劣的惡作劇，新幹線也從來沒有真的發現爆裂物，不是嗎？遇到這種惡作劇時，避免不必要的過度反應最重要，必須用毅然的態度處理。如果現在慌忙關閉滑雪場，只會讓歹徒得逞。一旦我們真的這麼做，就會有很多人模仿，到時候會更加疲於奔命。」

「而且，」松宮乘勝追擊地補充說：「即使不是惡作劇，目前也不會馬上爆炸，還有三天的緩衝期，只要在這三天期間想辦法解決就好，不是嗎？」

倉田沒有回答，注視著桌子表面。松宮不知道如何解讀他的態度，用格外開朗的聲音繼續說：

「你是滑雪場的實質負責人，所以我能夠理解你的擔心，但我和社長才是真正的負責人，你不必這麼神經質，只要像往常一樣認真做好工作就行了。」

倉田不能不回答，只好輕輕點了點頭。要怎麼像往常一樣在可能被設置了爆裂物的滑雪場工作？——他很想這樣大吼。

他克制了這種想法，抬起了頭。

「雖然剛才要求不能向任何人提及這件事，但無論如何都必須通知幾個人，可以嗎？」他輪流看著中垣和松宮問道。

松宮皺起眉頭問：「要通知誰？」

倉田直視著他回答說：「巡邏隊的人。」

松宮和中垣互看著，倉田繼續說：

「他們最瞭解這座山，今後無論做任何事，都需要他們的協助。我認為不可能在隱瞞他們的情況下，解決這次的問題。」

6

根津腳下的滑雪板呈八字，緩緩減速滑下斜坡，觀察著周圍的情況。夜場已經在二十分鐘前結束，雖然滑雪場內仍然亮著燈光，但萬一有客人跌倒無法動彈，後果不堪設想。

今天晚上似乎沒有發生這種狀況。他滑到山下後，向正在纜車站收拾的工作人員打了招呼，就前往巡邏隊的休息室。飯店旁有一棟兩層樓的小房子，一樓就是巡邏隊的休息室，二樓是滑雪教室的辦公室。

這個滑雪場內有十二名巡邏員，根津走進休息室，幾乎所有人都已經完成各自的工作，回到了休息室。

「辛苦了。」正在收拾裝備的繪留向他打招呼。

「辛苦了，所有人都回來了嗎？」

「小桐還沒回來，因為有人說，手套掉在吊椅纜車下方，所以他去找手套了。」

小桐名叫桐林祐介，是今年剛加入巡邏隊的新人，滑雪技術超群，但大家都把雜事推給他去處理。

「真辛苦啊。」根津在椅子上坐了下來，脫下了滑雪鞋。受到束縛的腳終於解放時的快感總是舒服得難以形容。

桌上的電話響了，是內線電話。繪留接起了電話。

「你好，這裡是巡邏隊總部……啊啊，經理辛苦了……是，請稍等。」她把電話遞到根津面前說：「倉田經理找你。」

根津點了點頭，接過了電話。

「我是根津。」

「不好意思，在你正忙的時候打電話給你。」

「沒關係，我剛完成最後的巡邏。」

「辛苦了，我有一件事想和你談一下，你可以馬上來總部長室嗎？」

「沒問題。」

「不好意思，你下班已經很累了，還找你過來，那我就等你。」

倉田說完，掛上了電話。根津拿著電話，忍不住歪頭納悶。

「發生什麼事了？」繪留問。

「不知道，經理要我去總部長室。」

「總部長室？該不會是松宮總部長又提出了什麼奇怪的要求？」

這個滑雪場的所有工作人員都知道，松宮滿腦子都想著降低成本，不時丟難題給倉田。當初也是因為松宮的提議，導致巡邏隊的人數大為縮減。

「不知道，總之我去瞭解一下。」

根津把巡邏隊的裝備歸放回原處後，走出了休息室。

他從員工出入口走進了飯店，前往索道事業總部的部長室。部長室隔壁就是管理辦公室，他從入口向內張望，發現索道部主任津野和滑雪場整備主任辰巳正在小聲討論什麼事，兩個人的臉上都沒有笑容。順利完成了一天的工作，照理說是輕鬆談笑的時間。

「請問……」根津向他們打招呼，那兩個人都大吃一驚，轉頭看向根津。

「什麼事？」津野問，他的表情顯得有點緊張，不見平素的從容自在。

「發生什麼事了嗎？」根津問。

津野和辰巳互看了一眼後，又將視線移回根津身上問：

「為什麼這麼問？」

「因為倉田經理找我，叫我去總部長室，所以我猜想你們可能知道發生了什麼事。」

津野和辰巳又互看了一眼，他們的態度明顯很不自然。

「發生什麼事了？」根津又問了一次。

津野舔了舔嘴唇說：

「你去了就知道了，倉田經理會向你說明。雖然我們知道是什麼事，但不方便先告訴你。」

一旁的辰巳也露出不自在的表情。根津感覺到自己的體溫上升，猜想可能發生了非同小可的事。

「我瞭解了，那我就先去找經理。」津野鞠了一躬，走出了事務所。

他站在隔壁的總部長室前，不由得想像了各種情況。該不會發生了什麼重大意外？還是可能會發生意外？如果是因為滑雪場的過失造成的結果，就不難理解津野和辰巳為什麼露出這麼凝重的表情。

根津深呼吸後敲了敲門，室內傳來倉田的聲音。「請進。」

「打擾了。」根津說完，打開了門。辦公室內不見總部長松宮的身影，倉田坐在辦公桌後方。

「不好意思，突然把你找來。」

「那倒是沒問題……請問發生什麼事了嗎？」根津問。

倉田低下頭，似乎產生了猶豫。他和津野、辰巳一樣，失去了往日的從容自在。

倉田抬起頭，露出嚴厲的眼神。向來溫厚的他很少露出這種眼神。

「我接下來告訴你的情況，你絕對不可以說出去，你可以保證嗎？」倉田不僅眼神嚴厲，語氣也很嚴厲。

根津吞著口水，果然發生了什麼嚴重的狀況。

「我可以保證。」他點了一下頭。

倉田打開辦公桌的抽屜，從裡面拿出一張紙。

「比起我向你說明，你自己看可以更快瞭解狀況。我相信你也會大吃一驚。」

根津詫異地接過了那張紙，看到第一行寫的「致新月高原滑雪場的諸位工作人員」這句話，後面是很長的文章。他站在那裡看了起來。

倉田說得沒錯，上面所寫的內容的確讓他大吃一驚。

「既然已經收到了這種恐嚇信，不報警處理嗎？」

根津聽倉田說明了公司方面的方針後，忍不住大聲問道。

倉田皺起眉頭，把食指放在嘴唇前說：

「不要這麼大聲說話。我剛才也說了，目前知道這件事的人有限，小心被外面的人聽到。」

「對不起，但是倉田經理，這不是很奇怪嗎？即使是惡作劇，這已經是犯罪行為。在網路論壇上預告殺人的那些傢伙，即使是惡作劇，都遭到了逮捕。我認為應該報警。」

「不特定多數人都可以看到網路論壇的內容，在那裡留言預告殺人，就會造成人心惶惶，所以可說犯罪性很高，但這次的恐嚇信如果單純只是惡作劇，只要我們不張揚，就不會造成任何人的困擾。一旦報警，鬧得滿城風雨，反而會導致無可挽回的後果。」

「是嗎？請警方介入調查，如果是惡作劇，趕快查明真相不是很好嗎？而且萬一不是惡作劇怎麼辦？這不就代表滑雪場內已經被埋設了爆裂物嗎？難道不先拆除，讓滑雪客在這樣的環境下滑雪嗎？倉田經理，你覺得這樣沒問題嗎？這太不像是你的作風了。」

倉田抱著雙臂，把雙肘放在桌上，用力抿著嘴，嘴角垂了下來。

「我知道你想要表達的意思，我也沒那麼笨，但在針對各種情況進行沙盤推演後，決定暫時不報警，所以也希望你按照這個方針行事。」

倉田在說話時移開了視線，根津低頭看著他，猜到了大致的狀況。

倉田內心也反對不報警，因為他最重視滑雪客的安全，一定經過天人交戰，才接受「目前先繼續觀察」的方針。根津覺得責備他未免太殘忍了。

「我瞭解了，既然經理這麼說，我就不再堅持了。」

「對不起。」倉田小聲嘀咕。

「我該做什麼呢？」

倉田抬起頭，露出了好像看到救星的表情。

「首先，明天一大早，就要去歹徒說的地方挖看看，你願意幫忙嗎？」

根津重新看了恐嚇信。歹徒在信中提到「可以去第四雙人吊椅纜車的第十號鐵塔往東五公尺的位置挖看看」。

「這當然沒問題，但我有一個要求。我想把這件事告訴巡邏員，可以嗎？」

倉田一臉嚴肅的表情搖了搖頭說：

「不可以通知所有人，原本上面甚至不同意讓你知道這件事。」

「但如果只有我一個人，無論做任何事，能力都有限。」

「我知道，所以你挑選一、兩個你最信賴的人。」

「只有兩個人嗎？能不能至少五個人？」

「希望你可以體諒，我並不是不相信你的同事，但既然不報警，就絕對不能讓外面的人知道這件事。」倉田低頭拜託。

根津嘆了一口氣說：

「好吧，這也沒辦法。」

「不好意思，我剛才也說了，人選由你決定。」

「即使經理這麼說，我也很難決定。雖然已經決定了其中一個人選。」

「是誰？」

「我覺得繪留是理想的人選。雖然她是女生，但責任心比別人更強，當巡邏員的經驗也和我差不多，滑雪技術更是令我望塵莫及。雖然目前還不知道這次的事是否需要滑雪。」

「好，我也知道她很優秀，就決定是她了。另外一個人呢？」

「我和繪留討論後再決定，這樣可以嗎？」

「沒問題，人選決定之後再通知我。」

「好。」

根津走向門口，但在打開門之前，轉頭問倉田：

「倉田經理，如果查明不是惡作劇，應該會報警吧？」

倉田沒有馬上回答，他一度移開視線，然後才注視著根津說：

「當然，我也打算提出這樣的建議。」

「那我就放心了。」根津的嘴角露出笑容，伸手抓住了門把。

繪留獨自在休息室內。她似乎很好奇倉田找根津的原因，所以根津一走進去，她立刻問：「情況怎麼樣？」

「我聽說了難以置信的事。」根津在椅子上坐了下來，桌上放著寶特瓶裝的烏龍茶，雖然休息室內有杯子，但他抓起寶特瓶直接喝了起來。他剛才和倉田說話時就感到口渴。

「什麼事？出了什麼麻煩嗎？」

「是更嚴重的事。有人寄了很驚人的東西。」

根津盡可能詳細地向繪留說明了倉田剛才給他看的恐嚇信內容，起初她靠在椅子上，但聽著聽著，挺直了身體，在根津說完之前，她沒有發出驚訝的聲音，只是瞪大了眼睛。

「情況就是這樣，目前無法靠警察。雖然不知道我們能夠做什麼，但希望妳願意協助。」

根津用這番話總結，繪留終於開了口。

「你剛才說目前無法靠警察，具體是指到什麼時候為止？」

「在查明是不是惡作劇之前。」

「但是要怎麼判斷是不是惡作劇？在春天冰雪完全融化之前，除了歹徒以外，沒有人知道滑雪場內到底有沒有爆裂物吧？」

「這就很難說了，可能有什麼方法。」

「是嗎？」繪留一臉不悅的表情思考著。

「現在想這個問題也沒有用，總之，明天早上要去挖歹徒提到的地方，看到底能挖出什麼，但在此之前，還要另一個人手——」

根津說到這裡，門外傳來了撞擊的聲響。

繪留立刻站了起來，跑到門口，打開了門。

「呃……這麼晚了，你還在幹什麼？該不會在找手套？」繪留驚訝地問。外面似乎有人。

「是誰？」根津問。

繪留還沒有回答，一個人影慢吞吞走了進來。他身上穿著巡邏員的制服。

「對不起。」桐林祐介拿下帽子，鞠了一躬，「我弄倒了放在外面的滑雪板。」

「這種事不重要。繪留，外面還有其他人嗎？」

「好像沒有。」

「好，那妳把門關好。」根津將視線移回一動也不動地站在那裡的菜鳥巡邏員問：「你聽到我們剛才說的話嗎？」

桐林一臉尷尬的表情沒有吭氣，他染成淺色的頭髮髮梢滴著水。他剛才應該在雪地努力尋找滑雪客掉落的手套。

「到底怎麼樣？趕快回答。」

「我並沒有偷聽，而是不小心聽到的。」

「根津，你說話很大聲。」繪留似乎覺得很好笑。

根津摸了摸人中問：「你聽到多少內容？」

桐林歪著頭回答說：「像是恐嚇、爆裂物……」

「那不是幾乎全都聽到了？」

「我會當作沒聽到，也保證不會告訴任何人。」桐林用堅定的語氣斷言。

根津抓著頭說：

「現在也只能相信你了。繪留，妳覺得該怎麼辦？」

她抱著雙臂，靠在鐵製櫃子上，注視著桐林說：

「我認為小桐可以信任，但既然他已經知道了，也許找他一起扛責任更保險。」

「什麼意思？」

「不是還可以再找一個幫手嗎？」

根津聽了她的提議，抬頭看著桐林。雖然桐林看起來很瘦，但他的身體很結實，聽說他在夏天時會去當救生員。

「那我來向倉田經理報告，說找到了另一名人手。」根津站了起來，拍了拍桐林的肩膀說：「那就拜託你了。」

桐林一臉錯愕地歪著頭，似乎聽不懂他們在說什麼。

7

和前一天不同，倉田不需要鬧鐘就醒了，只不過他並不覺得自己昨晚有睡著。上床之後，滿腦子仍然都想著恐嚇信的事，輾轉反側，難以入眠。雖然迷迷糊糊打了盹，但很快又醒了過來，每次都忍不住看時鐘。一整晚都這樣。

雖然腦袋隱隱作痛，但他還是去了管理辦公室。有人蹲在暖爐前。他以為是辰巳或是津野，沒想到猜錯了。那個人穿著巡邏隊的衣服，看到短髮的背影，就認出了對方。

「妳真早啊。」倉田向她打招呼。

「啊，早安。」藤崎繪留站了起來，向他鞠了一躬。

「妳已經聽根津說明了相關情況吧？」

「我聽說了。」她帶著略微緊張的表情回答，「我嚇了一大跳。」

「我想也是，一種米養百種人，有些人的想法太莫名其妙了。」

「滑雪場好不容易順利開張營業，倉田經理，你一定傷透了腦筋。只要是我力所能及的事，我一定鼎力相助，請儘管吩咐，不必客氣。」

「謝謝，聽妳這麼說，我就放心了。」倉田對她露出笑容。

倉田對根津最先想到找繪留幫忙並不感到意外。雖然她是女生，但具有冷靜的判斷力和決斷力，而且還有大膽的行動力，這些優點在巡邏隊內也無人能出其右。她在大學時讀法律，也曾經以參加高山滑雪的奧運比賽為目標。

不一會兒，根津和桐林也來了。桐林今年才加入巡邏隊，但既然是根津和繪留他們挑選的人選，應該不會有問題。

「現在剛好六點。巡邏員平時都是早上七點左右開始巡邏，對嗎？我們去那裡挖的時候，不會有其他巡邏員經過吧？」倉田向根津問了他擔心的事。

「我在休息室的黑板上寫，我們三個人要去第四雙人吊椅纜車下方，協助你處理狀況。如果有人問為什麼要挖這裡，我會回答說要測量壓雪雪道的厚度，只要能敷衍過去就好。我相信我們一起挖，不需要一個小時就可以搞定。」

根津似乎事先預料到倉田會擔心這件事。

辰巳和津野也很快就到了，兩個人的表情都很緊張。

「辰巳，你像往常一樣開始整備滑雪場，但可以把第四雙人吊椅纜車下方的區域安排在最後進行嗎？」

「我瞭解了。」

「那我們出發吧。」倉田對辰巳以外的人說。

第四雙人吊椅纜車設置在離中央滑雪場有一小段距離的地方，那是雙板滑雪者前往貓跳雪道等特殊斜坡時經常搭乘的纜車。

津野啟動了纜車。三名巡邏員接連上了纜車，倉田也跟著他們搭上了纜車。所有人都穿上了滑雪板。

下了纜車後，他們滑向第十二座鐵塔。昨晚似乎下了一點雪，雪地很柔軟。這條雪道位在山崖和樹林之間，空間並不寬敞。

倉田比巡邏隊的三個人晚一步來到鐵塔旁，考慮到滑雪客可能不慎撞到鐵塔，所以用黃色的防撞保護墊包在底座周圍。

根津拿出指南針，指向樹林的方向。

「正東是這個方向。」

繪留用捲尺測量了從鐵塔開始的距離。

「這裡剛好是五公尺的位置。」

「好，那就先挖看看。」

根津把鐵鏟刺進地面。

剛積的雪很柔軟，但來到經過壓雪的部分，鐵鏟就有點鏟不太動。幸好巡邏員經常鏟雪，轉眼之間，就挖出了直徑一公尺左右的大洞。

挖了二十分鐘左右，終於挖到了地面，原來是水泥溝渠。那裡是排水溝。

「有發現什麼東西嗎？」倉田站在洞口上方問。

「請等一下。」根津蹲了下來，從排水溝內撿起了一樣東西，「放了這個東西。」

塑膠袋內裝了一個直徑十公分，高二十公分的圓筒形罐子。倉田接過去後，把罐子從塑膠袋內拿了出來，罐子的蓋子可以旋轉打開。

倉田正打算打開蓋子，發現身旁的繪留倒抽了一口氣。

「這不是爆裂物。」

她聽了倉田說的話，臉上的表情終於放鬆了。

倉田擰開了蓋子。雖然蓋子有點緊，但並沒有生鏽，所以很順利打開了。倉田看向罐子內。

裡面裝的是電子零件。有一個小型液晶螢幕，顯示時間的數字跳動，讓人看了心裡發毛。

8

會議室內彌漫著香菸的煙霧和沉重的氣氛，沒有人說話。也許每個人都知道，即使開了口，也只是丟人現眼的嘆息。

只不過沉默無法解決問題。

「怎麼辦？」倉田看著兩名事業總部長——松宮和中垣的臉問道。

「你問我，我也不知道啊。」中垣看著松宮問：「社長幾點會到？」

「他說希望可以在中午之前趕到，所以應該快到了……」

「在社長抵達之前，我們必須決定大致的方針。真是遇到了麻煩事。」中垣露出不悅的眼神看著桌上。

桌上放著倉田和其他人在積雪下找到的罐子，和放在罐子裡的一封信、金屬零件。那封信當然是歹徒寫的，內容如下——

「致新月高原滑雪場的諸位工作人員：

很慶幸你們順利拿到了這封信，因為這代表你們並沒有無視我方的第一封通知信。如果你們不予理會，這封信將會被埋葬在滿目瘡痍的滑雪場下方，永遠無法見天日。首先慶祝這封信逃過了一劫。

相信諸位已經發現，除了這封信以外，還有一個小型裝置。該裝置由定時器、閃光燈和電池組成，乍看之下好像很複雜，但其實是因為加裝了節省電池消耗的省電系統。

真正的爆裂物除了和這個相同的裝置以外，還有備用電池和訊號接收器，並且用引爆裝置取代了閃光燈，我方相信並不需要多此一舉向諸位說明，引爆裝置連接了炸藥這件事。

接下來想請諸位幫忙一件事，就是設定一下定時器，確認裝置是否能夠正常發揮作用。如果無法發揮作用，我方所埋設的爆裂物就只是啞彈而已。屆時諸位可以無視我方的主張，像之前一樣繼續經營這個滑雪場，但如果裝置功能正常，就代表諸位的滑雪場的命運掌握在我方手上。

這個步驟是為了證明日前寄給諸位的通知信並非惡作劇，如果諸位仍然心存懷疑，當然是諸位的自由，但我方會按照通知的內容採取行動。

靜候回覆。

埋葬者」

剛才已經完成了信中提到的確認測試，設定完定時器後，閃光燈在設定的時間亮起。根津說，電池中有如此充足的電力，真正爆裂物所連接的引爆裝置也將發揮正常功能。根津的老家經營建築業，他是建築技師，在冬季以外會從事建築工作，所以瞭解爆破的相關知識。

歹徒不太可能在降雪之前，大費周章地張羅這些，目的只為了惡作劇。恐嚇信的內容應該屬實，歹徒是認真的。

然而，兩名事業總部長聽了倉田等人的報告之後，竟然沒有太大的反應，甚至感受不到他們內心的危機感。

總務部長宮內和營業部長佐竹也一樣，只是一臉愁眉苦臉。

「我認為應該馬上報警。」倉田看到上司的態度猶豫不決，忍不住向他們提議，「歹徒並沒有開玩笑，他們在下雪之前就已經著手準備。在今天之前，我們完全不知道滑雪場內被人埋了這個罐子，所以真的很可能已經被埋設了爆裂物。」

中垣皺著眉頭，做出好像在趕蒼蠅的動作。

「這種事誰都知道，不要一直吵不停。」

「但是——」

「倉田，」松宮用不乾不脆的聲音叫著他，「我們並不是沒有在想辦法。如果按照你的建議，一切交給警察處理當然很輕鬆，但我們還必須思考這麼做，是否對公司有利。」

「報警會對公司不利嗎？」

中垣哼了一聲。

「那來聽聽其他人的意見。宮內，你認為該怎麼做？你也和倉田一樣，認為該報警嗎？」

宮內被點到名，挺直了身體。

「我認為一旦報警，警方就會要求我們停止營業，必須安排目前住在飯店內的所有客人去其他飯店，也必須逐一打電話給已經預約住宿的客人取消。因為是飯店取消客人的住宿，所以客人會請求賠償，其中應該也有客人會要求我們安排其他住宿，到時候我們也必須著手處理這些事宜。」

「這也是無可奈何的事，在拆除爆裂物之前，只能暫時忍耐一下。」

宮內聽了倉田的意見後搖了搖頭說：

「你根本不瞭解警察，難道你以為他們會為我們在這麼大的滑雪場內尋找爆裂物嗎？」

「只要抓到歹徒，就可以知道歹徒埋設爆裂物的位置。」

「萬一無法順利抓到歹徒該怎麼辦呢？歹徒可能意氣用事，引爆爆裂物。我告訴你，警方不會預防這種狀況發生，他們認為只要沒有死傷者就好，根本不在意對飯店和滑雪場造成的危害和損失，警方只會疏散人員，防止爆裂物爆炸造成危害。如果歹徒沒有引爆，警方就會等到春天來臨，冰雪融化，當然也不會同意我們繼續營業，他們認為那是他們的職責。反正如此一來，我們今年冬季的生意就完蛋了。」

「我也有同感，而且整件事也會因此曝光。」中垣接著說了下去，「一旦發生這種狀況，滑雪場評價就會一落千丈，很可能對明年之後的經營也造成負面影響。你是在瞭解這些情況的基礎上，一直嚷嚷著要報警、報警嗎？」

松宮和佐竹的意見似乎相同，都露出威逼的眼神看著倉田。倉田意識到自己陷入了孤軍奮戰。

「所以不報警嗎？」他看著中垣問。

「我並沒有這麼說，報警當然也是選項之一，但是在社長來這裡之前，我們也必須討論如果選擇報警，可能會承受怎樣的風險。」

「所以還有其他選項嗎？」

「還有很多啊，同意歹徒的要求也是一種選擇。」

「要付錢給歹徒嗎？」

「要視情況而定，這也是綁架事件，如果認為歹徒手上掌握了很多人質，就不能捨不得花錢。」

「總經理所說的人質，就是住在飯店的客人和滑雪場的滑雪客吧？」

「當然。」

「那即使不報警，是否可以先疏散這些客人？然後再和歹徒交涉，這樣就可以確保人質的生命安全。」

中垣不耐煩地撇著嘴角說：

「要用什麼理由要求他們疏散？難道要說即將發生地震嗎？」

「我認為必須想一下說辭。」

「不可能，一旦這麼做，就會引發混亂，到時候就會驚動警方。而且如果貿然行動，對歹徒造成刺激反而更加危險，難道你沒想到這種可能嗎？」

「正因為這樣，所以必須趕快疏散——」

倉田的話還沒有說完，中垣就伸出右手，阻止他繼續說下去。然後把手伸進西裝內側口袋，拿出了手機。他看了來電顯示，小聲嘀咕「是小杉打來的」後，按下了通話鍵。小杉是社長的秘書。

「喂……啊，辛苦了……是這樣嗎？……我知道了。松宮總部長也在，所以我們一起過去，那就一會兒見。」中垣掛上電話後，看著松宮說：「社長已經到了，要我們去他的辦公室。」

「好。」松宮說話的同時站了起來。

中垣也環顧在場的下屬後站起身說：

「我和松宮部長一起去向社長說明情況，你們就在這裡待命。」

「辛苦兩位了。」宮內說，倉田默默鞠了一躬。

9

根津和繪留在休息室內休息時，上山祿郎走了進來。

「今天的壓雪狀況有點奇怪，出了什麼事嗎？」上山在脫帽子時，歪著頭納悶地問。

「怎麼了？」繪留問他。

「有些地方的壓雪幅度明顯變小了，平時會壓雪的地方，今天也完全沒有壓到，像是纜車下方的區域特別明顯，滑雪客為這件事向我抱怨。辰巳主任或是倉田經理有沒有對你們說什麼？」

根津和繪留互看了一眼，但立刻轉頭看向上山，對他點了點頭說：

「有啊，聽說是皮斯坦有點狀況。」

皮斯坦「Pisten Bully」是德國生產的壓雪車。

「皮斯坦？即使有一輛壓雪車出問題，應該也不至於造成這麼大影響吧。」

「你對我說這些也無濟於事啊。」

「啊，那倒是。」上山聳了聳肩。

「好，那我去巡邏一下。」根津拿起對講機後站了起來。

他走出休息室時，繪留也跟了上來。

「要向一起工作的同事隱瞞實情，果然很痛苦。」

「這也沒辦法，因為我們已經答應了倉田經理。」

「但是到底能瞞多久呢？上山也對壓雪的事起了疑心。」

「必須解決這個問題。」根津咬著嘴唇。

負責滑雪場整備工作的辰巳得知在雪地下方發現了歹徒埋設的奇怪裝置後，立刻慌了起來，他提出無法繼續讓壓雪車在埋設了爆裂物的滑雪場內工作。

雖然他的話有道理，但高層並不同意他的意見。而且恐嚇信中提到，壓雪並不會引爆爆裂物，更何況昨天之前，每天都在毫不知情的情況下壓雪，也沒有出任何問題。

最後決定按照之前的方式整備滑雪場，但辰巳可能想要盡可能縮減壓雪的範圍。

「我去巡邏，如果沒有壓雪會導致危險，就必須思考對策。」

根津準備騎雪地摩托車時，一名身穿藍色滑雪衣的雙板滑雪客在他面前停了下來。

「根津先生，藤崎小姐，好久不見。」

那個男人拿下護目鏡，根津看到他的臉，忍不住瞪大了眼睛。

「入江先生……原來你已經到了。」

「我才剛到不久，還沒有辦理入住手續。」

「太驚訝了，你一個人來這裡嗎？」根津看著他的背後。

「達樹也一起來，但他在飯店的交誼廳打電動。因為他說不想來滑雪場。」

入江露出了寂寞的笑容。

「達樹沒有排斥來這裡嗎？」繪留問。

「不瞞兩位，我軟硬兼施，才終於把他帶來這裡，而且這次的行程也隱瞞了家人，因為一旦他們知道，一定會罵我到底在想什麼。」

根津低下了頭，雖然明知道入江並沒有責怪自己，但仍然感到愧疚。

「但我認為不能一直這樣下去，否則他會變成遇到任何問題，就選擇逃避的人。我認為他要重新面對去年到底在這裡發生了什麼事。」

「達樹怎麼了？」根津問。

入江猶豫了一下之後開了口。

「這一年來，他幾乎沒有去學校，也不願和別人接觸。向精神科醫生請教之後，醫生說他可能還無法接受現實。」

「什麼現實？」

「就是他媽媽已經離開人世這個事實。」入江說，「只要和別人接觸，他就會想起這件事。因為他同學的媽媽都很健康。」

根津想不到該說什麼，從這番話中，得知了他們父子在這一年期間承受的煎熬。

「入江先生，你會在這裡住多久？」繪留問。

「還沒有決定，承蒙飯店方面的盛情，說我們可以自由決定住宿期間，但我們也不可能整個冬天都住在這裡。」

「請你在這裡好好休息，只要有我們力所能及的事，我們都願意鼎力相助。」根津說。

「謝謝，我得知你們今年也在這裡，就放了心。」入江說完後，露出試探的表情問：「我剛才去了山頂，發現北月滑雪區封閉了。」

「啊……對啊，因為目前暫時封閉。」

「該不會是因為那起意外的關係？」

根津瞥了一眼繪留，她也一臉尷尬的表情。

「嗯，是啊，」根津回答說，「高層在這件事上也很謹慎。」

「這樣啊，我個人認為，這並不是問題的重點……只不過我相信滑雪場方面有自己的考量，只是感到有點遺憾，因為我剛才也說了，我帶達樹來這裡，是為了讓他面對現實。」

「我會向主管報告你的意見。」

「不，那倒是無所謂。那就一會兒見。」入江改變了滑雪板的方向。

「請小心。」

根津目送著入江用兩隻腳輪流滑向纜車站的背影，回想起去年滑雪季發生的那起宛如惡夢般的意外。

那天從早上就下起了大雪，能見度很低。因為是非假日，飯店內並沒有太多客人投宿，滑雪場內也沒有太多滑雪客。

在北月滑雪區巡邏的巡邏員報告，連接雪道和北月滑雪區會合處發生了意外。根津當時正在箱型纜車的山頂站處理其他事，接到總部的指示後，直接趕往北月滑雪區。

連接雪道是狹窄的林道，坡度很緩和。當雪量不足時，無法產生足夠的坡度，所以無論是雙板還是單板滑雪客，都可能會在那裡卡雪，滑到一半停下來。手持滑雪杖的雙板滑雪客還可以設法前進，但只能靠重力作為推進力的單板滑雪客一旦停下來，就寸步難行了，只能單腳離開滑雪板，靠那隻腳踩在雪地上滑行，所以單板滑雪客對連接雪道的評價特別差。

但是其實有密招可以避免這種惱人的情況，在連接雪道即將來到緩和的上坡道時，就先離開雪道，然後在樹林中滑行一段路，就可以通往新的積雪覆蓋的下坡道。只要沿著下坡道一口氣滑下去，就可以來到北月滑雪區，也就是可以抄捷徑。

只不過這種方法不僅違反了滑雪場的規定，同時隱藏著極大的危險。進入北月滑雪區時，因為坡度剛好發生變化，導致暫時無法看到前方的情況。如果直接衝過去，就會變成好像跳下陡坡的狀態。如果自己受傷，當然是咎由自取，但如果斜坡下方有人，就會造成不堪設想的後果。幸好至今為止，從來沒有發生過任何意外，只不過根津和其他人都認為必須趕快解決這個問題。

連接雪道上因為雪霧的關係，能見度不佳，根津小心翼翼地滑行，很快來到了北月滑雪區。向下滑了一小段之後，看到人影出現在前方，看起來像是一個小孩子蹲在那裡，旁邊有人倒在地上，滑雪板交叉後插在雪地上。

根津滑到他們身旁。那個孩子是十歲左右的男孩，抱著膝蓋，沒有抬頭看根津。

「發生什麼事了？」

即使根津問他，他也沒有反應。

「剛才通知巡邏隊的是——」根津說到這裡，就無法再繼續說下去。因為他發現倒在地上的女人脖子以上都被鮮血染紅了。他繼續觀察周圍，發現血滴從數公尺上方開始，畫出一條蜿蜒的線。天空持續下著雪，仍然能夠留下這麼清晰的痕跡，可見流血量很驚人。

根津慌忙脫掉滑雪板，對著女人沾滿鮮血的耳朵大叫：「妳聽得到我的聲音嗎？」但是那個女人一動也不動，沾滿血跡的臉頰已經不是蒼白，而是更接近灰色。

「發生什麼事了？」根津問少年，但少年低著頭。少年戴了一副很大的護目鏡，所以看不清楚他的臉，但顯然已經驚慌失措，六神無主。

其他巡邏員很快就騎著雪地摩托車趕到了。

女人立刻被送去附近的醫院，但送到醫院後不久就確認了死亡。死因是頸動脈被割斷導致大量出血。

女人名叫入江香澄，她在前一天和丈夫、兒子一起入住新月高原飯店。自從兩年前，兒子開始學滑雪後，他們一家三口就經常滑雪旅行。她的滑雪技術差不多是中級程度。

在意外發生前不久，一家三口在新月滑雪區滑雪，丈夫義之提議去北月滑雪區看看，於是母子兩人就跟著他來到連接雪道。

義之是通過日本滑雪技術聯盟一級技術檢定的滑雪好手，他就像往常一樣，在妻子和兒子前方帶路，不時停下來等他們。

義之進入北月滑雪區，向下滑了一小段路之後察覺了異常。他停在原地等他們母子，但等了很久，都遲遲不見妻兒下來。他忍不住感到擔心，脫下滑雪板走上斜坡。

接著，他聽到叫著「爸爸、爸爸」的哭喊聲。那是達樹的聲音。義之跌跌撞撞，不顧一切地衝上斜坡。

他看到了達樹的身影。香澄倒在達樹旁邊。義之終於趕到他們母子身旁，發現事態比他想像的更加嚴重。他問達樹發生了什麼狀況，達樹說：「有人突然不知道從哪裡衝出來，把媽媽撞倒了。」義之想起剛才在等香澄和達樹時，有兩名單板滑雪客以驚人的速度滑了下來。

義之叮嚀兒子守在母親身旁後，迅速滑下坡道。大約五分鐘後，他就趕到了位在北月滑雪區山麓的巡邏隊分處。兩名巡邏員正在裡面喝咖啡，他們完全不知道山上發生了意外。這意味著引發意外的兩名滑雪客並沒有來通知巡邏員就離開了。

根津聽了以上的情況後，完全瞭解發生了什麼狀況。那兩名滑雪客沒有使用接連雪道，抄了禁止通行的捷徑，結果撞到了正在正規雪道上滑雪的入江香澄，而且那兩名滑雪客的雪板邊緣割斷了她的頸動脈，是異常重大的意外。

被害人完全沒有做錯任何事就這樣送了命當然是悲劇，但是成為加害者的兩名滑雪客逃走這個事實，更令根津感到沮喪。即使他們犯下了重大的過錯，如果立刻去求助，還算是良心沒有泯滅，同時還可以救入江香澄一命。

滑雪場方面，也就是新月高原飯店暨度假村株式會社的處理很迅速明快。社長筧純一郎立刻召開了記者會，說明了意外的詳細情況，同時宣布暫時關閉北月滑雪區。當記者問：「暫時是指多久？」這個問題時，也明確回答說：「確認安全無虞後才會重新開放。」同時表示，如果被害人向滑雪場方面請求補償時，將會以最有誠意的方式回應。

但是，入江義之並沒有把滑雪場告上法庭。在意外發生的兩個星期後，他獨自來到滑雪場，說希望可以去現場供花。因為滑雪區已經封閉，所以由根津帶他前往。

義之放下花之後，說他並不恨滑雪場。

「並不是雪道有什麼問題，我也不認為滑雪場方面在意外發生後的處置有任何不妥之處，你們都很照顧我們。我滑雪的資歷不短，很清楚這種事，所以我當然不會恨滑雪場，也無法恨滑雪這項運動，更何況當初我就是在滑雪場認識了我太太。」

「原來是這樣啊……所以，你也不恨單板滑雪嗎？」

「關鍵在於滑雪客的心態。」義之說完這句話，微微歪著頭，然後小聲嘀咕說：「但我還是有點恨單板滑雪，覺得如果不准使用單板滑雪，就不會發生這種事了。」

根津默默點了點頭，他覺得義之會有怨言也情有可原。

意外發生後，根津把自己原本放在休息室內的單板收了起來。他是巡邏員的同時，也是單板滑雪障礙追逐賽的選手，他取消了原本打算參加的所有比賽。

那起意外被視為刑事案件，警方展開了調查，但由於發生在滑雪客很少的北月滑雪區，幾乎沒有目擊者，也沒有發現什麼線索。

所以至今仍然沒有找到兇手，根津在今年也仍然沒有用單板滑雪。

10

會議室內的氣氛依然沉重。目前除了倉田以外，只有總務部長宮內和營業部長佐竹在會議室內。中垣和松宮離開之後，他們幾乎都沒有交談。不，其實宮內和佐竹一直在竊竊私語，只不過他們兩個人都無意讓倉田加入他們的談話。

倉田已經不抱希望，知道無法期待他們。他們是中垣一手栽培的下屬，根本不可能違抗中垣的指示。

會議室外傳來動靜，不一會兒，門就打開了，中垣和松宮走了進來。倉田和宮內、佐竹一起挺直身體，重新坐好。

「剛才和社長討論過了。」中垣在說話的同時坐了下來，「先說結論，就是決定同意歹徒的要求。至於贖款……雖然不知道這種說法是否正確，但反正會在明天之前把錢準備妥當。在準備好現金之後，就按照恐嚇信上所寫的方法通知歹徒。呃，我記得好像是要把記號掛在某個地方？」中垣問倉田。

「要把超過一公尺的黃布綁在箱型纜車的山麓站屋頂上。」

「這樣啊，那就去準備一塊這樣的布。」中垣將視線移向宮內，「社長會聯絡三協銀行的分行，分行把錢準備好之後，請你去分行把錢拿回來。」

「好，三千萬嗎？真有點緊張啊。」

「普通的行李袋就裝得下吧——下個月要舉辦年度障礙追逐賽，社長希望可以在此之前解決這件事。」中垣看著所有人說道。

「障礙追逐賽……的確還有這件事。」佐竹嘀咕著。

「設置雪道時，必須把雪挖起來，如果沒有拆除爆裂物，就無法進行這項工程。在比賽期間，飯店的房間也都訂滿了，如果取消比賽，將會損失慘重。」

障礙追逐賽是每年舉辦的單板滑雪和雙板滑雪的障礙追逐賽，不僅國內外的頂級選手都會前來參加，也會同時進行非職業選手的比賽，是這個滑雪場在每年滑雪季期間最大的盛事。

「事情就是這樣，接下來就拜託了。」中垣再度站了起來。

「那個……」倉田開了口，「請問總經理和社長只談了這件事嗎？社長對是否要報警這個問題有什麼指示？」

中垣露骨地板起了臉。

「我們當然也討論了這個問題，在討論之後，認為這個決定是最佳方法。」

「這個決定是指不報警，按照歹徒的指示行事嗎？」

「就是這樣，你剛才有在認真聽嗎？」

「請等一下。我對準備現金，按照歹徒的指示行事這件事並沒有意見，但仍然必須報警。」

中垣把頭轉到一旁，好像在趕蒼蠅般甩著手掌說：

「這是和社長充分討論之後決定的事，你不要再有什麼意見了。」

「也不關閉滑雪場嗎？」

「你有完沒完啊！」

「但是……」倉田看向松宮，但松宮尷尬地移開了視線。

中垣走出會議室，宮內和佐竹也跟著走了出去。

「竟然讓滑雪客在埋設了炸彈的滑雪場內滑雪……」倉田嘆著氣說道。

「現在並不知道是不是真的有炸彈，」松宮說，「雖然歹徒的確埋設了奇怪的裝置，但未必真的埋設了炸彈。」

「總部長，這就好像在說，雖然有可能雪崩，但未必真的會發生一樣。」

松宮無言以對，用力抿著嘴，嘴角垂了下來。

「我先告辭了。」倉田走出會議室。他快步走在走廊上，因為他打算去社長室。

但並沒有這個必要。因為他在櫃檯前的大廳看到了社長筧純一郎和他的秘書小杉友彥的身影。篁不知道在說什麼，小杉在做筆記。

「社長，」倉田跑了過去，「請問現在方便嗎？我有事想和你談一談。」

篁那雙令人聯想到狐狸的單眼皮小眼睛露出銳利的眼神看著倉田問：

「什麼事？」

「是關於這起事件。」

「倉田！」身高將近一百九十公分的小杉露出責備的眼神低頭看著倉田，「說話要注意場合，這裡也有客人。」

倉田驚訝地看向四周，小杉的確說得沒錯。

「怎麼了？」松宮趕了過來。

「倉田似乎對我有什麼意見。」篁說。

「我怎麼可能對社長有意見……」

「倉田認為如果不報警，至少應該關閉滑雪場。」松宮小聲地喃喃說道。

篁冷笑一聲，用尖下巴對著倉田說：

「你身為索道部經理，提出這個意見很正確。如果我站在你的立場，應該也會主張相同的意見，但身為經營者，考慮問題必須更全面，不能輕易做任何有可能會影響這家飯店和滑雪場的事。因為必須對在這裡工作的員工負起社會責任，還是你可以斷言，即使鬧得滿城風雨，也不會對飯店和滑雪場造成影響嗎？還是即使產生了影響，你也有自信可以迅速解決問題？」

「不，我當然……沒有這種自信。」倉田低下了頭。

「既然這樣，最終的決定就交給我們處理。經營是真槍實彈，如果採用四平八穩的安全手段就可以成功，大家都不必這麼辛苦了。」

倉田沉默不語。雖然他並不同意，但也想不到反駁的話。他很想說，必須最優先考慮滑雪客的安全，但認為筧一定會反駁，如果沒有客人上門怎麼辦？

「你似乎已經瞭解了，那其他事就拜託了。」筧說完這句話後邁步離開，高大的小杉好像保鑣般跟在他身後。

松宮拍了拍倉田的肩膀說：

「我能夠理解你的心情，但很多事無法用大道理解決。」

倉田輕輕搖著頭。

「這是什麼意思？明明已經找到了那樣東西，這樣不是太奇怪了嗎？之前不是說好，一旦確定不是惡作劇，就要報警嗎？」根津嘛著嘴表示抗議。他的反應在倉田的意料之中。

「我的意見和你完全一樣，只不過經營者有經營者的考量。」

根津用力搖著頭，踢著雪地說：「我無法接受。」

他們正在巡邏隊休息室內。因為如果在裡面談這件事，會被其他人聽到。

「有沒有黃色的布條？」倉田問，「要超過一公尺。」

「非要布條不可嗎？倒是有黃色塑膠布。」

「只要能夠綁在屋頂上，塑膠布也沒問題，請你在明天之前準備好。」

「好。」根津一臉悶悶不樂地回答，突然想到了一件事，抬起頭問：「倉田經理，你知道入江先生來這裡了嗎？達樹也來了。」

「入江父子嗎？」倉田說完，點了點頭說：「我記得松宮總部長好像提過這件事。」

「他們今天到了，剛才在滑雪。」

「滑雪？他們父子兩人嗎？」

「不，只有入江先生，達樹就……」根津沒有繼續說下去。

「嗯，我想他可能還沒辦法。」

「雖然已經過了一年，但達樹內心的創傷並沒有癒合，所以入江先生乾脆帶他來這裡。他說要讓兒子面對現實。」

倉田看到根津露出沉痛的表情，覺得自己應該也愁眉苦臉。雖然無法和入江達樹相比，但所有相關的人員都因為那件事留下了心靈創傷。

「倉田經理。」倉田聽到有人叫他，發現辰巳站在飯店的後門，「可以請你來一下嗎？有客人要找你。」

「我馬上過去。」倉田回答後，轉頭看向根津說：「那就麻煩你轉告藤崎和桐林。」

根津嘆了一口氣說：

「我會告訴他們，不能指望警察了。」

「不好意思。」倉田把手掌豎在臉前，做出道歉的手勢後，走向了飯店的方向。

走進事務所，看到一個圓臉的胖男人。他是北月町的觀光課長岡村，一看到倉田就站了起來，低下毛髮已經稀疏的腦袋向他鞠了一躬。

「倉田經理，好久不見了。不好意思，在你百忙之中上門叨擾。」

「謝謝你一直以來的照顧，請問今天有何貴事？」倉田在問岡村的同時瞄向辰巳，發現辰巳露出有點困惑的表情。

「不瞞你說，町長和副町長也來了。因為聽說你們社長來這裡，所以就覺得務必要來打聲招呼。他們正在社長室和社長，還有松宮總部長他們在一起談話，然後指示我要來好好拜託你們現場的工作人員……」

「喔喔。」

倉田以為他得知了這起事件，所以立刻趕來這裡，但自己似乎多慮了。倉田猜到了岡村等人此行的目的。

「是為了北月滑雪區的事嗎？」

「對。」岡村一臉嚴肅地回答，「北月的積雪量已經十分充足，所以很希望你們可以考慮一下。如果還無法開放，我們真的就完蛋了，無論旅館還是民宿，都幾乎沒有人預約，餐廳也都完全沒有生意。」

倉田低下了頭，默默點了點頭。北月町位在山的另一側，是位在北月滑雪區下方的小城鎮，和這家飯店所在的新月町相比，交通很不方便，而且人口外流的情況十分嚴重。觀光是那裡唯一的主要產業，但只有溫泉和滑雪場這兩大賣點。如果北月滑雪區持續封閉，來滑雪的人就沒有理由住在交通不便的北月町。

「可不可以請你們積極研究這個問題？」岡村語帶悲切地說。

「我非常瞭解你的心情，我個人也很希望盡速開放，但既然之前發生了那樣的意外，高層當然會格外謹慎。我們已經做好了準備，只要高層點頭，就可以馬上動起來，所以只能請你們再等一下。」倉田小心謹慎地說。

岡村難過地撇著嘴角說：

「雖然發生了意外，但並不是滑雪場的過錯……」

「雖然是這樣……」

倉田的心情很複雜。得知入江父子來這裡的消息後，沒想到又接到這樣的陳情。那起意外造成了很多人不幸，不對，那是一起事件。不知道當時的滑雪客目前在哪裡、做什麼？

這時，岡村露出驚訝的表情看向入口，倉田也順著他的視線轉頭看向身後，發現町長增淵剛好走進來。副町長長井也跟在他的身後。

「好久不見。」倉田向他鞠躬。

「你看起來氣色很好，飯店也生意興隆，真是太好了。」增淵眉開眼笑地說。

「謝謝。」

倉田無法對他說「託你的福」這幾個字。

「町長，那裡的情況怎麼樣？」岡村問。

「嗯，」增淵淡淡地笑了笑，「我向社長說明了我們的狀況，社長似乎願意考慮，只是並沒有明確回答從什麼時候開始。」

「這樣啊。」岡村洩氣地回答。

「這也是無可奈何的事，只能發揮耐心等待了——倉田經理，那就後會有期。」

「隨時恭候大駕。」

增淵等人離開後，辰巳走了過來。

「社長和松宮總部長目前根本無暇考慮開放北月滑雪區的事，更何況那裡原本就是累贅。」辰巳在倉田耳邊小聲說道。因為周圍有好幾個並不知道收到恐嚇信的職員。

「是啊。」倉田也小聲回答。

廣世觀光當初計畫重整這個滑雪場時，決定放棄收購目前相當於北月滑雪區的北月町滑雪場。因為使用人數不多，考慮到營運成本和維持費用的問題，認為弊大於利。然而如此一來，只有北月町滑雪場無法使用通用的纜車券，變成孤立的滑雪場。其他町村同情北月町的遭遇，團結一致，主張如果不收購所有的滑雪場，就不出售自家的滑雪場，廣世觀光最後只好也收購了北月町滑雪場。然而因為之前曾經發生過這種事，所以經營高層對北月滑雪區並無好感，所以辰巳才會說是「累贅」。

「對了，倉田經理，我剛才確認了天氣預報，據說從今晚到明天早上會下大雪。」辰巳一臉擔心的表情，「明天的壓雪該怎麼辦？」

倉田忍不住低吟了一聲。辰巳對於要在可能埋設了爆裂物的滑雪場壓雪這件事感到不安，雖然這也情有可原，但不能不壓雪。來這裡的滑雪客中有很多都上了年紀，如果未經過壓雪，變得很平整的雪道不足，他們會感到不滿。目前已經有滑雪客向飯店投訴，今天壓雪比平時馬虎。

「明天早上再討論這件事，但基本上和平時一樣。」

「和平時一樣嗎？」辰巳不滿地皺起眉頭。

「我會去向總部長反映。」

「好吧。」辰巳不置可否地點了點頭，他似乎已經不抱希望，因為松宮不可能同意不壓雪。

倉田站在窗邊，抬頭仰望天空。積雪雲的確慢慢逼近。他覺得很諷刺，平時總是期待降雪，如今卻讓人心煩。

11

在朝陽下閃亮的滑雪場進入視野的同時，越野車 Land Cruiser 內就一片歡騰。快人拍著方向盤發出尖叫聲，坐在後車座的幸太吹著口哨、跺著腳。

「太猛了！比我想像中更大！」快人興奮地叫了起來。

「我不是早就告訴你們了嗎？新月真的很讚，我打算今年的滑雪季都留在這裡。」坐在副駕駛座的瀨利千晶在說話的同時，換了另一隻腳蹺起二郎腿。聽到自己推薦的滑雪場大受稱讚讓她感到得意。

「我問妳，真的可以體驗到鬆雪嗎？」幸太從後車座探出身體問。

千晶豎起大拇指說：

「保證沒問題。我上次去實地看了一下，找到了超讚的鬆雪區域。雖然那個地方有點危險，但你們一定可以輕鬆應付。剛才一直在下雪，我們這麼早來，絕對可以搶頭香，敬請期待囉。」

幸太用力拍著座椅的椅背說：

「大哥，你有沒有聽到？既然千晶姊這麼掛保證，那就絕對沒問題，我超興奮啊！」

「我也是，很想馬上去滑，但是千晶，妳說的鬆雪區應該不是正規雪道吧？沒問題嗎？」

千晶聽了快人的問題，忍不住皺起了眉頭。

「問題就在這裡，這個滑雪場的巡邏員盯得很緊，我上次就被發現了，一路追著我。」

「哈哈哈，」幸太笑了起來，「千晶姊，妳有什麼好擔心的，妳這麼厲害，應該很快就把對方甩開，逃得不見蹤影了。」

「沒想到那個巡邏員雖然用雙板，卻在粉雪區越追越近。我著急起來，滿腦子只想著趕快逃走，沒想到有一隻狐狸竄了出來，害我摔了一大跤。」

「沒想到妳竟然會被逮到，太難得了。」

「喂喂，千晶，真的沒問題嗎？我可不想才滑了一次就被沒收纜車券。」快人皺起眉頭說。

「沒事啦，那次我沒有仔細觀察周圍，只要滑行之前確認周圍沒有巡邏員就沒問題了。」

「對啊，大哥，有什麼好怕的？」

「你吵死了，不要在我耳朵旁邊鬼叫。」

他們在聊天的同時，來到了新月高原飯店的停車場，千晶已經開始活動手腕，她內心也很興奮。

快人和幸太是千晶的表兄弟，因為年紀相近，所以從小就玩在一起，也從差不多的時候開始學單板滑雪，只不過兩位表兄弟只是把滑雪當成興趣，千晶從四年前開始認真投入，每年冬季，都會持續在某座山上練習。正如她剛才所說，今年決定把新月高原滑雪場作為主要練習場，而且也已經在新月町的居酒屋打工換宿。

停車場分為住宿客專用和外來停車場，住宿客專用的停車場當然離滑雪場比較近。快人雖然抱怨著，但還是在停車場停好了Land Cruiser。雖然才早上七點半，但已經看到幾名滑雪客在停車場換衣服。

「慘了，我們也要動作快一點。」

幸太開始脫衣服，千晶下了車。她已經穿好了滑雪服。

她抬頭看著閃閃發亮的滑雪場，無論是箱型纜車還是吊椅纜車都還沒有啟動，兩者都要八點才開始運轉。

幾名巡邏員從飯店旁的小房子內走了出來。因為又積了雪，他們可能要去檢查哪些地方有雪崩的危險。巡邏員都穿著黑色底色上有紅線的連身滑雪服，頭上戴著紅色的帽子。等一下要告訴快人和幸太，那是巡邏員的制服。

千晶想起幾天前被巡邏員追逐的事。她完全沒有想到巡邏員竟然埋伏在那裡等自己上鉤，而且對方在茂密的樹木之間緊追不捨的技術和膽量也令她驚嘆。正如幸太剛才說的，這是她第一次被巡邏員追到，雖然是因為狐狸衝出來的關係，但如果當時沒有那麼慌張，就不會跌倒。

如果下次再遇到他，絕對要逃之夭夭。

千晶默默下定了決心。

12

根津打開廂型車的上掀式尾門，把那樣東西拿了出來。長方形的盒子露出一根一公尺左右的鐵棒，鐵棒前端有一個直徑約四十公分的圓盤。

「看起來怎麼樣？」根津輪流看著繪留和桐林問。

「沒想到這麼小。」繪留說，「我以為金屬探測器會更大。」

「也有更大的，但這是標準的大小。」

「我曾經用過比這個更小的，」桐林說，「在海水浴場時，要確認是否有金屬片掉落，像是瓶蓋或是髮夾之類的。」

「你這麼一說，我想起曾經在夏威夷的威基基看過，因為在海灘上都光腳走路，踩到會受傷。」

根津忍不住咂著嘴說：

「威基基欸，真是好命人，我們家都用這個來找地下的管線。」

「對喔，你們家是做建築的。」

「反正冬天的時候也用不到這個東西，所以我就想到也許對我們有幫助。照理說，這麼大規模的滑雪場應該有一台金屬探測器，都怪松宮總部長太摳了。」

「借我看看。」繪留接過金屬探測器，把圓盤的部分上下移動著，「沒想到這麼輕。」

「如果太重，就沒辦法長時間作業。」

「這個可以探測到多深的金屬？」

根津聽了桐林的問題，歪著頭說：

「說明書上寫著，最大可測深度是一百四十公分，但不知道在雪地的情況如何。」

「試了就知道了。」

「我也是這麼想，所以才找你們來幫忙。我們馬上來測試一下。桐林，你去拿鐵鏟，等一下在箱型纜車站集合。」根津說完，關上了車子的尾門。

三十分鐘後，三個人來到滑雪場半山腰的雪道外。必須挖很深的洞，才能夠測試金屬探測器的功能，目前纜車已經開始運轉，所以不能在雪道上作業。

昨晚開始下的這場雪帶來超過五十公分的積雪，三個人用滑雪板把腳下的雪踩結實後開始作業。和昨天一樣，先用鐵鏟挖一個洞。由桐林負責挖雪，但今天的目的並不是要挖東西，所以不需要挖太大的洞。

「露出地面了。」桐林說。

「好，那就來試試。」

根津說完，把一個壞掉的收音機交給了桐林。那個收音機之前都丟在巡邏隊休息室內。

在測試金屬探測器時，最重要的就是選擇探測的對象，如果使用完全沒有金屬零件的東西，金屬探測器當然偵測不到。

但是歹徒提供了提示。昨天挖出裝置上附了一封信，信中寫了以下的內容：

「真正的爆裂物除了和這個相同的裝置以外，還有備用電池和訊號接收器，並且用引爆裝置取代了閃光燈，我方相信並不需要多此一舉說明，引爆裝置連接了炸藥。」

訊號接收器、引爆裝置和電池——這些應該都使用了金屬零件，問題是到底有多大？

根津認為可能和攜帶型收音機差不多大小。因為兩者都是訊號接收器，所以使用了相同零件的可能性相當高。

另外兩個人也都同意他的意見。可能是因為他們找不到反駁的理由。其實根津也並不是很有自信，因為只有歹徒知道真正埋設了怎樣的東西。

根津已經告訴繪留和桐林，高層不打算報警，他們聽了之後，顯得比之前更加緊張。根津並不感到意外，因為既然無法指望警察，就代表自己肩上的責任更重了。

自己到底能做什麼？根津開始思考這個問題，難道只能傻傻等待歹徒的指示，沒有其他解決方法嗎？他在思考之後，想到了金屬探測器。如果能夠用金屬探測器確認是否有可能埋設了爆裂物，就是重大收穫。

把收音機放在洞底之後，三個人合力把洞埋了起來。洞的深度超過一公尺。

「那就來測試一下。」根津拿起放在一旁的金屬探測器，同時戴上和探測器相連的耳機，打開電源。他注視著儀表，移動著圓盤狀的感應頭。

他看到繪留的嘴唇動了動，似乎在問他有沒有感應到。桐林也在一旁露出不安的神情。

根津用感應頭在雪面上緩緩移動多次，最後搖了搖頭，拿下了耳機。

「不行，完全沒有反應，聽不到任何聲音，儀表的指針也完全沒動。」

「是不是太深了？」

「有可能。」

「要不要重新埋在比較淺的位置？」

根津聽了桐林的提議，皺起眉頭，點了點頭。

「好，那就再來試試，你把鐵鏟給我，這次由我來挖。」

「不用啦，我唯一的優點，就是體力很好。」桐林拿起了鐵鏟。

就在這時，繪留叫了一聲：「啊！」她看向樹林深處，有幾個人影在樹林中移動。

「真麻煩，偏偏有人在這種時候違規。」根津不悅地說。

「怎麼辦？放過他們嗎？」

「不，也要顧及其他滑雪客的觀感。既然已經發現了，就要去追。這個滑雪場和其他地方不一樣。桐林，你繼續留在這裡。」根津說完，立刻穿上滑雪板滑了起來。

繪留也立刻追了上去。

「我繞去前面。」

「好。」

根津在回答時，繪留已經滑到數公尺下方了。她就像迴轉賽的選手般，以驚人的速度穿越樹木之間，真不愧是前奧運候補選手。

根津小心避免滑雪板前端被埋入蓬鬆的雪中，在樹林中前進。不一會兒，就看到了滑雪留下的痕跡。那是單板的痕跡，總共有三個人。

他順著軌跡追逐，不一會兒，就聽到前方傳來喧鬧聲。三個人分別穿著棕色、綠色和深藍色滑雪服。

繪留等在前方的樹林盡頭。那三名滑雪客似乎看到了，一度放慢了速度，但也同時發現根津從上方追來，於是再度滑了起來，揚起一陣雪煙。他們似乎打算兵分兩路逃走。棕色滑雪服逃向和另外兩個人不同的方向。

繪留追了上去。她打算去追棕色滑雪服，於是根津去追另外兩個人。

追了一會兒，根津發現身穿深藍色滑雪服的人滑雪的姿勢似曾相識。一定就是前天傍晚逮到的那名女滑雪客。她竟然沒有汲取教訓，又來這裡滑雪。

和那名女滑雪客相比，綠色滑雪服重心有點不穩，也許是為了配合綠色滑雪服的速度，所以他們並沒有滑得很快。

這時，深藍色滑雪服的女人不知道大聲說著什麼，然後停了下來。綠色滑雪服回頭看了一眼，雖然稍微放慢了速度，但並沒有停下來，而是繼續滑了下去。

深藍色滑雪衣的女生雙手扠腰，等待根津靠近。

「又是妳啊。」根津在她面前停下說，「我上次已經說了，既然要來這裡，就要遵守這裡的規定。」

「對不起。」她把纜車券手環從手臂上拿了下來問：「是不是還要報上名字？」

「妳有沒有帶身分證？」

「我沒帶在身上。」

根津從口袋裡拿出紙筆。

「妳把名字和聯絡方式寫下來。」

她拿下手套，寫下了名字和聯絡方式。根津接過來確認後，發現她用圓滾滾的字寫了瀨利千晶這個名字，地址在新月町，而且是根津很熟悉的居酒屋。

「妳在那家店工作嗎？」

「對，從上個星期開始。」

「妳和妳朋友一起住在這裡嗎？」

瀨利千晶搖了搖頭說：

「只有我住在這裡，他們是我的表兄弟，今天剛從東京來這裡。拜託你大人不計小人過，放過他們，是我找他們來的。我說這裡的鬆雪超讚，無論如何都要來試試。他們難得來這裡，所以希望能夠盡情地玩一玩。」

「既然妳這麼想，就不該帶他們來危險的地方，這裡是有可能發生雪崩的危險地區。」

她低下頭時，根津的對講機響了起來。

「我是藤崎，根津，現在方便說話嗎？」

根津拿起對講機，按下了通話鍵。

「我是根津，逮到了一名違規的人。」

「我也抓到了一個，請指示。」

根津看向瀨利千晶，她垂頭喪氣地站在那裡。

根津對著對講機說：

「妳好好警告他，放他走吧，不必沒收他的纜車券。」

「收到。」

瀨利千晶抬起頭。

「謝謝。」說完，她遞上了自己的纜車券。隔著護目鏡，可以看到她鬆了一口氣。

根津嘆了一口氣說：

「妳去為妳的表兄弟帶路，但這次是最後一次從寬處理。我相信妳應該知道，我們滑雪場比其他地方更嚴格，一旦發現有人違規，就一定會追究到底。」

「是啊，我知道了，下次不會再犯了。」她把纜車券手環套在手臂上，重新戴好手套。

「不用闖禁滑區域，也有可以在鬆雪上滑雪的地方，下次我帶妳去。」

根津說完，報上了自己的姓名，她驚訝地聳了聳肩膀說：

「你是在把我嗎？不好意思，我不吃這一套。」說完，她緩緩滑了起來，然後轉頭揮了揮手說：「後會有期。」

根津忍不住露出笑容的瞬間，對講機再度傳來聲音。

「這裡是總部，根津隊長聽到請回答。」是上山祿郎的聲音。

「是，我是根津。」

「倉田經理在找你，你可以下來嗎？」

根津憑直覺知道，倉田是為了事件相關的事找他。八成是現金已經準備就緒，要他把黃色塑膠布綁在箱型纜車站的屋頂上。他立刻繃緊了前一刻放鬆的臉頰。

「我知道了，馬上就回去。」

他拿好滑雪杖，從最短距離的雪道滑向滑雪場。

13

在滑向飯店的途中，放在滑雪服內的手機響了。千晶用滑雪板煞車停下後，蹲下身體坐在雪地上，拿下手套，從口袋裡拿出手機。果然是幸太打來的。

「喂，是我。」

「千晶姊，怎麼樣？有沒有沒收妳的纜車券？」電話中傳來幸太擔心的聲音。

「別擔心，他放了我一馬，但說好下不為例。你在哪裡？」

「在箱型纜車站前，我也已經聯絡了哥哥，他馬上就會來這裡。」

「好，那我也去找你。」

千晶把手機放回口袋後，再度滑了起來。

來到纜車站，身穿棕色滑雪服的快人和綠色滑雪服的幸太站在一起等她，遠遠就可以發現他們有點沮喪。

「辛苦了。」幸太舉起手打招呼，「千晶姊，對不起，妳是為了讓我逃走，特地讓他們逮到吧？我扯了妳的後腿。」

「不必放在心上，反正快人也被逮到了。」

「這裡的巡邏員是怎麼回事？根本不需要這樣拚命來追啊，大哥，你也一下子就被逮到了。」

快人把護目鏡推到頭上，歪著頭說：

「對啊，真的超驚訝，我對自己的速度很有自信，沒想到竟然栽了跟頭。我用直滑降一路衝下去，沒想到竟然還被搶先了。那個巡邏員的滑雪技術太驚人了，而且是女生欸。」

「啊？真的嗎？」幸太對這件事產生了興趣。

「對啊，所以我又吃了一驚，而且啊，」快人的嘴角露出了笑容，「她長得很可愛，算是正妹，老實說，是我喜歡的類型。」

「哇哈哈哈，」幸太笑了起來，「你怎麼會愛上巡邏員？你在想什麼啊，腦袋破洞了嗎？」

「不，她真的超正。剛才失策了，至少應該問一下她的名字。」

「她姓藤崎。」千晶說。

「啊？妳說什麼？」

「她姓藤崎，我聽到他們用對講機說話，但不知道她的名字。」

「喔，這樣啊，原來她姓藤崎。真希望可以再見到她。」

「你再闖去禁滑區域，搞不好她就會來追你。」

千晶開玩笑說，沒想到快人一臉嚴肅地回答：「不，這樣不太好，萬一是其他巡邏員來追我就慘了。即使真的是藤崎，連續兩次違規，會破壞她對我的印象。我可沒有被討厭的勇氣。」

「既然這樣，那你就說自己受了傷，去巡邏隊的休息室。她一定會幫你處理。」

「啊，這搞不好是好主意，但要受什麼傷呢？我可不想真的流血，難道要假裝扭傷嗎？但如果是這樣，明天之後就不能滑雪了，真傷腦筋。」

「你就慢慢煩惱吧，幸太，我們走，不要理這種腦袋有問題的大哥。」

千晶和幸太走向箱型纜車站，快人也追了上來。「等等我啦，我也要去滑雪。」

雖然出師不利，剛開始滑就被巡邏員逮到了，但搭上纜車後，千晶內心的煩躁立刻消失了。下方的滑雪場有起有伏很壯觀，天氣放晴了，可以清楚看到遠方的山峰。

「太猛了！」幸太嘀咕著。「千晶姊，妳這個冬天都一直要在這裡滑雪嗎？太羨慕了。」

「如果你真的這麼羨慕，你也可以申請休學，然後住在這裡。」

「不可能啦，如果這次再留級，我爸真的會親手掐死我。」幸太做出掐自己脖子的動作。他目前讀大二，已經留級過一次。

「千晶，妳上次不是說，這裡要舉辦比賽嗎？障礙追逐賽。」明年春天就要從大學畢業的快人問。

「下個月就要比賽了，這也是我今年選擇在這裡練習的原因之一。」

千晶目前最積極練習的就是單板滑雪障礙追逐賽，雖然她也很擅長U型賽道賽，但她認為單板滑雪障礙追逐賽中，先抵達終點的人獲勝的簡單比賽規則更適合自己的個性。

「這樣啊，但賽道好像還沒有設置，不知道會設在哪裡？」

「去年之前都是使用活力雪道的中級斜坡，我想今年應該也一樣。」

快人打開了滑雪場的地圖，和纜車外的滑雪場比較著。

「活力雪道是在那裡嗎？完全沒有賽道的影子啊。」

「接下來才會著手設置吧，我猜想可能在等積雪更多一點。」

「是嗎？這樣來得及嗎？在正式比賽之前，選手不是還要練習嗎？」

「他們即使拚了老命，也會趕在比賽之前完成，因為這是這個滑雪場最大的活動。」

「嗯，也對啦。」快人在點頭的同時，把滑雪場地圖收了起來。

千晶低頭看著滑雪場。雖然賽道應該會在比賽之前完成，但如果時間太趕，她會很傷腦筋。因為在正式比賽之前要先實地瞭解情況，而且也希望盡可能多練習。

之後，他們三個人運用各自的技巧，挑戰了在新月滑雪區內各個雪道，其中最長的雪道有將近四公里。幸太在雪地公園內表演了軌道滑行，千晶在大跳台讓周圍所有滑雪客都為她捏了一把冷汗，飆速狂快人衝上了雪道旁的雪牆，表演了跳轉一百八十度和三百六十度的技巧。

「啊啊啊，我的腿已經沒辦法動了。」滑了幾次之後，幸太哀求道，「我投降，先休息一下。」

「贊成，我也快吃不消了。」快人也表示同意。

「你們兩個男生也太遜了。」

「千晶姊，妳真不愧是選手級的好手，我們甘拜下風。」幸太抱著滑雪板走向飯店。

千晶也打算跟著走回飯店，看到快人停下腳步，看向箱型纜車站的方向。順著他視線的方向看去，發現有一名巡邏員在那裡，就是剛才他們在討論的藤崎。

「你在看什麼？該不會真的想追她？」千晶傻眼地問。

「不，即使沒辦法追她，也希望能夠在我回東京之前，找機會和她說幾句話。

因為我今年可能沒辦法再來了。」

千晶聽了表哥的話有點驚訝。沒想到他這麼認真，也就是所謂的一見鍾情。

「真是拿你沒辦法，那我設法幫你找機會。」

「真的嗎？我真的可以期待嗎？」

「我有言在先，我只是設法為你安排和她說話的機會，之後你就要自己搞定。」

「我知道。哇哇哇，我渾身熱血沸騰。」快人再次看向纜車站的方向，「嗯？他們在幹什麼？」

「什麼？」

「那裡啊。纜車站的屋頂上，不是還有另一名巡邏員嗎？」

千晶看向快人手指的方向，發現一名巡邏員站在屋頂上，就是剛才逮到她的巡邏員。

不一會兒，就看到屋頂垂下一條黃色的帶子，長度超過一公尺，被風吹得飄了起來。

「那是什麼？是什麼標記嗎？」快人問。

「不知道。」千晶只能歪著頭納悶。

14

倉田確認黃色帶子清楚出現在即時影像中，忍不住深深嘆了一口氣，有一種好像在結冰的斜坡上緩緩向後滑落的不安在內心擴散。已經沒有退路了，但也不知道接下來會如何發展。

滑雪場官網的專用電腦平時都放在管理辦公室內，如今搬到了會議室內。負責官網的辰巳正操作那台電腦。

倉田用自己的手機打電話給正在箱型纜車山麓站屋頂上的根津。

「我是根津。」

「我是倉田，沒問題，看得很清楚。謝謝你，你可以下來了。」

「我下去之後，要去你那裡嗎？」

「不用，你在休息室待命就好。」

「好。」

倉田掛上電話後，看向身後。松宮和中垣正坐在一起抽菸，兩個人都愁容滿面。

「接下來就等歹徒聯絡了。」中垣嘀咕著，彈了彈菸灰，「不知道歹徒打算怎麼拿錢，應該不可能當面交給他吧。」

「會不會用匯款的方式？」總務部長宮內說，「對歹徒來說，這種方法最安全。聽說網路上可以買賣他人名義的銀行帳戶，詐騙也都使用這些帳戶。」

「不，我認為不可能。」倉田說。

「為什麼？」

「因為歹徒一定想馬上拿到錢，但如果用匯錢的方式，就必須去銀行，才能把三千萬領出來，而且還需要確認是本人，所以從各種意義上來說都很危險。即使用提款卡領錢，每天領取的金額有限制，需要一個多月，才能把所有的錢領出來。」

「並不一定只指定一個匯款帳戶，可能會分十個帳戶，如果歹徒不是一個人，而是有好幾個人，就可以分頭去領錢。」

倉田看著宮內的臉，歪著頭說：

「他們會這麼做嗎？只要有一個人出差錯，就全毀了，風險會增加十倍。」

「是嗎？」宮內露出難以理解的表情。

「而且歹徒在恐嚇信中說，要我們在三天之內準備三千萬現金，如果打算用銀行匯款的方式，沒有理由這麼寫。」

「原來如此，你說的有道理。」中垣點了點頭，「那會不會是這樣呢？要求我們用快遞的方式送錢，或是用小包裹寄到某個郵政信箱。」

倉田也無法同意這種可能性。

「我認為可能性很低，歹徒應該會考慮到我們報警的可能性，如果警方守在包裹送達的地點，他們就完蛋了。」

「歹徒會認為我們報警嗎？」

「我不認為他們完全不考慮這種可能性。」

中垣沒有再說話，他可能認為倉田的意見很中肯。

會議室內陷入凝重的沉重，只聽到辰巳不時敲打鍵盤的聲音。

「即使一直在這裡等也沒用。」中垣站了起來，「我先回辦公室，如果有什麼動靜，馬上通知我。」

「好。」宮內回答。

「那我也先回辦公室，因為還有必須處理的工作。」松宮也離開了會議室。

兩名高階主管離開後，宮內伸出雙腿坐在椅子上。

「唉！到底有什麼必須處理的工作呢？」

倉田嘆了一口氣，低頭看著宮內問：

「宮內部長，這樣真的好嗎？真的不需要報警嗎？」

總務部長立刻皺起眉頭。

「不用再提這件事了吧，聽說你直接找社長談這件事，這可是越權行為。」

倉田咬著嘴唇。宮內似乎認為準備好現金，就已經解決了這件事，但目前完全無法預料歹徒之後的行為，也無法保證滑雪客的安全。

聽根津說，今天一大早就測試了金屬探測器，很遺憾的是，靠金屬探測器找到爆炸裝置的可能性很低。

倉田從窗前看著滑雪場。值得慶幸的是，今天滑雪場很熱鬧，但此刻的他看到滑雪客人數越多，就越提心吊膽。

倉田看到一個穿著雙板滑雪板的男人站在飯店前，看到那個男人的側臉，他忍不住吃了一驚。

「辰巳，我可以離開一下嗎？因為我想去向外面的人打一聲招呼。」

「可以啊，是誰啊？」

「入江先生。聽說他昨天來這裡。」

「喔喔，」辰巳心領神會地點了點頭，「好。」

「聽說為他安排了頂樓的蜜月套房，」宮內用沒有感情的語氣說，「他來得真不是時候，偏偏在這種時候來湊熱鬧。」

「他並不知道這件事，這也是沒辦法的事。」倉田說。

「是沒錯啦。」宮內聳了聳肩膀。

「有什麼狀況，馬上通知我。」倉田向辰巳交代後，走出會議室。

他穿上防寒外套走出飯店，入江義之維持著和剛才相同的姿勢打量著滑雪場，但沒有看到他兒子的身影。

「入江先生。」倉田叫了一聲。

身穿藍色滑雪服的入江轉過頭，看到倉田後，露出驚訝的表情。

「你好。」

「聽說你昨天就到了。根津告訴我這件事，不好意思，這麼晚才來向你打招呼。」

「你不必這麼客氣，其實我原本打算自己付住宿的費用，你們為我們安排這麼好的房間，讓我有點誠惶誠恐。」

「我們只是努力展現誠意，請你不必有任何顧慮。先不說這些，你兒子呢？」

入江的嘴角露出淡淡的笑容，輕輕搖了搖頭說：

「他在房間內，說不想滑雪。」

倉田低頭看著腳下。

「這樣啊，看來內心的創傷很難癒合。」

「但總有一天，我一定會讓他重新站在雪地上。即使不滑雪也沒關係，但必須面對現實。我打算在他能夠做到之後才回家。」入江的這番話中似乎充滿了堅定的決心，可見達樹的精神狀況很不理想。

「瞭解了，希望有我們可以協助的地方。」

「謝謝，根津先生也這麼對我說，也許真的會尋求你們的協助，到時候再請多幫忙了。」

入江在說話時，不時看向滑雪場，好像在找人。倉田忍不住問了這個問題，他尷尬地苦笑著說：

「我知道自己做的事沒有意義，只是求心安而已。」

「你的意思是？」

「每次看到單板滑雪客在滑雪場上飆速，就會忍不住看一下，猜想會不會就是當時的兇手，但是我知道根本不可能找到。我當時只是瞥到他們一眼，沒有記住任何特徵，更何況我也不認為他們會再來這個滑雪場，所以這只是求心安的行為。即使明知道這樣，還是無法不找，眼睛會不由自主地看過去。」

穿著防寒外套的倉田感覺自己起了雞皮疙瘩。看來並不是只有他的兒子深受心靈創傷的折磨，眼前這位父親也沒有擺脫一年前的惡夢。

入江吐出一口氣，在空氣中變成了白色。

「不好意思，忍不住向你訴苦。我覺得有點冷，所以先回房間了。倉田先生，要不要喝咖啡？你可能也知道，蜜月套房內有咖啡機。」

倉田正想拒絕，臨時改變了主意。雖然他很關心歹徒的回答，但也想瞭解入江達樹目前的狀況。

「好，那我就打擾片刻，但不用為我泡咖啡，我去看達樹一下就離開。」

「不知道他是否還記得你。」

他們搭電梯來到最高樓層的十六樓，這個樓層都是蜜月套房。

倉田跟著入江走進房間，開了暖氣的客廳內響起了電子聲。一名少年正坐在電視前玩遊戲。

「達樹，不要玩遊戲了，趕快來打招呼。這位是倉田先生，去年很照顧我們。」

達樹聽到父親這麼說，抬起了頭。相隔一年，他長大了不少，但臉蛋仍然很幼稚。雖然他看著倉田，雙眼卻沒有聚焦。

「你好，最近還好嗎？」倉田面帶笑容問達樹。

達樹拿著遙控器，稍微抬起了頭，這似乎已經是他盡了最大努力的打招呼方式。

「怎麼都不說話呢？你已經是五年級的學生了。」

即使父親催促，達樹仍然沒有開口，而且把遙控器放在地上後，起身走進裡面的臥室。

入江咂著嘴，一臉歉意地對倉田說：「不好意思。」

「你不必在意我，因為你兒子最痛苦，如果有什麼需要幫忙的，請儘管吩咐。」

「謝謝。」

「那我就告辭了。」倉田鞠了一躬後走出房間，在電梯廳等電梯。電梯門打開時，一對老夫婦從電梯內走了出來。倉田看到他們，忍不住停下了腳步。他們正是兩天前，在纜車上和他聊天的那對夫妻。自由腳跟滑雪的精湛技巧令他留下深刻的印象。

老人似乎也發現了他，向他打招呼說：

「嗨！你也住在這個樓層……不，不是這樣，你是滑雪場的工作人員。」老人逗趣地說。

「我來向一位老客人打招呼。原來兩位住在這個樓層，謝謝兩位的入住。」

老人搖了搖手說：

「這種事並不重要，我還是想問北月滑雪區的事，最近仍然沒有開放的計畫嗎？」

「很抱歉，目前還沒有這樣的安排。」倉田向他道歉。

「這樣啊，原本還想去看看。」老人一臉遺憾地皺起眉頭。

「老公，你不要強人所難，而且拉著人家在這裡說話，會耽誤人家工作。」

老人聽了太太的提醒，「啊！」了一聲，摸了摸頭說：「那倒是，真的很抱歉。」

「沒關係。」倉田再次按了電梯的按鈕，老夫婦走進入江父子隔壁的房間。如今經濟不景氣，他們長期住在蜜月套房，顯然很會享受生活。老人看起來已經退休了，以前在職場上應該很成功。

倉田搭電梯下樓後，回到了會議室。宮內不在會議室內，只有辰巳獨自坐在電腦前。

「情況怎麼樣？」倉田問。

辰巳搖了搖頭說：「目前完全沒有收到任何回覆，雖然上次是用電子郵件的方式聯絡，但這次未必用相同的方式，搞不好會打電話聯絡。」

「會嗎？歹徒應該也不知道該撥打哪一個電話吧？目前只有飯店的總機對外公開，如果打那個電話，就會連一般員工都知道這起事件，歹徒應該也不樂見這種情況。」

「也對，有道理。」

「反正只能繼續等看看。」倉田拍了拍辰巳的肩膀。

之後，倉田回到管理辦公室處理業務，但無論做任何事都心不在焉，完全無心工作。他想安排障礙追逐賽的日程，卻看錯了月曆，反而增加了不必要的工作。

倉田托著腮，想到即將舉行的障礙追逐賽，就感到頭痛。因為屆時會邀請國內外知名選手參加，所以賽道的設置不能馬虎。為了讓選手在比賽中有精采的表現，必須投入充分的準備，然而在目前的情況下很難做到。

最晚也要在兩、三天內就開始作業——倉田的腋下流著汗。

天色在不知不覺中暗了下來，進入了夜場的營業時間。倉田去商店買了麵包和罐裝咖啡填了肚子，因為他實在沒有心情去食堂悠閒吃晚餐。

當他喝完咖啡時，手機響了。是辰巳打來的。

「是我？有什麼狀況嗎？」

「收到了。」辰巳說，「歹徒用電子郵件寄來了答覆。」

心臟在胸口內側用力跳動，「好，我馬上過去。」

倉田衝進會議室，中垣和松宮等人已經到了，所有人都站在辰巳身後探頭看著電腦，倉田也急忙站在他們身旁。

辰巳放大了電子郵件的內容。那封電子郵件寫了以下的內容：

「致新月高原滑雪場的諸位工作人員：

我方已看到黃色的帶子，很高興諸位接受我方要求。我方認為這是彼此的最佳選擇，相信諸位日後也將瞭解這一點。

既然雙方已達成共識，我方希望立刻進入實質交易階段，當然仍由我方發出指示。

請諸位準備一支在滑雪場內可通話的手機，然後將手機號碼傳至這次所使用的電子郵件信箱。我方在收到電子郵件後，就會廢棄本信箱，請勿再變更手機號碼。

將三千萬現金裝在飯店一樓商店內標價五百圓，印有「Happy-Scene Get!」的防水箱內交給送款人，送款人必須會滑雪，無論單板或雙板都無妨。

送款人須將黃色頭巾綁在手臂上，準備好滑雪板後，在晚上八點三十分之前，站在中央滑雪場下方的纜車券售票處前，同時手機要記得開機。

如果雙方缺乏信賴關係，這次交付款項無法成功。只要我方認為諸位的行動稍有可疑之處，就立刻停止交易，且無第二次機會。我方將啟動爆裂物的定時器，之後不再聯絡。為了避免這種事態發生，請諸位謹慎行事。

埋葬者」

中垣發出了呻吟。

「歹徒似乎打算面交。」

「歹徒到底有什麼盤算？我不認為歹徒會親自出面。」倉田歪頭感到納悶，「既然指定送款人必須會滑雪，搞不好會要求送款人在滑雪場內移動。」

「但是，」辰巳轉過頭，抬頭看著倉田說：「那個時間點，開放滑雪的雪道有限。」

「有道理……」倉田陷入了沉默。

「我們在這裡瞎猜也無濟於事，總之，就按照歹徒的指示去安排。」中垣語氣強烈地說，「準備好所有需要的東西，另外，由誰擔任關鍵的送款人？」

「那就找他們，只能找他們幫忙了。」倉田回答。

「交給我吧。」根津聽了倉田的說明後，不假思索地回答。也許請他來會議室時，他就隱約預料到可能是為了這件事。

倉田鬆了一口氣，點了點頭說：

「謝謝你，我就知道你會答應。只要聽從歹徒的指示，我相信不會有危險。因為他們的目的只是錢。」

「你千萬不要輕舉妄動，這次的行動絕對不允許失敗。」中垣說話的語氣咄咄逼人。

「我當然知道。」根津回答時並沒有看中垣的臉。

會議室的門打開了，宮內走了進來，右手拎著藍色防水箱。這是這家飯店的獨家商品，在一樓的商店內出售。

「歹徒調查得真清楚，我把現金放進去之後，發現大小竟然剛剛好。」宮內說完，把防水箱放在桌子上。

松宮拿起防水箱，打開拉鍊，確認了防水箱內的東西。然後給中垣看了一下，兩個人相互點了點頭，把防水箱推到根津面前說：「那就交給你了。」

根津握著防水箱的把手，也打開了拉鍊。防水箱內塞滿了一萬圓的紙鈔。他瞪大眼睛後，又把拉鍊重新拉好。

「歹徒要求送款人準備單板或是雙板的滑雪板，你要用哪一種？」倉田問。

「我會用雙板，因為今年還沒有用過單板。」

「你有辦法拿著這個滑雪嗎？」

「當然可以，但為了以防萬一，我會裝在背包裡。」

「這樣比較好，另外，這個給你帶在身上。」倉田遞給他一個手機。

「這是誰的手機？」根津問。

「是我的，這支手機在山頂上也可以收到訊號，已經確認過了。話說回來，因為是晚上，我相信不會去山頂。」

剛才已經將手機號碼通知了歹徒。

門打開了，辰巳走了進來。

「因為找不到純黃色的，所以我買了幾條接近的。」

他把裝在塑膠袋內的頭巾放在桌上。他似乎剛去商店買回來，都是黃色的底色。

「這條應該可以。」根津從中挑選了一條，黃色的底色上畫了好幾個雪花的結晶。

「衣服怎麼辦？」中垣問。根津目前穿著巡邏員的制服。

「休息室內有我自己的滑雪服，我會換那套衣服。」

「雖然你可能會嫌我囉嗦，但你千萬不要輕舉妄動。」中垣說，「你的任務就是按照歹徒的指示行動，不要做歹徒沒有指示的事，只要順利把錢交給——」

「總部長，」倉田叫了一聲，「我們要相信根津，這次他們都很幫忙。」

中垣似乎對倉田的意見沒有異議，雖然仍然板著臉，但說了聲「是啊」，就沒有再多說什麼。

倉田把手放在根津的肩上。

「那就拜託你了。」

「交給我吧。」根津用力點頭，然後低頭看著自己的手錶，倉田也跟著看了手錶。

目前是晚上八點剛過。

15

夜場的燈光下，飯店前的中央滑雪場仍然頗熱鬧。吊椅纜車站前雖然不至於大排長龍，但乘客絡繹不絕。

入夜之後，氣溫降低了，所以雪道也結了冰，到處可以聽到滑雪客的滑雪板邊緣用力刮到冰面的聲音。照理說，這些滑雪客在白天時已經滑了很久，這麼晚的時間仍然想要繼續滑，不是中毒很深，就是希望能夠藉由多練習提升技術。雖然氣溫降低，但可以感受到滑雪客的熱情比白天時間更加高漲。

根津看著手錶。目前已經過了八點三十分，但還沒有接到歹徒的聯絡。

他抬起頭，看向飯店的方向。飯店正面二樓是一扇很大的窗戶，那裡是營業到九點半的酒吧，當初認為客人可以喝著雞尾酒，欣賞夜間的滑雪場，所以設計了這個酒吧，但只有泡沫經濟時期，酒吧生意興隆，最近很難說有什麼生意。因為幾乎沒有人會來到滑雪場這種地方，在高級酒吧喝要價並不便宜的雞尾酒，想喝酒的話，可以在飯店的商店內買酒回房間喝，反而更輕鬆。

酒吧平時門可羅雀，此刻倉田和其他滑雪場的相關人士都坐在那裡，只不過他們不可能點酒，喝著水或是軟性飲料解渴，觀察著根津的動靜。

根津打量周圍。歹徒一定也在某個地方觀察他。雖然完全無法猜測歹徒要用什麼方法交付贖款，但他認為歹徒應該在等什麼時機。

他吐了一口白色的氣，正打算再次看手錶，放在滑雪服口袋內的手機響了。根津立刻脫下手套，拿出了手機。手機未顯示來電號碼，他按下通話鍵。

「喂？」

「你去搭第一高速吊椅纜車，下了纜車後等在那裡。」

對方應該使用了變聲器，低沉的聲音明顯經過電子加工。

「第一高速嗎？」

根津重複了一次，但對方已經掛了電話。他看了一眼飯店二樓後，把手機放進懷裡。倉田他們應該從他一連串的動作中察覺，歹徒已經和他聯絡。

他穿上放在旁邊的滑雪板，拿起滑雪杖走向纜車站。夜場的營業時間到九點為止，有不少滑雪客打算享受最後一次滑行，所以纜車站前有一些人在排隊。

輪到根津了。他和兩名單板滑雪客搭了同一輛纜車，他們似乎是朋友，開心地聊著滑行技術。根津原本猜想歹徒可能會在纜車上收取贖款，但顯然猜錯了。

他從纜車上俯視著滑雪場。歹徒到底想要自己幹什麼？這麼晚搭纜車，也無法去其他地方，纜車站更上方的區域都已經熄燈了。

他來到纜車站。有幾名單板滑雪客正坐在雪道旁穿滑雪板。

根津走到滑雪場角落，等待歹徒的下一步指示。他想到歹徒可能親自出現的可能性，小心謹慎地打量周圍。

不一會兒，過了九點。滑雪場內響起夜場營業時間結束的廣播，下方的纜車站入口似乎已經關了，吊椅都是空的，但後方有一個人孤零零坐在吊椅纜車上，而且穿著巡邏員的制服。當對方靠近時，根津發現是桐林。在夜場的營業時間結束後，巡邏員必須在滑雪場內巡邏。平時都是根津做這項工作，今晚請桐林代勞，否則不瞭解狀況的人看到根津時，可能會和他說話。

手機響起來電鈴聲。根津急忙接起電話。

「把防水箱放在往第二雙人吊椅纜車指示牌後方，放好之後，立刻從中央滑雪場離開。回到纜車券售票處前，等待下一步指示。」

對方說完之後，不等根津回答，就掛了電話。

根津看向後方，第二雙人吊椅纜車站就在距離這裡一百公尺的斜下方，這裡的確設置了指向那個方向的指示牌。他從背包中拿出防水箱，按照歹徒的指示放在指示牌後方。周圍已經不見滑雪客的身影，所以不必擔心會被人看到。

不一會兒，桐林來到纜車站。根津知道他很在意自己。巡邏員必須在所有滑雪客都離場後開始巡邏。

根津向他點了點頭，滑下了斜坡。

他在纜車售票處停了下來，脫下滑雪板，拿出手機，看向飯店二樓。他不知道倉田和其他人在做什麼，他們應該也迫不及待地想知道根津在搭上纜車之後到底發生了什麼狀況。

幾乎所有的滑雪客都已經回到了飯店，除了根津以外，應該只有纜車的工作人員還留在滑雪場內。根津看到桐林走進休息室時，不時看向自己的方向。

夜場的燈也很快就關了，滑雪場頓時被黑暗籠罩。根津所站的位置可以藉由飯店的燈光，勉強看到腳下，但雪道上方完全漆黑一片。

歹徒要怎麼拿走那個防水箱？

就在這時，手機響了。

「喂？」

「錢收到了，這次的交易就完成了。後續的事，日後再聯絡。」對方說話的語氣很平淡。

「等一下，至少先告訴我們爆裂物埋——」對方不理會他說的話，掛上了電話。

根津穿上滑雪板滑了起來。他直奔休息室。

進入休息室後，他立刻脫下滑雪鞋，換上了雪靴。繪留和桐林以外的巡邏員也都在休息室內。

「根津隊長，你怎麼穿這身衣服，出什麼事了嗎？」上山祿郎立刻問他。因為根津穿著自己的滑雪服。

「沒事，我剛才在玩而已。」說完，他拿起掛在牆上的雪地摩托車的鑰匙，再度衝出門外。

他騎上雪地摩托車，發動引擎時，繪留也追了上來，坐在根津後方說：「我和你一起去。」

根津點了點頭，騎著雪地摩托車出發了。車頭燈照亮了前方，他衝上了斜坡，在操作握把的同時，大聲向繪留說明了歹徒指示的內容。

「把錢放在那種地方？歹徒到底有什麼打算？」

「不知道。」根津大聲吼著回答。

來到第一高速吊椅纜車站，他把雪地摩托車停了下來，去指示牌後方察看，發現防水箱已經不見了。

「這是怎麼回事？歹徒怎麼拿走的？」根津喃喃說道。

「你們通電話時，歹徒就躲在這附近，看到周圍沒有人之後就拿走了。我猜應該是這樣。」

「但是我就在滑雪場下方，在我和桐林之後，沒有其他人下來。」

「這只是指中央滑雪場的情況，我認為歹徒應該去了那裡。」繪留指向通往第二雙人吊椅纜車的通道。

「那裡伸手不見五指，去那裡之後，什麼都看不到。」

「可能有什麼照明裝置，比方說手電筒之類的。」

「果真如此的話，不管是單板還是雙板，那傢伙的技術都很出色。」

根津在說話時，手機響了。但並不是根津借來的那支手機，而是他自己的電話。上面顯示了管理辦公室的電話。

「喂，我是根津。」

「我是倉田，到底是怎麼回事？是不是發生了什麼狀況？」倉田變尖的聲音顯示出他內心充滿緊張。

「既沒有發生任何狀況，也沒有發生意外。」根津回答說：「現金已經交到對方手上，而且很順利……」

16

聽完根津報告的情況，都沒有人說話。倉田也不知道該說什麼。他內心最真實的感想，就是「歹徒果然是認真的」這種不知道慢了好幾拍的感想。在接到恐嚇信，進入交付贖款的階段後，他內心深處仍然懷疑這只是惡劣的惡作劇。不，即使聽了根津的說明之後，仍然不覺得是真實發生的事。

中垣清嗓子的聲音打破了沉默。

「根津說得沒錯，我們的確被歹徒擺了一道，我猜想歹徒事先就研擬了縝密的計畫。」

「我也有同感，因為他們在下雪之前就開始計畫了。」總務部長宮內說，「但無論如何，已經順利將錢交到歹徒手上，不是該算是好事嗎？」

「是啊，接下來就等歹徒的聯絡。」中垣站了起來，「我去向社長報告，有什麼新的狀況，馬上通知我。」

「我也一起去。」松宮也站了起來。

兩位總部長離開後，會議室內的氣氛稍微緩和了些。宮內嘆了一口氣說：

「三千萬喔，對廣世觀光來說，並不算是太大的金額，但如果要求我們飯店把這些錢賺回來，就會很辛苦。如果歹徒會如約聯絡我們也就罷了，萬一捲款逃走，問題就大了。」

「你的意思是，歹徒可能不會和我們聯絡嗎？」倉田問。

「我的意思是說，也必須考慮到這種可能性。因為對歹徒來說，目的已經達成，即使不和我們聯絡，對他們也完全不會有任何影響。」宮內看向放在會議室角落的電腦。辰巳坐在電腦前，一動也不動地注視著螢幕。

「如果是這樣，我們就無法得知埋設爆裂物的位置，根本沒辦法挖出來。」根津也加入了談話。

「雖然是這樣，但這和歹徒沒有關係。」

「歹徒應該也不希望造成人員傷亡。」

「歹徒只要不按下引爆的開關就沒問題了，等到春天之後，冰雪融化，就可以找到爆裂物。」

「不按下開關，未必不會爆炸。」倉田說，「我相信歹徒應該也瞭解這種危險性。」

宮內聳了聳肩。

「誰知道呢？只能希望歹徒是有良心的人。」

「如果歹徒真的沒有聯絡，這次無論如何，都真的必須關閉滑雪場……」倉田小聲嘀咕。

「我就知道你會這麼說，」宮內苦笑著，但立刻露出嚴肅的表情，「我也認為你的想法很正確，問題在於社長會怎麼想。你認為他會決定今年滑雪季都不營業嗎？」

倉田緊抿雙唇。他不難猜到筧會說什麼。

「所以我才說，如果歹徒拿了錢逃之夭夭，問題就大了。以社長的個性，一定會盡全力把損失的錢賺回來。即使滑雪場下被人埋設了爆裂物，他也不會放在心上，一定會要求繼續營業。」

宮內不樂觀的預測令倉田感到背脊發涼，他認為無論如何都必須阻止這種情況發生，只不過筧接受自己這個小小索道部經理意見的可能性很低。

「如果歹徒沒有再聯絡，也不會報警嗎？」根津問。

倉田一時沒有聽懂他的意思，看著根津的臉，但立刻理解了他的想法。

「對喔，如果沒有接到歹徒的聯絡，不知道爆裂物埋設的地方，警方就不會同意我們繼續營業。」

「真傷腦筋，那就只能祈禱歹徒會聯絡嗎？即使承認當初說埋設了爆裂物是謊言也無妨。」宮內不悅地說，然後再度看向電腦的方向。

晚上十點過後，倉田要求辰巳關上電腦。會議室內只剩下他們兩個人，也沒有收到歹徒的聯絡。

「真傷腦筋，明天的整備工作該怎麼辦？」辰巳關了電腦後，露出滑雪場整備主任的表情問道。

倉田用指尖按了按眼角後，微微歪著頭說：

「不知道上面的人的想法，可能要和松宮總部長討論後再決定……」

「根本不知道歹徒什麼時候會聯絡，如果知道炸彈埋在哪裡，不是就要馬上挖出來嗎？既然這樣，我認為應該盡可能將壓雪的時間延後。」辰巳的話中充滿了緊張。在不知道爆裂物埋在哪裡的狀態下開壓雪車，內心的恐懼必定難以想像。

「好，如果到了早上，仍然沒有接到歹徒的任何聯絡，我就這麼向總部長建議。」

「拜託經理了。」辰巳鞠躬說道。

他們關了會議室的燈，一起來到走廊上。辰巳說要去管理辦公室一趟，倉田和他道別後，走向自己的房間。

回到房間，脫下上衣後，立刻倒在床上。他覺得身心俱疲。雖然他並沒有特別做什麼事，但之前從來不曾體會過在緊張狀況下持續等待的痛苦。

明天也會持續這種狀況嗎？

如今，倉田他們只能等待歹徒的聯絡，在接到聯絡之前，無法進行下一步的行動，也沒有只要等到什麼時候，就可以接到聯絡的時間限制。只有等到冰雪融化時，即使沒有接到聯絡，也不必繼續等下去了，只不過在此之前，無法保證不會意外爆炸。

倉田閉上了眼睛。雖然明知道就這樣睡著可能會感冒，但仍然懶得動彈，甚至覺得只要能夠熟睡，感冒反而比較好。

但是，他僅有的一絲期待也落空了。他好幾次做惡夢醒來，最後口渴難耐，只好起床喝水。在喝冷水時，感覺到睡覺時流汗把內衣都弄濕了，他去換了代替睡衣的T恤，重新躺回床上，但已經睡不著了。他覺得這樣下去，身體會吃不消。

結果又在鬧鐘響之前就起床了。他沖了澡，用冷水洗了臉，努力讓腦袋保持清醒。

他打開電視，轉到晨間新聞的頻道。社會上並沒有發生任何重大事件，如果媒體得知這個滑雪場所發生的事，一定會蜂擁而至。

但是應該不會有這一天，即使事件順利解決之後，筧也不會報警。因為絕對不可能對外公布在明知道滑雪場被埋設了爆裂物的狀況下，仍然持續做生意這種事。

當他換好衣服，關上電視時，放在桌上的手機響了。是辰巳打來的。倉田不由得緊張地接起電話。「喂，是我。」

「我是辰巳，早安。」他一口氣說道。

「早安，你真早啊。」

「因為我很擔心這裡的情況，所以，那個、我剛才確認了電子郵件……」

倉田握著電話的手忍不住用力，「歹徒說了什麼嗎？」

「對，收到了電子郵件，而且內容很震撼。」

「震撼？我知道了，我馬上過去。」

倉田掛上電話，衝出了房間。震撼的內容到底是指什麼？他的心跳加速。

走進會議室，辰巳獨自坐在電腦前。室內的空氣冰冷，他沒有穿工作服的夾克，而是穿著羽絨外套。

「就是這個。」辰巳指著螢幕說。

倉田探頭看向螢幕，電子郵件軟體收件匣內顯示的內容如下：

「致新月高原滑雪場的諸位工作人員：

我方已收到三千萬圓，也很高興看到諸位沒有耍花招，確實聽從了我方的指示。

因此，我方決定展現誠意，提供有關爆裂物的相關資訊。

我方並沒有在家庭雪道、綠色雪道和兒童滑雪場埋設，可以盡情使用這三個區域。

如果想瞭解進一步資訊，需再準備三千萬圓，和上次一樣，在箱型纜車的山麓站屋頂上綁黃色標誌。如三天以內未獲答覆，我方將視為交易不成立。

埋葬者」

怎麼會這樣？——倉田忍不住發出呻吟。

一個小時後，倉田和辰巳、宮內一起等待中垣和松宮回到會議室。他們看了歹徒寄來的電子郵件後，去向社長報告。

「仔細想一想，歹徒之前要求的金額就不太對勁，三千萬的金額有點不高不低。」宮內看著列印出來的內容說。

「我之前也這麼想。」倉田表示同意，「我原本以為歹徒要我們在和報警導致無法營業造成的損失之間進行衡量。」

「歹徒一開始就打算要分批勒索，才剛付完三千萬，又馬上要求三千萬，恐怕連社長都會陷入猶豫。」

「希望可以讓社長下定決心報警。」

宮內抱著手臂，不悅撇著嘴角。

「一旦報警，今年滑雪季的生意就完蛋了。不，更重要的是，第一次答應和歹徒交易，以及持續營業到今天的事，會遭到輿論的抨擊，絕對會對滑雪場的形象造成打擊，真是傷腦筋。」

一旦遭到抗議和投訴，總務部長宮內就會成為眾矢之的。他似乎想像可能發生的情況，心情感到鬱悶。

早知道當初就應該立刻報警，關閉滑雪場，現在就不用這麼傷腦筋了。倉田很想這麼說，但還是忍住了。即使現在發牢騷也無濟於事，而且他自己也無法反抗社長。

「歹徒為什麼要這麼做？」辰巳問，「既然這樣，一開始就要求六千萬不是就好了嗎？按照根津說明的情況，即使金額翻倍，歹徒收取贖款也不會有什麼問題。」

「這就是問題所在，的確很奇怪。」宮內也感到不解，「對歹徒來說，第一次交付贖款，也要冒很大的風險，通常不會希望一次又一次做這種事。還是因為第一次順利拿到了錢，所以就食髓知味？」

「我認為應該不可能，這個歹徒沒這麼簡單。」

宮內似乎同意倉田的意見，默默點著頭。

這時，會議室的門打開了，中垣和松宮走了進來。兩個人的面色都很凝重。

「情況怎麼樣？」倉田看著兩名總部長的臉問，「要報警嗎？」

中垣板著臉，重重地坐在椅子上，瞪了倉田一眼說：「沒這回事。」

倉田瞪大了眼睛問：「難道要答應歹徒的要求？」

「這種規模的恐嚇事件，通常都會要求一億圓左右的金額，社長也預料到事情不可能這麼簡單結束。」

「這次未必是歹徒最後一次提出要求。」

「但是，目前已經確認，只要付錢，歹徒就會有所回應。社長認為趕快付錢，瞭解哪些雪道沒有埋設爆裂物，有助於確保滑雪客的安全。」

「但是——」

「倉田，」松宮在一旁說：「這件事已經決定了。」

倉田抿起嘴，低頭看著腳下後，再度抬起頭說：

「那至少希望可以同意，不用為歹徒沒有通知我們安全的雪道壓雪。」

「那可不行。」中垣毫不猶豫地回答，「飯店的住宿客人有很多都是上了年紀的客人，他們來這裡，就是為了在經過充分整雪的雪道上滑雪，我們不能辜負他們的期待。」

倉田一臉困惑地看著松宮。松宮是統籌管理滑雪場安全的負責人，但他向倉田輕輕點了點頭，似乎希望他能夠共體時艱。

「就按照和昨天相同的步驟進行，宮內，不好意思，你再去銀行領現金。」

「好。」總務部長聽了中垣的指示，簡短地回答。

17

風變大了，掛在箱型纜車站屋頂上的黃色帶子尾端被吹了起來。根津抬頭看著屋頂，推了推臉上的墨鏡。

「沒想到又要再做這種事。」身旁的繪留對他說。「不是又要付三千萬嗎？公司真是損失慘重。」

「但高層可能認為，與其關閉滑雪場，還不如付錢了事。今年的滑雪季剛開始，如果真的無法營業，公司可能會倒閉。」

「但是萬一發生意外該怎麼辦？如果造成人員傷亡，後果不堪設想。」

「我也很擔心這件事，所以今天早上巡邏時，也比平時更加仔細，很希望可以發現爆裂物從雪地中探出頭，只可惜並沒有收穫。」

繪留用腳尖挖著腳下的雪。

「積雪有兩公尺左右，要到初春時才有辦法看到。」

「是啊，所以只是自我安慰，」根津嘆著氣說：「沒想到今年的滑雪季會發生這種事，原本還為今年降雪量豐沛感到高興。」

「太諷刺了，如果積雪量不足，歹徒或許就無法如願——對了，根津，如果這次又要你去送錢，你會答應嗎？」

根津抱著雙臂，注視著繪留的臉。

「關於這件事，我正想拜託妳。如果這次又需要人送錢，我希望由妳負責。」

「我嗎？」

「我回想了上次交付贖款的情況，認為送款人並沒有危險，只要完成歹徒的指示，就不會有問題。」

繪留抬眼看著根津。

「根津，你是不是在策劃什麼？」

「談不上策劃，只是在思考，有沒有我們可以做的事。」

「比方說？」

「比方說……能不能揪住歹徒的尾巴，哪怕只是枝微末節的事也沒關係。為此，由我擔任送款人就不太方便，我打算在其他地方待命，隨時可以採取行動，妳覺得如何？」

繪留立刻皺起眉頭問：

「難道你想抓住歹徒嗎？這太危險了。」

「我並沒有這麼想，剛才不是說了，只是想揪住歹徒的尾巴。總之，我無法忍受對歹徒言聽計從，我要出其不意，攻其不備。」

「雖然你這麼說——」繪留說到這裡，沒有再說下去。她看向根津的身後。

根津轉頭看向後方，一個穿著深藍色滑雪服，戴著粉紅色針織帽的女生一隻腳踩在單板上，緩緩靠近他們。

「我記得妳叫、瀨利……」根津指著她，努力回想著。

「我叫千晶，瀨利千晶，沒想到你竟然記得我。」瀨利千晶好勝的臉上露出了無憂無慮的笑容，「可以占用你一點時間嗎？我有一件事想要請教你。」

根津在臉前輕輕搖了搖手。因為他猜到了她想問的事。

「不好意思，下次再帶妳去秘境粉雪區，我們現在有點忙。」

瀨利千晶嘟起了嘴，皺起眉頭說：

「雖然我也想知道這件事，但現在要問的不是這件事。我想打聽一下障礙追逐賽的賽道。」

「障礙追逐賽？」

瀨利千晶點了點頭說：

「下個月不是就要比賽了嗎？但現在還沒有開始設置賽道，什麼時候才能設置完成？」

根津和繪留互看了一眼後，將視線移回千晶身上。

「這不是我們負責的事，所以我也不太清楚，應該快開始準備了。」

「是喔，那地點呢？」

「啊？」

「就是設置障礙追逐賽賽道的地點啊，之前都設置在活力雪道，今年也一樣嗎？」

「啊，不，這就不太清楚了，因為我們還沒有聽說細節。」

「是嗎？我之前曾經聽說，在設置賽道時，也會聽取巡邏員的意見。」

她說得沒錯。在舉辦比賽時，最重要的問題就是如何與普通滑雪客加以區隔。滑雪場方面在決定哪些地方設為禁區，哪些區域提供觀眾觀看比賽時，也會徵求巡邏員的意見。

「今年比較晚開始進行相關工作，」繪留看到根津說不出話，忍不住為他解圍，「因為今年的積雪量很豐沛，無論哪一條雪道都可以設置賽道，主辦單位反而舉棋不定。因為很希望可以讓更多人能夠觀看比賽。」

「原來是這樣，但我們很希望滑雪場方面能夠趕快決定。」

「我們？什麼意思？」根津忍不住問。

「因為，」瀨利千晶微微揚起下巴說：「我是選手啊。」

「選手？單板滑雪障礙追逐賽的選手嗎？」

「對，我報名參加了成年女子業餘Ａ組。」

難怪。根津終於恍然大悟。如果只是把滑雪當興趣，不可能有那麼高超的技巧。

「一旦決定，就會馬上公布，請妳再耐心等待一下。」根津說。

「既然這樣，那就沒辦法了。」瀨利千晶說完後並沒有離開，露出欲言又止的表情看著繪留。

「怎麼了？還有什麼事嗎？」

「嗯，也談不上是特別的事。」她舔了舔嘴唇，問繪留：「請問妳是不是姓藤崎？」

「我嗎？沒錯啊。」

「妳上次逮到的滑雪客是我的表哥，對不起，給妳添麻煩了。」瀨利千晶鞠躬道歉。

「是啊，所以你們不要破壞規定，根津應該也警告妳了。」

「我瞭解了，但我要說的事和這件事完全沒關係，請問妳是單身嗎？」

「啊？是啊。」

「請問有沒有男朋友？」

「妳為什麼要問這種問題？」根津在一旁問。

但瀨利千晶沒有看他一眼，對繪留說：「我表哥有機會請妳喝咖啡嗎？」

「啊？」繪留瞪大了眼睛問：「和他喝咖啡？」

「不是啦，說起來有點丟臉，但他對妳一見鍾情，說無論如何都希望有機會和妳聊一聊，不行嗎？」

繪留露出不知所措的表情看向根津，根津聳了聳肩。

「聊天應該沒有問題，但他應該比我小很多歲。」

「他今年二十三歲。」

「哇，比我小五歲。」

「妳二十八歲嗎？那就完全沒問題，因為他喜歡姊弟戀。那我請他和妳聯絡，可以請教妳的手機號碼嗎？」

「也不是不可以……」

「太好了，他一定樂壞了。」

瀨利千晶和繪留開始互留電話，這時，根津的手機響了。是倉田打來的。

「我是根津。」

「我是倉田，接到歹徒的聯絡，你來會議室一下。」

「好，我馬上過去。」他掛上電話，看著繪留說：「倉田經理打來的，我們走吧。」

繪留點了點頭，對瀨利千晶露出微笑說：「那我先走了。」

「請多指教。」瀨利千晶深深鞠了一躬，站上單腳已經固定的滑雪板，滑向箱型纜車站。

「沒想到在意外的地方有豔遇。」根津邊走邊說。

「我太驚訝了，但是那個女生也很可愛，我覺得是你會喜歡的類型。」

「她的外表的確不錯，但感覺脾氣很倔強，聽到她要參加障礙追逐賽，我完全不感到意外。」

「關於這件事，她剛才也提到了，如果再不設置賽道，真的會來不及。我覺得目前還是聽從歹徒的指示，問出更多安全的雪道。我能夠理解你不甘心的感覺，但還是不能輕舉妄動。」

「我已經說了，我不會輕舉妄動。」

他們從後門走進飯店，然後一起走向會議室。走到一半時，看到倉田站在管理辦公室門口，正在和一個身穿西裝的男人說話。

倉田看到了根津和繪留，向他們點了點頭，西裝男也轉頭看了過來。他看起來二十多歲，感覺像是公司的新進人員。他向根津點頭打招呼，根津也微微欠身。

「我等一下要開會，」倉田對西裝男說，「我會把剛才的內容向高層報告，今天可以先這樣嗎？真的很抱歉。」

「我瞭解了，那就拜託你了。」年輕人深深鞠了一躬後，再次向根津他們點頭致意，然後沿著走廊離開了。

「他是誰啊？」根津問。

倉田露出尷尬的表情，抓了抓耳朵後方說：

「他是增淵町長的兒子，大學畢業後，目前在町公所上班。町長前幾天才剛來過，看來北月町真的很著急。他們可能認為派町長的兒子每天上門拜託，我們就不能繼續不理會他們。」

「他們希望趕快開放北月滑雪區嗎？」

「沒錯，而且還提供了增加北月滑雪場吸引力的點子。」倉田甩了甩手上的資料，「像是可以設置貓跳滑雪道，或是巨大的高跳台和U型賽道，的確都是吸引滑雪客的好點子，只是我不認為社長會同意。因為一定會增加人事費用，而且新月滑雪區內已經有貓跳雪道了。」

「但是北月町的人真的很可憐，他們並沒有做錯什麼。」繪留皺起了眉頭。

「是啊，我打算等這個事件告一段落，再和總部長談這件事。」倉田小聲地說。

18

「致新月高原滑雪場的諸位工作人員：

我方已確認到纜車站屋頂的標記，也為你們再次作出合理的決定感到安心。我方相信此舉會為彼此都帶來好結果。

本次指示項目如下：

● 準備好上次使用的手機。

● 請將三千萬現金裝在飯店內運動用品店使用的紅色塑膠袋，用膠帶封住袋口。

● 送款人身穿可以認出是滑雪場工作人員的服裝，和上次一樣，在手臂上綁黃色頭巾，準備好滑雪板，下午三點之前等在飯店的滑雪場出入口，同時手機要記得開機。

相信諸位已經知道遊戲規則，但為了以防萬一，再次附上相同的警告。只要我方認為諸位的行動稍有可疑之處，就立刻停止交易，我方將啟動爆裂物的定時器。雖然你們上次已經支付三千萬圓，但兩件事毫無關係。如果不想造成人員傷亡，同時希望今後繼續經營飯店和滑雪場，務必遵從指示。

埋葬者」

倉田身旁的宮內一個勁地抖腳。他看了歹徒寄來的電子郵件，忍不住感到心浮氣躁。倉田雖然沒有這種習慣，但心情和宮內差不多。

歹徒樂在其中。歹徒認定滑雪場方面無力抵抗，所以想把滑雪場榨乾。滑雪場方面同意上次的交易後，彼此的力量關係就變得更加極端。歹徒知道，滑雪場方面已經不可能報警。

「距離三點半不到三十分鐘了。」中垣看著手錶站了起來，「我們先去那家酒吧，從那裡可以看到飯店前的滑雪場。只不過即使可以看到，也解決不了任何問題。」

「社長呢？」松宮問。

「他應該不會來，他要求我隨時向他報告。」中垣轉頭看向倉田等人，「交付贖款的事就交給你們，拜託了。」

「沒問題。」倉田回答。

中垣和松宮走出會議室後，宮內把紅色塑膠袋遞給了根津。

「不好意思，要你一次又一次做這種事，你要小心點。」

「沒問題。」根津接過塑膠袋。

「那我也先去酒吧。」宮內說完，走出會議室。

倉田拿出自己的手機說：「又要用到這支電話了。」

但是根津沒有伸手接電話，把手上的塑膠袋交給身旁的藤崎繪留。

「這次由繪留擔任送款人。」

「啊？」倉田看向藤崎繪留問：「是這樣嗎？」

她露出一絲困惑的表情說：

「根津似乎有些想法。」

「想法？這是怎麼回事？」倉田問根津。

「不，我還沒有任何具體的想法，只是覺得如果由我擔任送款人，就沒辦法瞭解任何情況……」

「沒辦法瞭解什麼情況？」

「歹徒的手法。如果上次由繪留送款，我躲在某個地方監視，或許有辦法確認歹徒從哪裡出現，然後又去了哪裡，所以我為這件事感到很後悔。」

倉田搖著頭，嘆著氣說：

「你不必做這種事。我對由藤崎擔任送款人並沒有意見，但你不要節外生枝，避免刺激歹徒。」

「我並不打算刺激歹徒，只是希望盡可能掌握一些線索，如此一來，之後或許可以抓到歹徒——」

倉田把手伸到根津面前，制止他繼續說下去。

「即使你掌握了某些線索，也不可能抓到歹徒。因為警方不可能出動。筧社長直到最後都不可能報案，不，現在想報案也來不及了，因為絕對不可能對外公布，滑雪場在可能被人埋設了爆裂物的情況下，仍然持續對外營業。」

根津露出了銳利的眼神問：

「這樣真的好嗎？倉田經理，歹徒這麼囂張，你難道不會感到懊惱嗎？」

「根津，」藤崎繪留規勸著，「倉田經理怎麼可能不懊惱？你為什麼搞不懂，倉田經理比任何人更痛苦。」

「這……我當然知道。」根津咬著嘴唇。

倉田拍了拍他的肩膀說：

「總之，保護滑雪客的安全最重要。我也很想關閉滑雪場，但既然目前做不到，就只能聽從歹徒的指示，問出爆裂物的下落。只不過這次歹徒也未必會透露，也許和上次一樣，只說幾個沒有埋設爆裂物的地方，但總比一無所知好多了。」

根津臉上的表情似乎仍然無法接受，但還是輕輕點了點頭。

「你打算怎麼辦？仍然由藤崎去送錢嗎？」倉田問。

根津露出一絲遲疑的表情後回答說：

「對，因為目前是營業時間，萬一哪裡發生意外，我無法自由行動會很不方便，繪留的滑雪技術完全沒問題，而且無論歹徒有任何指示，她應該都能夠應對。」

「那倒是，那就由藤崎負責，拜託妳了。」倉田把自己的手機交給了藤崎繪留。

她點了點頭後開了口。

「歹徒指示送款人要穿可以辨識出是滑雪場工作人員的衣服，你們認為歹徒的目的是什麼？」

倉田歪著頭，和根津互看了一眼。

「這個指示的確很奇怪，雖然我猜想是有什麼目的，只是猜不透。」

「既然指定滑雪場工作人員的衣服，我可以穿這身衣服嗎？」藤崎用指尖抓著自己身上的衣服。她目前穿著巡邏員的制服。

「妳只能穿這套衣服啊，如果穿其他工作人員的衣服，認識妳的人會覺得很奇怪。」

「是啊。」她回答。

根津把黃色頭巾綁在她的右手臂上。倉田看著他們，思考著歹徒到底打算怎麼收取現金？這次和上次不同，天色還很亮，滑雪場內有很多人。即使歹徒能夠順利搶走錢，也很可能被人看到。

歹徒要求送款人準備滑雪板，難道打算讓送款人用某種方式滑雪嗎？會不會要求送款人前往不引人注目的地方？

倉田低頭看著手錶，目前已經下午三點十五分了。

「時間差不多了。」

「對。」藤崎繪留注視著倉田說：「那我走了。」

「小心點。」

三個人一起走出會議室，倉田目送根津和藤崎繪留離開後，走向二樓的酒吧。目前酒吧還沒有開始營業，但特別為他們開放。

店內的光線很暗，中垣和松宮坐在窗邊的沙發上，桌子上放了罐裝咖啡和寶特瓶裝的茶。

倉田坐下後，簡短向他們報告，這次由藤崎繪留擔任送款人。

「由女巡邏員做這件事，真的沒問題嗎？」正在抽菸的中垣吐了一口煙說。

「她很值得信賴，而且歹徒的指示並沒有提到必須是男性。」

「既然你這麼說，那就相信你。」中垣轉頭看向窗外。

倉田也探出身體，看著窗外的情況。滑雪場內的滑雪客人數少了些。無論是單板滑雪客還是雙板滑雪客，都會在三點多離開。因為夜場不使用的箱型纜車或是吊椅纜車，幾乎都在四點或是四點半停止營運。

身穿巡邏員制服的藤崎繪留出現在斜下方，她戴上了帽子和護目鏡，手上拿著滑雪板和滑雪杖。那個紅色塑膠袋應該放在她背後的背包中。

「快三點半了。」總務部長用平淡的聲音說道。

19

根津站在離繪留二十公尺的地方，他換上了向桐林借的滑雪服，準備了滑雪板和滑雪杖。因為上次穿了自己的滑雪服去送錢，他擔心會被歹徒發現。

繪留穿著巡邏員的制服站在那裡，因為戴了護目鏡，所以看不到她臉上的表情，但她不停地東張西望，顯然內心很不安。

根津看著手錶，即將三點半了。

他再度看向繪留，不禁瞪大了眼睛。因為一個身穿單板滑雪服的年輕人走向她，然後在她面前停了下來，開始和她說話。

根津原本以為是歹徒和她接觸，但感覺不太對勁。繪留在臉前搖著手。

根津很快瞭解了狀況。因為他想起曾經看過那個年輕人身上的棕色滑雪衣，就是瀨利千晶的表哥，之前對繪留一見鍾情。

沒想到偏偏在這種時候——

根津打量周圍，果然看到瀨利千晶就在不遠處，另一個綠色滑雪服的身影之前也見過。

根津慌忙跑向他們兩個人。

「喂！」

「啊，你好。」瀨利千晶無憂無慮地向他打招呼，「你看你看，我表哥正展開追求。」

「我知道，所以才過來。妳馬上把他叫回來，叫他別在那裡。」

「啊？為什麼？藤崎小姐上次說，聊天沒問題啊。」

「現在不行，她現在很忙。」

穿著綠色滑雪服的年輕人「啊！」了一聲，根津看向繪留，繪留把手機放在耳朵上走了起來。歹徒打電話來了。棕色滑雪服的年輕人垂頭喪氣地離開了。

「怎麼樣？」瀨利千晶大聲問。

棕色滑雪服的年輕人用雙手比了一個很大的叉說：「她說正在忙。」

「當然啊。」根津嘀咕著，跟在繪留的身後。她似乎正走向箱型纜車站。

繪留除了倉田借給她的手機以外，還帶了自己的手機。只要有機會，就會通知根津歹徒指示的內容，但目前的狀況應該很難打電話。歹徒很可能躲在某處監視。

繪留走上纜車站的階梯。纜車的營運時間到四點為止，想要享受今天最後一次長距離雪道的滑雪客都衝上階梯。根津也跟在他們身後。

走上階梯時，他發現繪留就站在那裡，但她沒有搭纜車，而是一直禮讓其他乘客。不知道是否因為她穿了巡邏員的制服，並沒有人覺得奇怪。

根津走向她，確認身後沒人，立刻快速問她：「妳在這裡幹嘛？」

「要我在這裡等到纜車營運時間結束。」

「歹徒的指示嗎？」

「對。」

根津咬著嘴唇，又看了一下後方，走過她面前。如果被歹徒看到自己在這裡逗留就麻煩了。

他猶豫之後，搭上了纜車。纜車內沒有其他乘客。

他認為先去山頂也不失為一種方法。歹徒要求繪留等在那裡，應該打算叫她搭纜車，難道歹徒打算和上次一樣，指示她把裝了現金的塑膠袋放在下了纜車之後的某個地方嗎？

根津搭的纜車抵達了山頂站。他看了手錶，發現剛好四點。下方纜車站的工作人員應該正在把「今天的服務時間已結束」的牌子放在門口。

根津走出山頂站，來到滑雪場時，手機響起了來電鈴聲。是繪留打來的。他急忙拿出來，按下了通話鍵。

「是我，怎麼了？」

「接到了歹徒的聯絡，要求我在纜車營運結束後，獨自搭纜車。我已經拜託工作人員，讓我搭上了纜車。歹徒要求送款人穿滑雪場工作人員的衣服，應該就是為了可以在營運時間之後獨自搭纜車。」

「原來是這樣，對方要求妳搭上纜車後怎麼做？」

「要我等下一步指示，應該會再打電話給我。」

「ＯＫ，那妳在搭纜車時，這個電話不要掛。如果歹徒打電話來，妳就把妳的手機放在倉田經理的手機旁，我應該可以聽到。」

「我知道，根津，你到底想做什麼？該不會有什麼奇怪的想法吧？你千萬不可以亂來。」

「妳放心，我不會妨礙你們交付贖款，只是希望可以掌握一些線索。」

「即使你掌握了也沒用，因為社長從頭到尾都不打算報警，所以警方也不會介入偵查。」

「不試試看怎麼知道呢？」

「但是——」繪留的話還沒說完，根津就聽到了來電鈴聲。歹徒打電話給她。

根津聽到繪留倒吸了一口氣，按了通話鍵，接起電話說：「喂？」根津吞著口水，捂住了另一側耳朵。

「把裝了現金的塑膠袋拿出來。」電話中可以聽到模糊的聲音，和上次一樣，是用了變聲器加工的聲音。

「我拿出來了。」繪留說。

「打開纜車的窗戶。」歹徒立刻說。

根津瞪大了眼睛，把手機緊貼在耳朵上的同時，穿上了滑雪板。用沒有拿電話的手拿著兩根滑雪杖，兩隻腳像溜冰一樣緩緩滑了起來。

「打開了。」繪留回答。

「很快就會到第十三號鐵塔附近。」歹徒說。「在即將到達那個鐵塔時，把塑膠袋丟下去。」

根津咬緊了牙關。果然猜對了，歹徒躲在纜車索道下方，那裡是禁滑區域，滑雪客不會去那裡。

十三號嗎？

根津滑向纜車下方的索道，那裡當然用繩子攔住了，而且是他和其他同事拉的繩子。他鑽過繩子，進入了樹林。他在樹木之間穿梭前進，來到了索道下方。滑雪板沉入像棉花般柔軟的雪中。

雖然是禁滑區域，但仍然可以看到有人滑雪留下的痕跡。應該是熟悉地形的本地滑雪客，不瞭解地形的人進入這裡，非但可能回不到滑雪場，甚至可能會墜落山谷的溪流中。

根津立刻抬頭看向旁邊的鐵塔，看到了「17」的數字。十三號鐵塔在更下方。根津微微抬起滑雪板的前端，再次滑了起來。他感受到在新的積雪上滑行時特有的飄浮感，但現在無暇樂在其中。

經過十四號鐵塔時，根津停了下來。前方並沒有違反規定的滑雪客留下的滑行痕跡。理由很明確，因為一旦繼續往前，就回不來了。不是墜落山谷的溪流中，就是必須在懸崖前停止，然後在雪地中走回來。

根津緩緩滑行。既然歹徒要求繪留把塑膠袋丟在十三號鐵塔下方，就一定會靠近那裡，問題是歹徒之後打算怎麼逃走？根津想確認這件事。

十四號和十三號鐵塔之間的坡度很陡，根津滑行時，幾乎像是跳下去。不一會兒，來到了十三號鐵塔下方。

他瞪大眼睛觀察周圍的雪地。鐵塔旁有曾經將雪挖起的痕跡，從那裡有一條滑雪留下的痕跡，指向樹林的方向。那是單板的痕跡。

根津沿著那條痕跡滑了起來。萬一追上歹徒怎麼辦？他還沒有想好這個問題的答案，只是繼續滑行。

不，這樣下去真的會追上——根津想到。他對這個滑雪場的地形太瞭解了，前方並沒有任何能夠讓歹徒逃走的路。斜坡的盡頭是懸崖，懸崖下方是溪流。

他穿越了樹林，白色的斜坡上有一條滑雪的痕跡，但前方沒有任何人。

怎麼可能？根津停了下來，站在懸崖邊緣看向下方。

溪流對面是完全沒有樹木的小山丘，那裡當然不屬於滑雪場，雪地也沒有壓過雪，而且根本沒有路可以通往那裡，但在蓬鬆的積雪上，清楚地留下了一條剛才有人滑過的痕跡，一直向下延伸。

難道是從這裡跳過去的嗎？

這是唯一的可能，但從根津所站立的位置到那裡，無論寬度還是高低落差，都至少超過三十公尺。

以我的滑雪技術，根本沒辦法做到。根津心想。

20

夜場的營業時間剛結束，就接到了歹徒的聯絡。各部門的主管都聚集在會議室，辰巳朗讀了用印表機列印的歹徒電子郵件。

「致新月高原滑雪場的諸位工作人員：

我方收到了後續的三千萬圓情資費用了，這次發現有人追蹤我方的收款人，照理來說可視為破壞交易，但因為並非警察，所以暫不予計較，只是下不為例。

以下是進一步的情資。以下雪道和區域內並無爆裂物。

●銀色雪道
●樹林雪道
●迴轉雪道
●活力雪道
●所有林間道路
●北月滑雪區

這些都是從初學者到高手都可以盡情享受的雪道，相信諸位也放心不少。

我方將改日聯絡後續事宜。

埋葬者」

咚。響起一聲巨響。倉田抬起頭，發現坐在對面的中垣握緊的拳頭放在桌上。他似乎用力捶了桌子。

「太囂張了！歹徒到底是什麼意思？」中垣咂著嘴說。

「歹徒果然沒有把關鍵的問題說清楚。」松宮搖著頭說。

「不，但是，」倉田輪流看著兩位總部長，「目前已經在很大程度上縮小了危險區域的範圍，如果歹徒所說的內容屬實，有可能被埋設爆裂物的雪道已經所剩不多了。」

他把原本放在口袋裡的滑雪場地圖攤在桌上。

「上次通知我方的家庭雪道、綠色雪道和兒童滑雪場，再加上這次提到的雪道，差不多涵蓋了滑雪場整體的一半。怎麼辦？要不要暫時將其他雪道設為禁滑區域？」

「當然不可能這麼做！」中垣氣鼓鼓地說，「要怎麼向滑雪客說明？積雪很充足，也沒有發生雪崩，到時候可是我們要聽滑雪客抱怨，為什麼不開放？」

倉田轉頭看向松宮問：「不行嗎？」中垣只是飯店事業的總部長，松宮才是統籌管理滑雪場安全的負責人。

但是松宮的反應並不符合倉田的期待，他在臉的前方搖著手，似乎認為不值得一談。

「中垣總部長說得沒錯，滑雪客不可能接受。雖然你剛才說涵蓋了滑雪場一半的範圍，但中央滑雪場只有銀色雪道安全，難道要將飯店正前方的巨大滑雪場都設為禁滑區域嗎？這也太離譜了。」

倉田沉默不語，咬著嘴唇。他認為考慮到滑雪客的安全，即使有點離譜，也是情非得已，但松宮他們似乎只想到生意的事。

「上面提到了追蹤。」中垣看著電子郵件的內容，小聲說道，「上面寫著有人追蹤我方的收款人，是誰做這種事？」

「可能是根津。」倉田說，「因為藤崎在纜車內，所以他是唯一的可能，除了他們以外，只有姓桐林的巡邏員知道這件事，但他應該在做原本的工作。」

「根津嗎？他為什麼節外生枝？」

「不知道，」倉田歪著頭回答，「我不瞭解詳細情況，晚一點去問他。」

「你要好好警告他。如果他不做這種事，歹徒或許會多透露一些情況。」

雖然倉田認為不可能，但還是沒有說什麼，而且的確必須好好叮嚀根津，不僅不要節外生枝，而且還要叫他不要做危險的事。

「請問，我可以請教一個問題嗎？」辰巳戰戰兢兢地開了口，所有人的視線都集中在他身上。他眨了一下眼睛說：「障礙追逐賽的賽道要設置在哪裡？」

倉田也猛然想起這件事，看向兩位總部長。

松宮皺著眉頭說：「對喔，還有這件事。」

「有什麼問題嗎？」中垣問，「已經確認有好幾條雪道都很安全，設置在這些雪道上不就沒問題了嗎？」

「不，並不是這樣。」辰巳說完，看著倉田。中垣也看著倉田問：「這是怎麼回事？」

倉田舔了舔嘴唇說：

「設置障礙追逐賽的賽道時，寬度、長度和斜率都必須符合要求。本滑雪場內，只有活力雪道和黃金雪道能夠設置符合國際比賽要求的賽道，但歹徒告知安全的雪道中，並不包含這兩條雪道。」

中垣的眉頭皺得更深了。

「原來是這樣，有沒有辦法可以解決？」

「銀色雪道和綠色雪道呢？」松宮問，他是索道事業總部的總部長，比中垣更瞭解雪道的狀況。

「很可惜，這兩條雪道的斜率都不足，而且長度也不夠。」

「這樣啊……」松宮抱著雙臂，發出了低吟。

「有沒有辦法可以解決？」中垣又重複了剛才那句話，「雪量不足時，你們不是都會從其他地方運雪來這裡，讓滑雪場可以正常運作，不能用這種方式解決嗎？」

「容我說明，不可能靠堆雪彌補斜率不足的問題。」倉田雖然覺得這個問題很蠢，但還是認真回答。

「那該怎麼辦？」

中垣板著臉問，但沒有人回答。正因為不知道該怎麼辦，辰巳才會提出這個問題。

「只能等歹徒聯絡嗎？」松宮環顧所有人，「歹徒像擠牙膏一樣慢慢說出安全的雪道，應該是打算多勒索幾次。只要我們按照歹徒的要求付錢，對方就會提供一些情況，只要其中有活力雪道或是黃金雪道，就可以在那裡設置障礙追逐賽的賽道。」

「萬一歹徒所說的安全雪道中沒有這兩條雪道怎麼辦？如果沒有的話，就代表活力雪道和黃金雪道很危險。」

松宮並沒有回答倉田的問題，只是不悅地撇著嘴角。

「我可以問一個問題嗎？」剛才始終沒有發言的總務部長宮內輕輕舉起了手說，「歹徒這次為什麼故弄玄虛？」

「故弄玄虛？什麼意思？」中垣問。

宮內指著列印了電子郵件內容的紙說：

「上面不是寫著『我方將改日聯絡後續事宜』嗎？如果歹徒打算勒索金錢，照理說不是會像上次一樣，說如果想瞭解進一步的情況，再準備三千萬嗎？我很納悶，為什麼歹徒這次沒有這麼寫。」

這的確是很大的疑問，倉田也很好奇這件事。歹徒在打什麼主意？

「歹徒應該不止一人。」中垣很乾脆地說，「應該有很多事要和同夥討論，像是勒索的金額之類的。」

沒有人反駁，但也沒有人同意。倉田並不同意中垣的意見。歹徒的計畫很縝密，即使有好幾名同夥，也不可能在目前的階段內訌。

「總之，現在只能等待歹徒聯絡。」松宮好像在作總結。

「不好意思，那障礙追逐賽賽道的問題到底該怎麼處理？如果不從現在開始進行，就來不及了。」辰巳說。從他的聲音中，可以感受到內心的急切。

中垣和松宮都沉默不語。根本不可能奢望從他們口中得到任何結論，無論如何，這個問題必須和筧社長討論之後再決定，但在和社長討論時，手上必須有解決方案。最妥善的解決方案，就是停辦障礙追逐賽，但這兩個人不可能向社長提出這樣的建議，即使他們提出，筧也不會同意。

筧會作出怎樣的決定？他十之八九會說，無論如何，都必須順利舉辦比賽，但如果無法設置賽道，根本是白費口舌。

倉田看著歹徒傳來的電子郵件，看著上面列舉的安全雪道，浮現了一個想法。

「北月滑雪區呢？」他說，「那裡的斜坡無論長度和寬度都很足夠，也有足夠的斜率，我認為可以成為理想的賽道。」

「啊，這個點子或許可行。」辰巳頓時露出欣喜的表情。

「不，那可不行，這不太妥當。」松宮瞪大眼睛，嘟起了嘴唇，「那裡不是封閉了嗎？一旦開放，就會衍生很多問題，你們不是比任何人更瞭解這件事嗎？」

「我當然瞭解，但至少可以解決目前的燃眉之急。而且你們應該也知道入江父子目前已經來到這個滑雪場，我和入江先生稍微聊了一下，他說此行是為了讓他兒子面對現實，對北月滑雪區暫時關閉感到很遺憾，可不可以請你們考慮一下？」

松宮露出為難的表情，和身旁的中垣互看著。

「今天白天，增淵町長的兒子曾經來找我，他提供了好幾個可以充實北月滑雪區的方案。只要我們和町公所合作，一定可以讓比賽熱鬧舉行。」

松宮和中垣小聲討論著，中垣說出了倉田意料中的回答。

「好，包括這件事在內，我會和社長討論。」

21

千晶從高跳台跳出去的瞬間，就知道不太妙。因為角度太高了，如此一來，會延長停留在空中的時間。她收起雙腳，準備落地。雖然可以抓板，但今天並不是來玩的。她確認空中姿勢的同時，注視著即將落地的雪道離自己越來越近。

兩隻腳感受到輕微的衝擊，確認重心在滑雪板的正中央後，將體重稍微移向後方。她認為落地後，如何減少動能的損失，讓滑雪板繼續長距離滑行，決定了障礙追逐賽跳躍動作的成敗。

滑了一小段距離後，壓下鋼邊摩擦雪面，急轉後停了下來。

幸太從坡道上方滑了下來。

「妳剛才速度超快，我還以為妳會跳得很高，沒想到竟然跳得這麼文靜，怎麼了嗎？」

千晶雙手扠腰。

「我沒有告訴你嗎？我暫時放棄空中技巧，現在正努力練習不要跳得太高。」

「在高跳台竟然不要跳得太高？」幸太噘起護目鏡下方的嘴巴，「這太沒勁了。」

「這也沒辦法啊，因為即使我想針對障礙追逐賽進行練習，目前賽道也還沒有完成。」千晶看著幸太身後問：「快人呢？」

「他一個人不知道滑去哪裡了，我猜想他應該去找那個美女巡邏員了。」

「是喔，沒想到他這麼認真。」

「何止認真！他還說要多住幾天，我說之後還有其他事，他竟然叫我自己回去，真讓人傻眼。」

橫內兄弟住在新月車站旁的度假公寓。那套一房一廳的公寓是他爸爸的朋友在泡沫經濟時期買的，因為長期無人居住，房子容易壞，所以幾乎免費提供他們住宿。雖然房子已經老舊，但有溫泉和健身房，是很高級的公寓。

「雖然我很敬佩他不惜多住幾天，努力想要追對方的毅力，問題是那位姊姊會對他有興趣嗎？我覺得希望渺茫，昨天也幾句話就打發了他——」

千晶說到這裡，沒有繼續說下去。因為她的目光被正滑向高跳台的單板滑雪客吸引。那個人的姿勢明顯和其他人不同，身體的協調性無懈可擊，動作富有彈性。

那名滑雪客跳了起來。不僅跳得很高，而且飛行距離也很驚人。他在巧妙的位置落了地，因為如果繼續往前跳，雪道的斜率不足，會導致危險。他重心很穩，完全沒有失去平衡。雖然在空中並沒有表演出色的技巧，但周圍還是響起一陣驚呼聲。有時候簡單而震撼的空中技巧，反而是最出色的表演。

「啊！」幸太驚叫的聲音都分岔了，「這傢伙也太猛了，是不是本土人？」

他說的本土人，應該是本地人的意思。

「不知道，昨天之前都沒看過。」

那名滑雪客脫下了單板，緩緩走向高跳台的上方。千晶和幸太看著他，他似乎察覺了他們的視線，轉頭看了過來，然後竟然走向他們。

「咦？他好像朝我們走來了，要來找我們吵架嗎？」

「啊？為什麼要在這種地方找我們吵架？」

「我怎麼知道？會不會是因為我們一直盯著他看？」

「我們看他只是覺得很佩服，為什麼要對我們有意見？更何況在這種地方跳躍，本來就是想表演給別人看。」

「我怎麼知道？妳去問他啊。」

不一會兒，那個高大的滑雪客在他們面前停下了腳步。

「嗨！」滑雪客向她打招呼，「妳在幹嘛？」

「沒幹嘛？你是誰啊？」千晶冷冷地問。

「原來妳沒認出我。」男人拿下了護目鏡說：「是我啊。」

「啊！」千晶忍不住叫了起來。他是巡邏員根津。

「根津先生，原來你也會玩單板。」

「雖然這麼說有點那個，但這才是我的本行。因為在這裡當巡邏員，所以平時只能穿上雙板滑雪板。」

「原來是這樣，所以你今天休假嗎？」

「不，並沒有，只是想練習一下。不瞞妳說，我已經很久沒有用單板滑雪了，今年是第一次。」

「真的假的！」幸太驚叫起來，千晶也有同感。

「但你剛才滑得很精采，我忍不住看得出了神，雖然知道是你之後，覺得有點懊惱。」

沒想到根津皺起眉頭，搖了搖頭說：

「剛才完全不行。因為落地的地方積雪整得很結實，所以別人看不出來。如果地面不平，或是剛積的雪，應該就會重心不穩。可能還要再練一陣子才能把感覺找回來。」

聽他說話的語氣，既不像在謙虛，也不是在裝酷。如果他剛才的滑行和空中技巧還沒有發揮出他真正的實力，顯然是很厲害的高手。

「你這麼投入，該不會要參加這次比賽？」

千晶半認真、半開玩笑問，根津好像在趕蒼蠅般搖了搖手說：

「我沒有這種想法，只是工作上可能會用到，所以才開始練習。」

「工作？巡邏員的工作什麼時候要用到單板滑雪？」

根津聽到千晶的問題，露出了尷尬的表情。他重新戴上護目鏡，遮住了臉上的表情。

「我們的工作也有很多不同的內容，這不重要，妳忘了吧。」

他抱著滑雪板往上走，千晶對著他的後背叫了一聲：

「等一下，障礙追逐賽的賽道還沒有決定嗎？」

根津停下腳步，轉頭看著她說：

「今天或是明天應該就可以決定了。」

「真的嗎？會在哪裡？」

「等決定之後，我再告訴妳。」根津說完，轉身面向前方，再度邁開步伐。

22

根津轉身背對著瀨利千晶和她的表弟，在雪地上邁開步伐，內心覺得很不妙。他剛才說今天或明天就會決定，但其實是他信口開河，目前根本沒有任何這方面的消息。

今天早上聽倉田說，交付贖款很順利，歹徒又告知了幾個新的安全雪道，但其中並沒有可以設置障礙追逐賽賽道的雪道，如果要在新月滑雪區進行比賽，就只能設置在活力雪道或是金色雪道。

倉田說，目前也將北月滑雪區列入了考慮。根津聽了，有一種被一語點醒的感覺。他忍不住打了響指說：「原來還有這一招。」雖然從飯店去北月滑雪區的交通不方便，有些地方也不易觀看比賽，但既然無法停辦比賽，這無疑是目前的最佳方案。

高層似乎有各種思考。根津認為無論從哪一個角色思考，都是一個出色的方案，但聽說兩名總部長並不積極。他們說要和社長討論，但倉田說，希望很渺茫。

站在公司的立場，事到如今，的確不想開放入不敷出的滑雪場，再加上去年曾經發生死亡意外，也造成了負面印象。至今仍然有民眾打電話到飯店，詢問關於意外的狀況，聽說有不少人指責滑雪場方面的安全措施不夠完善。遇到這種情況時，回答「目前並沒有開放該滑雪區」，最能夠讓對方釋懷。

根津終於來到高跳台的起點，他已經滿身大汗。沒想到一路走上來很耗體力。原本覺得特地滑去下方搭吊椅纜車很麻煩，但下次可能還是搭纜車比較省力。

有七名單板滑雪客在高跳台前排隊，根津排在他們後面。

如果被倉田和繪留看到自己在這裡，他們不知道又要說什麼。自己當然不可能告訴他們，目前自己加緊練習，是避免下次追捕歹徒時，再讓歹徒逃之夭夭。

其實他也不知道自己在幹什麼，也完全不知道自己做這種事到底有沒有意義，但還是忍不住開始練習。如果硬要找理由，應該是雪地上的那條軌跡刺激了他。

歹徒跳越了超過三十公尺的距離，在遙遠前方的雪地落地，而且當然沒有跌倒。想必那個人擁有精湛的技術、驚人的體力，以及罕見的毅力。

我有辦法做到同樣的事嗎？——根津在思考這個問題時，體內的某個開關發出了嘎答的聲音打開了。幾乎遺忘的某些東西甦醒，內心角落某些已經變得冰冷的東西漸漸熱了起來，而且溫度瞬間上升，最後變得熱血沸騰，連他自己都無法控制。

他坐立難安。昨天晚上上了床之後也無法入睡，三更半夜窸窸窣窣起床，找出之前束之高閣的滑雪板，用熱蠟開始打蠟，結果腦袋越來越清醒。

我到底在幹什麼？根津忍不住自問。在目前的局勢下，即使磨練單板的技術，也無法解決任何問題，並無法抓到歹徒。不，不僅無法抓歹徒，倉田昨晚還警告他，絕對不要再做危險的事。

「歹徒在電子郵件中提到，他們發現你在追蹤他們，這次就不予計較，但你下次絕對不要再做這種事。一方面當然是因為不想刺激歹徒，而且我也很擔心你。如果你追蹤成功，追上了歹徒，歹徒可能會狗急跳牆，不知道會對你做出什麼事。」

倉田言之有理。根津只能低頭道歉，回答說下次不會再做這種事了。

既然已經承諾，我現在又在這裡幹什麼？他忍不住再度自問。

他認為自己也許只是在找藉口。在北月滑雪區發生意外之後，自己就不再用單板滑雪。既然自己是這個滑雪場的巡邏員，考慮到入江父子這兩位遺族的心情，他認為這是最低限度的禮數。他當初下定決心，只有逮捕到兇手時，自己才會再用單板滑雪。

但是昨天看到恐嚇滑雪場的歹徒留下的滑雪軌跡，當初的決心就煙消雲散了。我必須站上單板，才能解決這起事件。這是緊急狀況——他為自己找了理由，然後拿出了以前的滑雪板，但又覺得自己也許只是想用單板滑雪，只是一直在找能夠說服自己的理由。

話說回來，單板滑雪本身並沒有問題。根津內心也知道這種任何人都能夠想到的道理。有問題的是人，而不是單板滑雪這項運動。也有很多雙板滑雪的人違反規定，違反禮儀，並非只有單板滑雪客會闖入禁滑區域，之前也曾經將試圖使用偽造纜車券的雙板滑雪客扭送警局。

不知不覺中，輪到了根津。後方的年輕人都看著他，似乎在催促他。

根津壓低姿勢，滑向高跳台。他可以感覺到自己持續加速，打蠟的效果似乎不錯。

他高速一口氣滑上高跳台，把握時機，躍向空中。

不行，沒有抓對時機——

這樣根本不是那個傢伙的對手。根津這麼想著，做出了落地姿勢。

23

松宮眉頭深鎖。為了阻止倉田反駁，他全身散發出拒絕的態度，也完全不看倉田一眼。

倉田正在索道事業總部的總部長室聽取社長的指示。松宮和中垣繼昨天之後，今天早上也和筧社長討論了相關事宜。

「為什麼不行？目前已經沒有其他方法了。」倉田雙手撐在桌上，低頭看著皺起眉頭的松宮。

「並沒有說不行，而是說必須謹慎行事。」松宮說。

「那不是一樣嗎？就是不能使用北月滑雪區，不能將障礙追逐賽的賽道設置在那裡。」

「在現階段，時間還太早。」

倉田搖著頭，抓著頭說：

「簡直難以相信。總部長，你應該知道障礙追逐賽的日程吧？世界各地的實力派選手都會來參加，如果還不設置賽道，無論明年再怎麼賣力邀請，也不會有人來參加。不，不僅如此，連能不能舉辦都成問題。我當然是說今年。」

松宮抬眼瞪了他一下。

「你不可能不知道北月滑雪區一旦開始營運，每天要花費多少經費。首先需要整備，而且還要兩座銜接上有點問題的雙人吊椅纜車。滑雪客一旦滑去那裡，就無法再回到新月滑雪區，還必須為這些滑雪客準備接駁巴士。」

果然是這個原因。倉田恍然大悟。雖然之前一直推說是去年發生了死亡意外，但是說到底，覓打算捨棄北月滑雪區。

「但總比停辦比賽好多了，」倉田說：「如果是礙於經費問題，是否可以考慮只在比賽期間開放？等結束之後再關閉。」

松宮搖了搖頭說：

「不，一旦開放，就不能再關閉，到時候很難向滑雪客說明。」

「是嗎？」

從飯店無法看到北月滑雪區，只要說整備上有問題，滑雪客也只能接受。

「總之，」松宮拉高了音量，「先暫時等歹徒出招。這一、兩天之內，對方一定會提出什麼要求。社長說，可以再支付三千萬。只要付錢，歹徒就會提供新的情報，在瞭解這些情況之後，再判斷要如何設置障礙追逐賽的賽道。」

「總部長，這樣的話，整備工作根本來不及。」

「無論如何都要按時完成，這才能稱得上是行家。」

倉田聽到「行家」這兩個字，感到全身無力。既然是行家，不是應該將滑雪客的安全放在首位嗎？

「那至少希望可以讓我們開始準備，我們可以開始為北月滑雪區壓雪，同時檢修纜車吧？」

「這可不行，一旦這麼做，北月町那些人就會期待可能會開放。」

「即使這樣也沒問題啊。」

「但如果最後沒有開放，他們又會囉嗦不停。」

「總部長，萬一來不及在比賽之前完成怎麼辦？拜託了。」

倉田低頭拜託。

松宮板著臉，深深嘆了一口氣，撇著嘴角說：

「如果只是壓雪就沒問題，但如果有人問，就要回答是預防雪崩。先檢查纜車的情況，但整備工作還不行。」

「我們是負責索道業務的，纜車的運轉才是我們原本的業務。」

「所以才會這麼要求，」松宮狠狠瞪著他說：「鐵路公司如果不打算讓電車運行，會去整備鐵軌嗎？又不是錢太多。」

這次輪到倉田嘆氣，他只能無力地回答：「我知道了。」

走出總部長室，回到了管理辦公室，他把和松宮的對話告訴了滑雪場整備主任辰巳和索道部主任津野。

「可能要調度幾輛壓雪車去那裡。」辰巳說，「目前北月滑雪區只有一輛小型壓雪車而已。」

「那輛壓雪車還能夠動嗎？」

倉田問，辰巳露齒微笑回答說：

「當然，只要加油，馬上就可以發動。因為有時候會用來清除周邊的積雪。」雖然目前北月滑雪區關閉，但仍然必須定期檢查建築物，也不能疏於清除周邊的積雪。

「那就用那輛壓雪車去巡邏一下整個滑雪區，因為至今為止，都完全沒有進行整備。」倉田說。

「我想帶巡邏員一起去，因為他們最瞭解容易發生雪崩的地點。」

倉田聽了辰巳的建議後點了點頭說：

「那就找根津和藤崎，另外還要檢查纜車，有辦法找到人手嗎？」

「至少需要四、五個人。」津野抱著手臂，「但我們現在也有點忙不過來，因為現在幾乎所有的纜車都在運轉。」

因為負責纜車整備工作的人員，目前還必須兼顧纜車的運轉和監視工作，所以根本忙不過來。這也是縮減人力造成的負面影響。

「沒辦法解決嗎？」

「也不是沒辦法，」津野語氣堅定地說完後，露出試探的眼神說，「只是會私下僱用臨時工，這樣沒問題嗎？」

津野應該會去找他熟悉的老手。

「沒問題，出事由我負責。」倉田斬釘截鐵地說。

討論完細節後，倉田去了巡邏員休息室。藤崎繪留在休息室外整理繩子。

倉田叫了她一聲問：「根津呢？」

「他說去玩兩個小時，要不要我叫他？」

「不用，和妳說也一樣。可以拜託妳一件事嗎？」

倉田向她說明了情況，她立刻喜形於色。

「太幸運了，這不是意味著可以在完全沒有人滑過的區域滑雪嗎？」

倉田苦笑起來。

「是沒錯啦，但目的是檢查，妳玩得忘乎所以就傷腦筋了。」

「我知道，現在馬上出發嗎？」

「嗯，越快越好，辰巳已經去那裡了。」

「好，我五分鐘就可以準備好。」

「我在停車場等妳。」

倉田坐在停在飯店員工停車場的 Hiace 商旅車內，他在暖車時，藤崎繪留很快就上了車。她單手拿著滑雪鞋，另一隻手拿著滑雪板和滑雪杖。

她把東西放在後車座後，坐在副駕駛座上。

「不好意思，我在找比較寬的滑雪板，所以耽誤了一點時間。」

她可能認為要滑鬆雪，盡可能使用寬板的滑雪板比較理想。

「別擔心，離天黑還有好幾個小時。」倉田發動了引擎。

因為積雪的關係，原本就很狹窄的路變得更窄了，有好幾個地方根本無法會車。這條路的路況顯然成為滑雪客不想來北月町的原因，網路論壇上也有人留言說，開車技術不好的人，最好不要去那裡。

倉田小心謹慎地握著方向盤，問了內心的疑問。

「為什麼想去玩呢？」

坐在副駕駛座上的藤崎繪留似乎聽不懂他在說什麼，不知所措地沉默不語。

「我是說根津，妳剛才不是說，他去玩兩個小時嗎？」

「喔，」繪留應了一聲，「他帶著單板出去，所以我想他難得想去玩一下。」

「單板？真的嗎？」

「他還換了滑雪鞋。」

「是喔，這是怎麼回事？」

倉田踩了煞車，放慢了速度。因為前方有一座小橋，雖然看起來沒有異狀，但這種地方很容易結冰。

「他之前曾經說，暫時不滑單板了。」

倉田記得去年滑雪季，在北月滑雪區發生死亡意外後，根津曾經如此宣布。可能同樣身為單板滑雪客，無法原諒撞人後逃逸的兇手。

「我想他應該受到了刺激。」藤崎繪留說，雖然她有點吞吞吐吐，但說話的語氣聽起來很有把握。

「刺激？」

「受到歹徒的刺激。你有沒有聽他提起追蹤歹徒時的情況？」

「我聽說了，我記得他說，歹徒是用單板逃走的？」

「而且聽說歹徒的技術很好，根津說，他的雙板技術根本不是歹徒的對手。」

「喂喂喂，他該不會因為雙板技術不是對手就——」

「別擔心，如果他想做什麼，我絕對會阻止他，我不會讓他去做危險的事。」

「話雖如此，但如果像這次一樣輕舉妄動，根本拿他沒辦法。」

「這次是我的錯。我聽從了根津的要求，用手機隨時向他說明情況，但我打算下次不再做這種事。請相信我。」藤崎繪留加強了語氣。雖然她是女人，但倉田知道她身為巡邏員的責任感絲毫不比根津遜色。

「我當然很信任妳，但不能把責任都推給妳一個人，我會再好好叮嚀根津。」

「我也會提醒他。」

「因為他這個人不服輸，看到錢就這樣被人拿走，一定很不甘心。」

「我也很不甘心，前一陣子完全沒有想過竟然會發生這種事，看到下了很多雪，還為滑雪場能夠順利開張營業感到高興。」

「我也有同感，但歹徒也在引頸期盼下雪積雪，這個世界上有些人整天都在動歪腦筋。」

「恐嚇信上所寫的那些內容，歹徒真的那麼想嗎？歹徒說是滑雪場導致全球暖化，所以要索取賠償費，你認為這真的是歹徒的動機嗎？」

倉田握著方向盤，聳了聳肩說：

「八成不是，雖然開發滑雪場的確會破壞環境，但要求賠償費根本是牽強附會。我猜想歹徒只是想到一個出色的恐嚇方法，於是就決定試試看——十之八九是這樣。」

「你也這麼認為嗎？」

「如果歹徒真的對滑雪場破壞環境感到憤怒，不必勒索什麼賠償費，只要對外公開，滑雪場內有爆裂物就好。如此一來，滑雪場就無法繼續營業，即使滑雪場堅持營業，也會遭到輿論的抨擊，根本不會有滑雪客上門。對滑雪場的經營者來說，這才是重大打擊。」

「有道理，歹徒應該認定滑雪場不會報警。」

倉田聽了藤崎繪留的嘀咕，嘆著氣說：

「妳是不是覺得很沒出息？」

「什麼沒出息？」

「我對上司言聽計從。照理說，我應該挺身保護滑雪客的安全。」

「我很瞭解經理的處境。」

「不，我必須盡最大努力說服社長他們，應該拿出辭職信，要求對外公布恐嚇信的事，否則我會採取行動。但是因為一開始沒有這麼做，所以之後就越來越被動。如今不僅對上司言聽計從，甚至被歹徒牽著鼻子走，難怪根津會感到很不甘心。」

「經理，這並不是你的錯，我很清楚。」從藤崎繪留的話中，可以感受到她內心的真誠。

倉田瞥了她一眼，小聲說：「謝謝。」

狹窄的路終於變寬了，滑雪場出現在右斜前方。路旁的雪已經清除，倉田將車子停在空地上，下車打量周圍。

更衣室和休息所的房子屋頂上積了雪，靜靜地佇立在那裡，纜車券售票處的小房子被積雪淹到了窗戶的位置。沒有吊椅的纜車鐵塔看起來也很沒有存在感。已經完全淪為閒置設施了。倉田想道。如果繼續棄之不顧，只會越來越荒廢。但是，新月高原飯店暨度假村株式會社也不可能關閉這個滑雪場，因為負責森林的保存培育、林業發展和國有林野事業的主管機關林野廳規定，一旦關閉滑雪場，必須拆除纜車，植樹造林，將山上恢復原狀。如此一來，當然就必須花費好幾億的經費。

也就是說，目前這樣沒有關閉，只是閒置在那裡的狀態對公司最有利，去年發生的死亡意外成為公司作出這個決定的最佳藉口。

正因為這樣，倉田完全能夠理解筧等人認為即使只是暫時，還是不願意開放北月滑雪區的想法。因為一旦開放之後，就需要其他理由才能再度關閉，再加上身為經營者，也不願意浪費經費。

只不過目前的形勢已經無法再繼續等待了。既然要舉行比賽，就必須設置接近完美的賽道。雖然一方面是為了讓比賽更精采，但更重要的是必須確保選手的安全。只有安全獲得保障，選手才能展現最完美的表演。

遠處傳來的引擎聲漸漸靠近。倉田看向聲音的方向，發現一輛壓雪車正從斜坡慢慢駛來。辰巳似乎已經去察看了上面的情況。

壓雪車在距離倉田和藤崎繪留十公尺的位置停了下來，辰巳跳下駕駛座。

「接下來要怎麼辦？」辰巳問。他吐出的氣都是白色。

「上面的情況怎麼樣？」

「我大致繞了一圈，並沒有發現會有雪崩危險的地方。」

「好，那就先上去。」倉田說完，看著已經下了車的藤崎繪留說：「妳表現的機會來了，妳帶上滑雪板，和我們一起上去。」

「好。」她很有精神地回答。她可以在這個滑雪季內，還沒有任何人滑過的滑雪場留下自己的滑雪軌跡，內心當然很興奮。

辰巳上了壓雪車，倉田也跟著坐在副駕駛座上。壓雪車的駕駛室只能坐兩個人，所以藤崎繪留坐在後方的載貨台上。

「歹徒沒有再聯絡。」壓雪車開出去後不久，辰巳問道。

「是啊。」

「歹徒到底有什麼打算？之前接連提出要求，現在卻一下子無聲無息了。」

「的確啟人疑竇。」

「如果歹徒不再提出任何要求的話，社長和總部長他們會如何處理？會要求我們繼續營業嗎？」

「按理來說會這樣，但我認為歹徒不可能就這樣收兵，不提出任何要求。歹徒已經知道我們不打算報警，所以可以讓他予取予求，怎麼可能輕易放棄？」

「是啊，所以改天又要來勒索三千萬嗎？看來今年的獎金沒指望了。」辰巳嘆著氣說。

壓雪車的引擎發出了很大的聲響，在積雪上前進。雪很柔軟，倉田覺得好像坐在遊艇上乘風破浪。壓雪車的時速不到二十公里，但因為積雪細微的顆粒都不斷從眼前飄向身後，會陷入一種錯覺，以為速度很快。

「這個滑雪場果然有點單調。」辰巳說，「斜率的變化不多，寬度也不足，滑幾次之後就膩了。」

「嗯。」倉田回答。他無法反駁辰巳的這個意見。

而且一旦滑下去之後，即使連續搭兩座吊椅纜車，仍然需要在上坡道上走超過二十公尺，才能走到通往新月滑雪區的連接通道，難怪無法獲得滑雪客的青睞。新月高原飯店暨度假村株式會社當初買下北月滑雪場時，曾經計畫重新興建長距離的纜車，但最後認為無法期待和投資相符的效益而作罷。

壓雪車馬力十足地持續攀上平均斜率超過二十度的斜坡，來到山上的纜車站附近時，辰巳將壓雪車停了下來。

倉田打開車門，站在雪地上。雖然天空有點陰沉，但雪地白得刺眼。他戴上原本放在口袋裡的墨鏡，再次打量周圍。

「這附近看起來沒什麼問題。」

辰巳也下了車，站在倉田身旁。

「纜車上面的那道雪壁發生危險的可能性最高，因為每年一到春天，都是那裡最先產生龜裂。」

倉田看向那道雪壁，斜率差不多有四十度左右。雖然會令喜愛鬆雪的滑雪客躍躍欲試，但那裡是禁滑區域，而且也沒有上去的方法。這個滑雪場的雪道也缺乏協調感。

藤崎繪留也扛著滑雪板下了車。

「我要去檢查哪一帶？」

「妳先去察看一下主滑雪道，但不要靠近高度有落差的地方。」

「我瞭解了。」

藤崎繪留穿上滑雪板，在柔軟的雪地滑了起來。因為雪地未經壓雪，所以看起來好像她腰部以下都沉入雪中，但她巧妙操控滑雪板，避免雪板前端埋入雪中，然後揚起一陣雪煙離去。

「那我們也去轉一圈。」倉田對辰巳說。

他們坐上壓雪車，稍微改變路線，沿著斜坡而下。仔細觀察後，發現有些地方有單板或是雙板滑雪板留下的痕跡。雖然新月滑雪區通往這裡的連接通道封閉了，但想要滑鬆雪的人還是設法闖進這裡，只不過一旦從這裡滑下去，除非自己開車，否則就無法回到新月滑雪區。

他們來到山下的纜車站時，藤崎繪留已經在那裡等他們。她的臉上露出了心滿意足的笑容。

「看來妳滑得很開心。」倉田跳下壓雪車說。

「簡直完美無缺。」

「太好了，有沒有什麼特別的狀況？」

「沒有太大的問題，只是有好幾個地方的雪簷太突出了，事先把那些雪簷處理掉比較好。」

「有道理，適合用來設置障礙追逐賽的賽道嗎？有沒有什麼問題？」

藤崎繪留點了點頭說：

「我認為沒問題，無論斜率和長度都很適合，也有地方可以設置觀眾席。」

「太好了。」

障礙追逐賽的問題似乎可以解決了——倉田鬆了一口氣。

就在這時，辰巳叫了一聲「倉田經理」，看向他的後方。倉田也轉過頭，看到兩個穿著防寒外套的男人正向他們走來。兩個人都是熟面孔。他們是北月町觀光課的岡村和增淵町長的兒子英也。

他們走到倉田等人的面前，深深鞠了一躬。

「聽說有壓雪車在工作，所以就來看一下。」岡村露出諂媚的笑容，「是不是已經計畫開放這個滑雪場了？」

事情的確朝向松宮擔心的方向發展，倉田心裡很清楚，如果稀裡糊塗地點頭，將會後患無窮。

「不，很遺憾，並不是你想的那樣。聽巡邏員說，有人穿越新月滑雪區的禁滑區域，從這裡的斜坡滑下去，所以我們只是來確認狀況。因為如果這些人不慎被捲入雪崩，後果不堪設想。」

兩個人聽了倉田的說明，毫不掩飾內心的失望。

「原來是這樣，我還以為你們終於要開放了。對不對？」岡村看著身旁的增淵英也。

增淵也點了點頭。

「昨天我們提供了幾個有效利用北月滑雪區的點子，不知道你們之後有沒有討論？」

「關於這件事，」倉田瞥了辰巳和藤崎繪留一眼，「我們也有很多事情要處理，所以無法立刻開會討論，但當然並不是完全沒有考慮這個滑雪場的事，高層研究判斷後，也有可能在最近開放。」倉田在對他們說話時感到羞愧，因為他覺得好像在對著公務員打官腔。

「倉田經理，你現在有空嗎？」岡村上前一步，「既然在這裡遇到了，可以請你抽幾分鐘的時間聽聽我們的情況嗎？」

「嗯，現在有點……」

倉田感到為難。因為在這裡向他陳情也沒用。

沒想到岡村又接著說：

「其實有一個問題想請教你。」

倉田看著岡村的圓臉問：

「請問是什麼問題？」

「不是可以站著三言兩語說完的內容，只要三十分鐘就好。」岡村很堅持。

「好，那就三十分鐘。」

「謝謝。」岡村露出笑容。

倉田轉頭看向辰巳和藤崎繪留說：

「情況就是這樣，我去一下，不好意思，你們兩個人去周圍巡視一下，好嗎？」

「好，沒問題。」辰巳回答，站在他身旁的藤崎繪留也點著頭。

岡村他們開町公所的車子來這裡，倉田開著自己的 Hiace，跟在他們的車子後方，但其實從北月滑雪區到北月町只有一條路。

車子開了兩、三分鐘後，看到了前方的城鎮，但最先映入眼簾就是一棟大門深鎖的房子，招牌拆了下來，放在地上。倉田記得那裡以前是一家旅館，半年前聽說這家旅館決定歇業。

沿途不時看到旅館和商店，但每家店都門可羅雀，有些明明是出租滑雪板的店，但店內就像是廢棄物回收站。

岡村他們的車子停了下來。那是一家小食堂門口，那家食堂似乎有營業。

倉田把他的 Hiace 停在他們的車子旁，熄了引擎下了車。岡村打開食堂的拉門走了進去，增淵英也對著倉田做出了「請進」的動作。

店內有六張四人座的桌子，沒有客人，有一個放漫畫和雜誌的櫃子，櫃子上放了一個十四吋的電視。

一個六十歲左右的矮小女人從裡面走了出來，看到岡村，露出了淡淡的笑容。他們似乎認識。

「喝咖啡可以嗎？」岡村問倉田。

「我都可以。」

「那給我們三杯咖啡。」岡村向女人點完飲料後，指著椅子對倉田說：「請坐。」

倉田在他們對面坐了下來，打量著店內。菜單上有麵類、丼飯類和定食，這家食堂應該不是做觀光客的生意，而是當地人喜愛的地方，所以仍然能夠勉強做生意。

「倉田經理，你很少來這裡吧？」岡村問。

「是啊，春天之後……應該就沒來過。」

「你是不是很驚訝？因為到處都冷冷清清。」

沒這回事。倉田覺得即使這樣否認，聽起來也很空虛。

「的確，有很多店都沒有營業。」

「即使開店做生意，也只是浪費錢，因為根本沒有客人。」

倉田無言以對，只能默默點頭。既然北月滑雪場關閉，滑雪客當然不可能來這裡投宿。

剛才的女人用托盤端著咖啡走了出來，把咖啡放在他們面前後鞠了一躬，又走了進去。

倉田喝著黑咖啡，濃郁的香氣刺激鼻腔，比他想像中更醇厚。

「請問你要問我的問題是？」他放下杯子後問。

岡村探出身體說：

「我聽到了奇怪的傳聞。」

「什麼傳聞？」

岡村看了一下食堂深處後，更壓低了聲音說：

「聽說新月高原滑雪場正在求售。」

「什麼？」倉田瞪大了眼睛，「怎麼可能有這種事？你從哪裡聽說這個傳聞？」

「在網路上。」增淵英也回答，「我朋友看到網路上有這個消息，然後告訴了我，只是不知道消息來源，在好幾個論壇內都有這則消息，然後就傳開了，但最初提到這件事的留言已經刪除了。」

「具體是什麼內容？」

「就是我剛才說的內容，」岡村接著說了下去，「新月高原飯店經營困難，所以正在找人接手滑雪場，順利的話，這個滑雪季結束就會決定買家——就是這樣的內容。」

24

根津在停車場把單板滑雪板和滑雪鞋裝上車後，回到了休息室。有幾名巡邏員正在休息室內休息，桐林也在其中。他抬頭看著根津，瞪大了眼睛。

「你怎麼穿這身衣服？」

他可能看到根津穿著單板滑雪的滑雪服，所以才會產生疑問。現在雙板滑雪和單板滑雪的滑雪服差異很小，但內行人還是一眼就看出來了。

「我剛才去玩了一下。」根津拿下護目鏡，脫下了手套，然後開始脫滑雪衣。

「對了，根津哥，你以前是單板選手，但我從來沒看過你用單板滑雪。」

「今天是我今年第一次滑單板。」根津把巡邏員的制服拉了過來，「對了，很少聽你聊單板滑雪的事，你夏天的時候不是會玩衝浪嗎？照理說，比起雙板，你應該滑單板才對啊。」

「說來奇怪，我在雪地上就無法橫著滑，到底是為什麼呢？」

「原來是這樣啊，我對衝浪一竅不通。」根津穿好制服後坐在椅子上，把臉湊到桐林面前問：「繪留去了哪裡？」

桐林指著遠方說：「她去了北月。」

「北月？為什麼？」

「倉田經理他們要去北月檢查，找她去幫忙。她帶了未壓雪用的滑雪板，眉開眼笑地出去了。」

根津點了點頭。

「這樣啊，可能要正式開始進行準備工作了。」

「你是說要開放北月滑雪區嗎？」

「因為接下來要舉行障礙追逐賽，倉田經理似乎打算把賽道設置在那裡。」

上山祿郎似乎聽到了根津說話的聲音，他走了過來。

「這是真的嗎？」

根津知道其他人會聽到他們說話，所以並沒有慌張。雖然無法向他們透露事件的相關情況，但遲早要向他們說明為什麼遲遲沒有設置障礙追逐賽賽道的事。

「我也不瞭解詳細情況，但公司方面似乎打算將賽道設置在和往年不同的地方。」根津含糊其辭地說。

「和往年不一樣……所以不設在活力雪道或是黃金雪道嗎？」

「好像是這樣。」

上山抱著雙臂，點了點頭說：

「難怪啊，我就在想，今年工程好像比往年晚，但是為什麼要這麼做？」

「我不知道理由，總之，因為這個原因，所以在研究北月滑雪區的可能性。」

「是喔，但是如果開放那個滑雪區也很麻煩啊，到時候，滑雪客又會囉哩叭嗦了。」上山嘟起了嘴。

他在說去年的那場意外。雖然不是滑雪場的過錯，但一旦開放曾經發生過意外的雪道，應該會有滑雪客問東問西。巡邏員內心都認為關閉北月可以省麻煩，反而比較好。

「這也是無可奈何的事，我們的工作就是要向這些滑雪客說明情況。」

「這我當然知道。」上山嘆著氣。

「小桐，你現在方便嗎？」根津問桐林，然後用大拇指指向門外後站了起來，示意桐林跟他出去。

「可以啊。」桐林也站了起來。

走出休息室，兩個人坐在面向滑雪場的長椅上。根津確認周圍沒有人後開了口。

「我有一件事要和你商量，當然就是關於事件的事。」

桐林的神色緊張起來，「什麼事？」

「在我說之前，你要先向我保證，不能把我說的話告訴繪留或是倉田經理，這是只有我們兩個人知道的秘密。」

桐林戴上太陽眼鏡後，再次抬起了頭，露出緊張的眼神。

「感覺好像有點危險。」

「我並不是在動什麼歪腦筋，怎麼樣？你能夠保證嗎？」

桐林短暫沉默後，輕輕點了點頭。

「好，我向你保證。如果你沒有把話說完，我反而會耿耿於懷。」

「ＯＫ，其實你說對了，的確是有點危險的事。」

桐林收起下巴，似乎心生警惕。

「到底是什麼事？」

根津再度打量周圍，然後更小聲地說：「我打算揪住歹徒的尾巴。」

「啊？」桐林立刻挺直了身體問：「要怎麼揪？」

「之前歹徒不都是拿了錢之後，就從已經關閉的雪道或是非正規的雪道逃走嗎？我猜想歹徒應該料定沒有警察在監視，所以之後也會用相似的手法。那個傢伙對自己的滑雪技術很有自信，認為沒有人能夠追上他，我打算針對歹徒的自信將計就計。」

「你該不會說，我們兩個人去抓住他？根津哥，這太危險了。如果歹徒只有一個人也就罷了，如果還有其他同夥，搞不好會炸掉滑雪場。」

桐林激動地說，根津在他臉前搖著手說：

「不是這樣，你先聽我說完，誰說要去抓歹徒了，我只說要揪住歹徒的尾巴。」

「所以你打算做什麼？」

「就是這個。」根津做出按下相機快門的動作說：「拍照。」

桐林微張著嘴，他可能聽不懂根津的意思。

「更嚴格地說，也可以只是假裝拍照，關鍵在於要讓歹徒認為自己被拍到了。」

「有什麼目的？」

「當然是為了阻止歹徒的後續行動。一旦歹徒認為被拍到了照片，不是就不敢輕舉妄動了嗎？沒有人能夠保證滑雪場方面絕對不會報警，因為照片可能拍到歹徒的某些特徵。」

「我能夠理解你說的話，但這麼做沒問題嗎？歹徒會不會惱羞成怒，然後炸了滑雪場？」

根津聳了聳肩說：

「歹徒這麼做有什麼好處？只會讓罪行更重。萬一有人死了，可就變成了殺人罪。無論被害人是否報警，警方都會開始偵辦。到時候公司也必須說出一切，既然手上掌握了照片，查明歹徒身分的可能性也很高。怎麼樣？無論怎麼想，對歹徒都有害無益。如果我是歹徒，絕對不會做這種蠢事，然後趕快閃人，期待滑雪場之後也不會報警。」

桐林抱著雙臂，發出了低吟。

「原來如此，聽你這麼說，覺得很有道理，但是如果歹徒沒有想這麼多，不是就慘了嗎？」

根津苦笑著，不屑地說：

「如果歹徒腦袋這麼不靈光，就不會引發這次的事件。這個歹徒在行動之前考慮得很周到，你不必擔心。」

桐林皺著眉頭想了一下後，點了點頭說：

「好，聽你這麼說，覺得很有可能。我也贊成你的想法，但具體要做什麼？即使我們想拍下歹徒的照片，事情恐怕也沒那麼簡單。」

「你說得沒錯，即使想要追上歹徒，也不是一件容易的事，但這是因為我之前都是單槍匹馬，現在我們有兩個人，應該有辦法做到，我們平時在追那些偷闖禁滑區域的傢伙時，不是也一樣嗎？」

「你有什麼策略嗎？」

「談不上是策略，但我認為下一次應該也是由繪留去送錢。歹徒應該會和之前一樣，用手機指揮她去其他地方。所以我們其中一人在察覺她要去的地方後，就搶先趕去目的地，另一個人則跟在她的身後。假設繪留聽從歹徒的指示，搭上了纜車，其中一個人就搶先搭上纜車，另一個人跟在她後面搭纜車。如果上次也採用這種方式，在她之後搭上纜車的人，或許就能夠看到歹徒拿錢。即使不搭纜車，我們兩個人基本上也都保持這樣的位置關係，在這段期間內，手機一直保持通話的狀態，隨時保持聯絡。怎麼樣？如此一來，無論歹徒用什麼方式，我們其中一人都很可能有辦法追蹤到歹徒的情況。」

桐林可能在腦海中想像可能發生的狀況，他沉默片刻，然後小聲嘀咕說：「是這樣嗎？可能要實際發生時，才有辦法知道……」

「我當然也一樣，因為無法預測對方會怎麼出招。」

「反正死馬當活馬醫。」

「至少比什麼都不做好多了，如果順利的話，我們兩個人中，一個人追歹徒，另一個人可以埋伏。如果真的發生這種情況，就是我們的機會。我們可以拿起相機，讓歹徒知道我們在拍攝。我剛才也說了，即使並沒有真的拍到也沒關係，重點在於讓歹徒以為有拍到就好。」

桐林微微搖晃著身體。

「我大致瞭解了，但我們這樣跟蹤歹徒，事後會不會被倉田經理罵？他之前不是叮嚀你，不要節外生枝嗎？」

「他應該會數落幾句，但如果我們能夠阻止歹徒的後續行為，他應該能夠瞭解我們的意圖，而且即使無法成功，你也不必擔心。」根津拍了拍桐林的肩膀說：「我會扛起所有責任。」

桐林眨了眨眼，露出嚴肅的眼神叫了一聲：「根津哥。」

「怎麼了？我說了什麼奇怪的話嗎？」

「不，不是這個意思，」桐林抓了抓頭，「我只是覺得，你是真正關心這個滑雪場，因為通常被捲入這種駭人聽聞的事，誰會想去扛責任……」

根津苦笑著搖了搖一隻手說：

「才沒有你說的那麼偉大，我只是無法忍受繼續對歹徒言聽計從。歹徒把千里迢迢來這裡滑雪的人當成人質，他們根本是無辜的，卻要冒著生命危險滑雪。我無法原諒這種骯髒的手法，難道你不這麼認為嗎？」

「我也有同感。」桐林身體微微後仰回答道，似乎被根津說話的語氣震懾了，

「我瞭解了，那下次有什麼狀況時馬上通知我，我隨時做好行動的準備。」

「嗯，那就拜託了。」

「歹徒還會提出什麼要求嗎？不是已經拿到六千萬了嗎？會不會見好就收？」

「這……」根津攤開雙手說：「我也不知道。」

「最好的狀況，就是歹徒不會再提任何要求。」

「並不是，因為如果不知道爆裂物埋在哪裡，這起事件就不能算解決。」

「啊……對喔。」

根津看向滑雪場，今天也很熱鬧。在滑雪場上開心滑雪的人，完全不知道自己的腳下隱藏了什麼東西。

其實除此以外，還有另一個理由讓根津覺得如果歹徒不再聯絡，他會很傷腦筋，只不過那是他的私人理由。

希望可以和那個傢伙再較量一次——

根津很想親眼見識一下，那個能夠飛躍三十公尺的傢伙到底是何方神聖？但是他當然不可能把內心的話告訴桐林。

25

倉田和藤崎繪留一起回到新月滑雪區時，已經是夜場的時間了。藤崎繪留說要回去巡邏員的休息室，於是倉田和她在停車場道別，然後從飯店的員工出入口走了進去。但是他經過管理辦公室卻沒有進去，而是敲了總部長室的門。「請進。」他聽到松宮的聲音，打開了門。松宮正坐在座位上抽菸，桌上放著宣傳海報，倉田看到了「動力追逐賽！」幾個字，這是即將舉辦的障礙追逐賽的暱稱。

「你去了北月滑雪區嗎？」

「對，我和辰巳他們一起去察看之後，並沒有發現什麼重大問題，可以設置障礙追逐賽的賽道，但纜車差不多該開始準備了，我已經指示津野要確保足夠的人手，沒問題吧？」

松宮在菸灰缸中捻熄了香菸。

「找人手的事，我可以同意，但我今天早上也說了，目前還不能進行作業，再等兩天。」

「兩天？總部長，這有點──」

松宮伸手制止倉田繼續表達意見。

「我知道你想說什麼，你是不是要說，時間已經快來不及了嗎？希望你可以忍耐一下。以你們的能力，一定能夠追回兩天的進度，而且一旦開始施工，就會提供全力支援，社長也已經答應這件事了。」

倉田深深低下頭，嘆了一口氣，然後抬起頭，再度看著松宮說：

「我在北月町見到了岡村課長，就是那位觀光課長。」

松宮挑起單側眉毛問：「他說了什麼嗎？」

「他問了我一個奇怪的問題，他問廣世觀光正在考慮出售滑雪場的消息是否屬實。」

松宮用力吸了一口氣，他身體微微後仰，抬頭看著倉田，眼睛微微充血。

「怎麼回事？」

「聽說網路上有這樣的傳聞。增淵町長的兒子聽他朋友提起這件事，然後在網路上找到了相關的留言。」

松宮搖著頭，臉頰上的肉也跟著抖動起來。

「我不知道，我從來沒有聽過這種事。」

「我也這麼告訴岡村課長，但俗話說，無風不起浪，總部長，你有沒有聽到什麼風聲？」

「沒有，完全沒有。」松宮伸手拿了菸盒，從裡面拿出一支菸，點了好幾次，才終於點著了，然後吐出白色的煙，「滑雪場目前算是典型的夕陽產業，可能只是有人在網路上寫了自己的臆測，聽說網路上有很多這一類的假消息。」

「的確是這樣，但這次還提到了幾家有意收購這個滑雪場的公司名字，聽說內容相當具體，所以我有點在意。」

松宮的手指夾著菸，搖著手說：

「你不必在意這種事，既然我不知道，就代表不可能有這件事。你不必胡思亂想，專心處理眼前的問題就好。目前我們必須考慮的問題，就是歹徒接下來會提出什麼要求，我們該如何因應歹徒提出的要求，不是嗎？」

「這……的確是這樣。」

「既然你已經瞭解了，那就趕快回去工作。關於這個傳聞，我會找機會向社長報告，我猜想他會一笑置之。」

「我瞭解了，那我告辭了。」倉田鞠了一躬後走向出口，但在開門之前，轉頭問：「總部長，你最近去過北月町嗎？」

「北月町？不，我沒去。怎麼了嗎？」松宮問話的語氣，顯然對這個話題毫無興趣。

「那裡變得很冷清，可能真的撐不下去了，所以我很希望能夠為他們做點什麼。」

松宮露出一張苦瓜臉說：

「目前經濟不景氣，日本各地有很多地區都面臨困境。很遺憾，我們公司沒有餘力做公益，因為明天可能就輪到我們撐不下去。」

松宮的回答在倉田的預料之中，他沒有反駁，說了聲「我告辭了」，走出了總部長室。

回到管理辦公室，開始檢視今天的業務內容，卻始終無法專心。當然是因為對岡村提到的事耿耿於懷。母公司廣世觀光這幾年連續出售或是關閉了好幾個滑雪場，新月高原滑雪場目前的經營很穩定，但如果高層認為現在正是出售的好時機也不意外。

他靠在椅子上，茫然地看著窗外的滑雪場。目前這個季節，太陽很快就下山了。滑雪客在夜場的燈光下，興致勃勃地滑雪。

倉田看到了認識的人，忍不住坐直了身體。入江義之一身藍色滑雪服，站在滑雪場下方，而且還有一個小孩站在他身旁。應該是入江達樹。

倉田拿起防寒外套後站了起來。雖然有很多事需要處理，但他無法對入江父子置之不理。

來到滑雪場，倉田跑向入江父子。父子兩人都穿著滑雪板。

「入江先生，」倉田叫了一聲，入江義之抬起頭，向他輕輕點頭。「你兒子終於想滑雪了嗎？」倉田看著他們父子問道。

沒想到入江搖了搖頭說：

「我硬是把他帶來這裡，因為他說白天的時候人太多，他不想滑，所以我想夜場沒什麼人，但他似乎還是感到很害怕。」

「害怕……什麼？」

入江看著滑雪場說：

「不是有人不停地滑下來嗎？尤其是晚上，鋼邊的聲音不是聽起來很大聲嗎？他說聽到後方傳來鋼邊劃過雪地的聲音，他就會感到很害怕，我猜想他會回想起他媽媽發生意外時的狀況。」

倉田聽了，忍不住感到驚訝，低頭看著入江達樹。他一直低著頭。

這也難怪。他之前目擊了媽媽被人從後方衝撞，流了滿地鮮血的現場。

「真希望有一個地方沒有其他人，只有我們父子兩個人滑雪。話說回來，現在他能夠站在雪地上，就是一種進步，反正只能慢慢來。」入江說完，對兒子說：

「那我們回房間吧。」

入江達樹點了點頭，開始脫下滑雪板。他的動作很熟練，不難發現他在意外發生前經常滑雪。

「那我們回房間了。」入江義之說。

「晚安。」倉田也對他們說。

入江父子拿著滑雪板和滑雪杖走向飯店的方向。倉田目送著他們的背影，突然想到一個點子。雖然只是靈光一現，但他覺得是個好主意。

倉田追了上去，打算叫住他們。

就在這裡，放在防寒外套內的手機響了。他停下腳步，拿出了手機。電話是辰巳打來的，他也已經從北月滑雪區回來飯店了。

「喂，我是倉田。」

「我是辰巳。倉田經理，請你馬上回來。」他的聲音聽起來很急迫。

倉田內心產生了某種預感，握著手機的手也忍不住用力。

「發生什麼狀況了嗎？」他努力維持鎮定問道。

辰巳停頓了一下，說出了倉田意料之中的話。

「收到歹徒的聯絡了，這次提出了新的要求。」

26

「致新月高原滑雪場的諸位工作人員：

來談談下一次的交易，本次交易金額是五千萬圓。

如這次順利交付款項，我方將具體說明爆裂物的位置，我方和諸位的交易也到此為止。如果你們願意接受條件，按以下指示進行。

●二十四小時內準備五千萬圓現金。準備就緒後，和之前一樣，在箱型纜車站屋頂掛上黃色標誌。如二十四小時後仍未見暗號，我方視為你們無意進行這次交易。

●準備可以裝五千萬圓的防水包、上次使用的手機，做好隨時可以送錢的準備。送款人必須會滑雪，無論單板或雙板都無妨。

之前也曾經多次警告，如果雙方缺乏信賴關係，這次交付款項就無法成功。只要我方認為諸位的行動稍有可疑之處，就立刻停止交易，同時有可能啟動爆裂物的定時器，千萬不要忘記這件事。

靜候回覆。

埋葬者」

列印出來的恐嚇信放在會議桌中央，瞭解這起事件的老面孔都坐在會議桌周圍，已經成為熟悉的景象了。之前每次都比任何人更愁眉不展的中垣，也露出了無力的表情。倉田覺得他似乎已經心灰意冷，知道即使在這裡動怒或是咆哮都無濟於事。

「——目前的情況就是這樣。」中垣語氣沉重地開了口，「社長說，同意付款，今天晚上應該就可以獲得總公司的同意。」

倉田輕輕搖了搖頭說：

「第一次三千萬，第二次三千萬，這次又是五千萬嗎？這麼大一筆錢，可以讓滑雪場的很多服務都做得更好。」

「這也是無可奈何的事，比起服務，確保安全更重要。」

松宮一本正經地說，倉田忍不住皺起眉頭看著他。如果真的注重安全，就應該報警。倉田把這句話吞了下去，事到如今，說這種話也太晚了。

「話說回來，歹徒為什麼分次要求呢？」總務部長宮內歪著頭納悶，「姑且不談一億一千萬這個金額很奇怪這件事，為什麼歹徒不一次拿走所有的錢，難道歹徒沒有想到，交易次數增加，也會導致危險增加嗎？」

「可能歹徒起初只打算勒索三千萬，」中垣說，「沒想到比想像中更輕易得手，於是就想再次勒索，結果第二次又順利得手，歹徒就越來越貪心。我猜八成是這樣。上一封電子郵件不是提到，後續事宜改天再聯絡嗎？我猜想歹徒在那個時間點，還沒有想到該怎麼辦。」

「原來是這樣，難怪這次隔了一段時間，這麼一想就覺得很合理。」宮內恍然大悟地點著頭。

「是不是？歹徒料定我們不會報警，所以得寸進尺。」

「這麼一想，就覺得很火大。」

「雖然很火大，但這也無可奈何，因為我們別無選擇。」

倉田聽著中垣和宮內的對話，內心無法認同。歹徒在第一次收到現金時，就已經確信滑雪場方面不會報警，如果想要改變原本的計畫，趁機大撈一票，應該在第二次就獅子大開口。

倉田認為歹徒是基於其他理由增加交易次數，只不過他也不知道到底是什麼理由。

「和之前一樣，明天由宮內去銀行領現金，倉田，你們按照歹徒的指示進行準備。」中垣總結道。

「還有問題嗎？」

「我可以請教一個問題嗎？」倉田舉起了手，「不好意思，一次又一次問相同的問題，請問障礙追逐賽的賽道要怎麼處理？我和辰巳他們已經去北月滑雪區察看了，我認為在那裡設置賽道完全沒有任何問題。」

「我們傍晚不是已經討論過這個問題了嗎？」松宮在一旁插嘴說，「說好再等兩天，歹徒已經再次聯絡了，幸好我們沒有急匆匆開始作業，這不是正確的決定嗎？」

「但目前並不知道交易的結果，如果歹徒沒有在兩天之後告知爆裂物的位置該怎麼辦？我認為最好的方法就是確保北月滑雪區隨時可以使用。」

松宮眉頭深鎖地看了中垣一眼後，將視線移回倉田身上。

「我瞭解你的意見了，總之，再等兩天，等到後天下午為止。如果歹徒到時候仍然沒有聯絡，你們可以開始在北月滑雪場設置賽道。」

「這項指示不會再有改變了嗎？」

「對，我可以向你保證，但如果歹徒聯絡，則又另當別論。」

「我知道，我也很希望能夠在拆除爆裂物之後再開始設置賽道。」

「看來似乎達成了共識。」中垣站了起來，「只要付了錢，就知道爆裂物的位置。知道之後，就可以拆除，再忍耐一下，大家一起努力。」

倉田聽了中垣激勵的話，感到很空虛。他很想問，要為什麼努力？又要努力什麼？但最後只是點了點頭。

走出會議室，倉田打電話給根津。因為剛才已經請他先不要下班，等自己開完會。根津在巡邏員的休息室，藤崎繪留也和他在一起。可能知道又收到了新的恐嚇信，所以也不想回家。倉田請他們來管理辦公室後，掛上了電話。

管理辦公室內沒有其他人，倉田正在泡即溶咖啡，不一會兒，他們兩個人就到了。他們都已經換好便服，倉田在為他們泡咖啡時，說明了最新收到的恐嚇信內容。他們對五千萬圓這個金額感到最驚訝。

「歹徒完全不把我們放在眼裡，他認為無論提出什麼要求，我們都會照單全收。」根津拿著咖啡，生氣地說。

「我可以看一下那封恐嚇信嗎？」

藤崎繪留問，倉田從上衣口袋裡拿出折起的恐嚇信。他剛才影印了辰巳列印出來的恐嚇信。

藤崎繪留露出嚴肅的眼神看著恐嚇信，根津也探頭看著信。

「歹徒這次也要求送款人必須會滑雪，一定又要在滑雪場內移動。」根津很不甘心地說，「不知道這次打算用什麼手法。」
「雖然不知道，但又要拜託你們去送錢了，你們願意接下這個任務吧。」
根津立刻看著藤崎繪留問：
「繪留，沒問題吧？」
她看著根津說：
「我當然沒問題，你想幹嘛？」
「我能幹嘛？」
「我說了好幾次，你可不要又想一些亂七八糟的事。」
根津露出沮喪的表情說：
「我自認是為滑雪場著想，沒想到被妳說成是亂七八糟的事。」
「希望你能夠瞭解，在目前的情況下，順利完成交易對滑雪場最有幫助。」
倉田說，「雖然我也很懊惱現在必須聽任歹徒的擺布，但這也是無可奈何的事。」
根津懊惱地皺起眉頭說：
「我知道了，但請同意我在遠處觀察，我會小心謹慎，絕對不會刺激歹徒。」
「我瞭解你，歹徒一現身，你應該就想去追他。」
「我保證不會做這種事，我只想瞭解歹徒的手法。」

「這麼做有什麼意義嗎？我上次也說了，這次的事件，社長完全不打算報警處理，即使你掌握了某些線索，也無法發揮任何作用。」

「或許是這樣，只是我嚥不下這口氣，拜託了。」根津鞠躬拜託。

倉田嘆了一口氣，他非常瞭解根津的心情。

「你真的只是觀察，絕對不會有任何行動，對嗎？」

「我不會有任何行動。」

「好，如果是這樣，那我就同意，但你一定要遵守約定。」

「好。」根津點頭回答。他看起來不像在說謊。

「除此以外，我還要拜託你們一件事。這件事和事件無關。」倉田輪流看著他們兩人說，「是關於入江父子的事。」

倉田告訴他們，剛才在夜場時，看到他們父子出現在滑雪場。

「這樣啊。」根津露出沉思的表情抱著雙臂，「達樹能夠去滑雪場是一件好事，但以目前的情況，他恐怕還需要相當一段時間才能上場滑雪。」

「因為夜場的雪面比較硬，鋼邊劃過雪面時聲音也比較大，如果不習慣，可能真的會感到害怕。」藤崎繪留說，「但如果他不希望周圍的人太多，白天絕對比較好，因為夜場開放的雪道比較少，人口密度反而比較高。」

「理論上是這樣，但達樹可能看到這麼大的滑雪場內到處都有人在滑雪的狀況會心生恐懼，他可能害怕不知道什麼時候會有人突然衝出來。因為那起意外也是在白天的時候發生。」

「那是特殊狀況。」根津氣憤地說，「可惡！我現在想到這件事，仍然很生氣。不光是因為偷闖禁滑區域，而且還在看不到前方的地方往下衝，最無法原諒的就是撞了人之後逃走了，真希望可以讓他們看一看，那起意外讓一個小男生至今仍然痛苦不已。」

「我也有同感，但並不是只有達樹痛苦而已。」

根津聽了倉田的話，眨了眨眼睛說：

「入江先生……他爸爸當然也很痛苦，因為就這樣突然失去了太太。」

倉田搖了搖頭說：

「我並不是這個意思，我想要說的是，被害人並不是只有入江父子而已，很多人因為那起意外陷入了困境。」

倉田向他們說明了白天去北月町時看到的情況，根津他們的表情更憂鬱了。

「我也聽說了不少關於北月町的事，聽說真的很嚴峻……」

「我也聽說了。」藤崎繪留也說。

「筧社長向來對北月滑雪區的營業意興闌珊，老實說，我們公司當初收購時，就根本不想買，只不過一直沒有藉口。沒想到發生了那起意外，就可以光明正大地關閉，而且還可以受到外界的肯定，認為滑雪場方面重視安全。照目前的情況，北月滑雪區遲早會廢止，到時候，不知道北月町的人要怎麼過日子……光是想到這件事，心情就很憂鬱。」

兩個年輕人聽了倉田的話，都陷入了沉默。他們對這件事無能為力，所以只能乾著急。

「啊，不是，我並不是想和你們說這些。」倉田搖了搖手，「言歸正傳，我要說的是關於入江父子的事。如剛才所說，只要有其他人在滑雪，達樹就會心生恐懼，不敢滑雪，所以我考慮為他們安排包場。」

「包場？」根津瞪大了眼睛，「可以這麼輕易決定這件事嗎？而且只為了他們父子兩個人？」

「這裡的滑雪場應該不行。」

「這裡……」

「喔，對喔！」藤崎繪留拍了一下手，「我知道了，原來如此，我覺得這個想法超棒，是個好主意。」

「啊？什麼？什麼意思？」根津瞪著藤崎繪留問。

「我剛才不是說了嗎？我今天和倉田經理他們一起去了北月滑雪區，因為要察看情況，所以就坐壓雪車上去之後滑了下來。」

「喔，原來是這樣，」根津將視線移回倉田身上，「你的意思是可以帶入江父子去北月滑雪場。」

「就是這樣。那裡沒有其他人，達樹或許能夠盡情滑雪。可惜纜車還無法使用，但可以用雪上摩托車，載他去滑個兩、三次。入江先生之前不是也曾經對你們說，想帶達樹去那裡，讓他接受發生的事嗎？所以我覺得剛好。」

「的確是個好主意，當然必須確保安全，必須萬無一失。」

「你說得對，所以就要請你們幫忙。帶入江父子去那裡時，希望你們其中一人同行。有巡邏員同行，總部長比較容易點頭。」

「沒問題，小事一樁。」根津和藤崎繪留一起點了點頭，但立刻露出了不安的表情，「對了，障礙追逐賽的賽道呢？之前你說可能會設置在北月滑雪區。」

倉田想到這個問題，也覺得很頭痛，他知道自己露出了心煩的表情。

「上面要我們再等兩天，如果到時候仍然不知道爆裂物的位置，就可以開始施工。」

「時間壓得很緊啊。」

「工作人員可能需要挑燈夜戰，這也沒辦法，到時候可能也需要你們幫忙。」

「我們當然沒問題。對不對？」

根津徵求藤崎繪留的同意，她用力點著頭。

「倉田經理，你不要太辛苦了，我很擔心你打算一個人扛起所有責任。」

「謝謝，我知道這不是我一個人有辦法扛起的問題。」倉田說完，看向窗外。

窗外飄著小雪，看來滑雪場明天的狀況也會很理想。

「歹徒真的會告訴我們爆裂物的位置嗎？」根津嘀咕著。

倉田不知該如何回答，默默歪著頭。

27

入江達樹走出飯店，明顯提不起勁。他眉頭深鎖，應該不只是因為雪面反射的光很刺眼。但他還是穿上了滑雪鞋，拿著滑雪板和滑雪杖，八成是因為他爸爸逼迫他這麼做。

今天一早，倉田獲得松宮的首肯，可以為入江父子開放北月滑雪區的一部分。條件是除了入江父子以外，絕對不能讓其他人在那裡滑雪，而且這是特例。

「真的很不好意思，特地為我們父子做這樣的安排。」入江義之露出尷尬的表情對根津說。

「請你不必介意，大家都很希望能夠助你們一臂之力，也希望達樹能夠早日回想起滑雪的快樂。」根津輪流看著他們父子說。

「謝謝。」入江鞠躬說道，但達樹沒有看根津一眼。

「喂，你不說謝謝嗎？」

「不，沒關係。」

「不，那可不行。達樹，趕快道謝。」

達樹在父親的命令之下，終於鞠了一躬，小聲說：「謝謝。」

「太小聲了。」

「這樣就行了，我們出發吧。」

根津的商旅車停在停車場，他帶著入江父子來到停車場。車頂上裝著可以放滑雪板的車頂架，把滑雪板和滑雪杖固定在車頂後，請他們坐在後車座，根津坐在駕駛座上。他發動引擎，把車子慢慢開了出去。車子輪胎輾壓著昨晚積的雪。

「差不多十分鐘就到了。」根津對後方的兩個人說。

雪已經停了，所以視野很好。根津小心翼翼地行駛在狹窄的路上，前後都沒有車輛，也沒有對向來車。

「沒什麼人走這條路嗎？」入江問。

「不，這是去北月町唯一的路。」

「但一路上都沒車子。」

「是啊，如果那裡的滑雪場開張，狀況可能就不太一樣。」

「所以暫時還不會開放嗎？」

「我也不太清楚……」根津沒有正面回答。

「想到那起意外造成很多人的困擾，心情就很複雜。」

「我能夠理解你的心情，但你們是最大的受害人，沒必要感到自責。」

「也許吧。」入江說完這句話，沒有再說什麼。

狹窄的路突然開闊起來，滑雪場出現在右前方。有一輛壓雪車停在那裡，辰巳等人站在壓雪車旁。

根津停下車，把滑雪板拿了下來。辰巳走向他們，根津為他介紹了入江父子。

「繪留昨天已經巡過了，確認了危險的地方，半山腰的和緩斜坡沒問題。」辰巳說。

「達樹，你看，」根津蹲下來看著少年的雙眼，指著滑雪場說，「這裡完全沒有任何人，今天是包場，只有你和你爸爸兩個人，所以你不必感到害怕，可以盡情滑雪。」

達樹雖然仍然一臉不悅的表情，但他的眼神已經不再拒絕看向雪地。根津從他身上隱約感覺到他內心的期待，根津覺得這個嘗試或許能夠成功。

辰巳準備了兩人座的雪地摩托車。由根津負責駕駛，首先載著入江出發了。雪地摩托車衝上斜坡，揚起一陣雪煙。

「根津先生，辛苦你了。我們有兩個人，你必須來回好幾趟。」坐在後方的入江說。

「沒問題，平時在巡邏時，也要來回好幾趟。」

根津在斜坡的坡度變陡的地方停了下來。達樹很久沒有滑雪了，先從比較緩和的斜坡開始練習比較理想。

入江下了雪地摩托車後，根津又回去剛才的地方載達樹。當雪地摩托車出發後，可以感受到身後的達樹全身繃緊。也許在雪地上移動，他就會感到害怕，但是不一會兒，根津就聽到了他發出的叫聲。那不是恐懼的尖叫，而是驚喜和興奮。

28

快人看著裝了可可的杯子，抱起了雙手。杯子旁有一個空盤子，幾分鐘之前，盤子上還有一塊草莓奶油蛋糕。一個大男人，竟然這麼愛吃甜食。千晶喝著黑咖啡，莫名感到心浮氣躁。

「我想了很久，覺得突然打電話給她不太妥當。」快人皺著眉頭說。

「你還在說這種話？我都有點不耐煩了。」

果然是這件事。千晶感到無力。這一陣子，表哥開口閉口都是同樣的話題。

「千晶，妳應該也一樣吧，如果有不認識的男人打電話給妳，妳不是會覺得很可怕嗎？」

「嗯，我不會接電話。」

「看吧，我就說吧。」

「所以我不是說，用我的手機打嗎？我和藤崎交換了電話，她的手機上有我的電話，這樣就不會覺得可怕了。」

「不，這樣好嗎？」快人用力偏著頭。

「我好不容易為你打聽到電話，你到底對什麼不滿意？」

一旁的幸太呵呵笑了起來。

「大哥向來不擅長講電話，一旦緊張起來，根本搞不清楚自己在說什麼。」

「別胡說了，哪有這麼嚴重？」

「你之前想和前女友復合時，不就是這樣嗎？原本想打電話去道歉，結果吵得更兇，就只好分手了。」

「那次的確是這樣。」快人皺著眉頭，抓了抓頭，「總之，打電話無法展現我的優點。」

千晶冷笑一聲，拿起掛在椅背上的滑雪服。她知道快人想要表達的意思。快人對自己的長相很有自信。身為他的表妹，也必須承認他的確很帥。據說他曾經在表參道的路口被星探發掘，這件事應該也不是無中生有。之前交往的女生，幾乎都是女生主動追他，所以這次遇到想要追求的對象，他也不知道該怎麼追求。

千晶沒有時間理會這個沒出息的自戀狂。她穿好了滑雪衣。

「幹嘛？妳要走了嗎？」快人嘟起了嘴，「妳不幫我了嗎？」

「我已經盡力了，你還要我幫你什麼？」

「我就是不知道，所以才在傷腦筋啊，即使不是單獨和她兩個人也沒關係，希望可以有機會和她一起去吃飯。」

「難道你要我為你安排聯誼嗎？」

千晶原本只是開玩笑，沒想到快人露出欣喜的眼神說：

「啊，好主意。」

「白痴喔。」千晶戴上針織帽，拿起了護目鏡和手套，「幸太，麻煩你幫我收拾一下餐具。」剛才千晶請他喝咖啡，所以這算是他的回報。

「千晶姊，妳又要去高跳台嗎？」

「不，我要去雪道上滑一下，這一陣子都沒有滑。」

千晶把兩位表兄弟留在餐廳，來到滑雪場上。天空很藍，不知道哪裡飄來粉雪，簡直是絕佳的狀態。如果障礙追逐賽的賽道已經完成，簡直就完美無缺了，但人不能太貪心。

她拿起放在餐廳門口的滑雪板，獨自走向箱型纜車站。有一名巡邏員爬上了纜車站的屋頂，手上拿著黃色的帶子。她想起幾天前，也曾經看過類似的景象，當時是根津站在屋頂，這次似乎是別人。

不知道他們在幹嘛。千晶想著這個問題，走上了纜車站的階梯。

並沒有太多人搭纜車，只有一對上了年紀的夫妻排在她前面。只要等他們搭上纜車後，就可以獨占一節纜車，但後面很快就有其他人排隊，她只好跟著那對老夫婦，搭上同一節纜車。他們是滑雙板的滑雪客，手上拿著自由腳跟滑雪板。雖然很罕見，但這幾年不時可以在滑雪場看到。卡賓滑雪板、自由腳跟滑雪板、單板滑雪板，還有雪地單車，最近的滑雪場可以看到各式各樣的交通工具。

「妳一個人嗎？」老夫婦中的先生問道。大家都說日本男人不擅長交談，但每次和高齡夫婦搭同一節纜車時，通常都是男人主動打招呼，是不是男人和太太在一起，膽子就比較大？

「我朋友還在休息。」千晶回答。

「這樣啊，單板滑雪好像很吃力，妳經常來這個滑雪場嗎？」

「我今年冬天都一直在這裡。」

「一直在這裡？太厲害了。」男人戴著護目鏡，仍然可以看到他微笑的眼睛，「所以妳也去過北月嗎？」

「北月是後山嗎？不，我沒去過，那裡封閉了。」

「嗯，雖然封閉了，但上次聽到有滑單板的人聊到那裡的情況。」

「他們去北月滑雪嗎？」

「聽起來像是這樣，據他們說，因為正規路徑封閉了，所以只能穿越樹林。雖然很辛苦，但那裡沒有壓雪，可以在鬆雪上盡情地滑。在鬆雪上用單板滑雪不是最過癮嗎？」

「簡直太讚了，原來還有這種秘技，我也想去看看。」也許巡邏員不會去那裡巡邏。

「但不是回不來嗎？」坐在他身旁的女人第一次開了口，「也要提醒一下這件事。」

「喔，對啊。沒錯，就是這樣，雖然好像能夠設法去北月滑雪區，但一旦滑下去之後，就會去別的町，無法回來這裡。」

「啊，這樣啊。」千晶原本覺得很好玩，產生了很大的興趣，聽到這句話，頓時很失望。即使可以在鬆雪上滑雪，如果回不來，就失去了意義。

「所以聽說去那裡滑雪的人，會預先把車子停在那裡，這樣就可以回來了，只不過用這種方法，一天也滑不到幾次。」

「是喔。」

原來還有這種方法。千晶茅塞頓開。如果是這樣，就有解決的方法。她想到可以邀快人和幸太一起去，但隨即想到有一個問題。他們只有一輛車，也就是說，必須有一個人開車等在後山的山麓，等其他兩個人滑下來。他們兩兄弟都不可能答應這種提議。

「沒有接駁巴士之類的從北月滑雪區載滑雪客回來這裡嗎？」千晶問。

「原本有接駁巴士，但現在那個滑雪場關閉，飯店方面也就沒必要安排接駁巴士了。」

「這樣啊，真是太可惜了。」

「我們也覺得很可惜，因為聽去過那裡的人說，那個滑雪場很不錯。」

千晶也曾經聽過這樣的傳聞。雖然普通滑雪客並不青睞，但許多滑雪高手都很中意那裡，但可能滑雪場方面認為入不敷出，所以決定關閉。最近許多滑雪場都有類似的情況。

纜車抵達了山頂站，千晶開始穿上滑雪板。她在壓得很平整的雪道上練習了幾次高速轉彎後，進入了未經整地的非壓雪斜坡，斜坡上有許多雙板滑雪客造成的大小不一的隆起。雖然不像貓跳雪道的隆起那麼密集，但由於很不規則，所以有助於訓練隨機應變的能力。她的雙腿快速地彎曲、伸展，就像汽車的避震器一樣吸收雪面的變化，有時候甚至需要跳躍。她幾乎沒有放慢速度，在凹凸不平的斜坡上滑行，然後發現周圍的人都在看她。很少有單板滑雪客主動挑戰凹凸不平斜坡，即使是雙板滑雪客，除非技術很好，否則都會避之唯恐不及。這項練習很耗體力，但千晶感到暢快無比。

接著，她心血來潮，沿著以前從來沒去過的斜坡滑了下去。因為她期待有什麼新的發現，但是這種期待往往會變成失望。她看到完全沒有任何滑板痕跡的斜坡時興奮起來，隨即發現前方是狹窄的林道，而且完全沒有傾斜。她的速度漸漸慢了下來，最後終於完全停止了。千晶只好脫下滑雪板，抱在手上走了起來。這裡到底是哪裡？她忍不住打量四周。

不一會兒，前方出現了熟悉的景象。前方的小房子是巡邏員的休息室。她似乎不知不覺滑到了滑雪場角落。

有一名巡邏員站在休息室前方。那個人沒有戴帽子，也沒有戴太陽眼鏡，所以千晶很快就發現她是藤崎繪留。

千晶想起剛才和快人的對話。雖然她完全無意安排聯誼，但大家一起去吃飯的主意不錯。那就來為表哥盡點力。千晶走了過去。

藤崎繪留並沒有察覺千晶，她走到了房子後方。如果她走進休息室就慘了。因為千晶覺得特地進去休息室找她，壓力有點太大了。

千晶急忙走向房子，聽到了女人說話的聲音。一定是藤崎繪留的聲音。

「根津，你什麼時候回來這裡？這樣啊……嗯，你是問黃色的帶子嗎？小桐已經綁上去了……不，好像還沒有接到歹徒的聯絡。」

千晶不僅停下了腳步，全身都愣在原地。歹徒？這是怎麼回事？

「……嗯，倉田經理他們說，會準備好防水包。根津，真的要我去送贖款嗎？……我並不是不願意，只是擔心你。我聽小桐說了，你是不是打算去追歹徒？……你不要怪小桐，他已經很努力了……真的嗎？你真的不會亂來嗎？無論如何，確保所有滑雪客的安全最重要……好，那就先這樣，那裡的事就拜託了。」

藤崎繪留似乎在和根津通電話。他們到底在談什麼？只是討論滑雪場的治安問題嗎？

不，感覺並不像。贖款。沒錯，她剛才提到了贖款。「真的要我去送贖款嗎？」她剛才說了這句話，自己絕對沒有聽錯。

千晶戰戰兢兢地躲在房子後方探出頭，看著藤崎繪留走向相反方向的背影。她應該不想被別人聽到剛才的談話內容，所以才在這裡打電話。

千晶抱著滑雪板蹲在地上。她的心跳加速，太陽穴可以感受到血液的流動，身體也熱了起來。

她的思考混亂，很希望可以從樂觀的角度解釋剛才聽到的內容。歹徒？贖款？簡直就像是電視劇或是遊戲。沒錯，他們一定在聊遊戲。他們熱中於玩這種遊戲，所以正在討論遊戲的內容。

然而，在她這麼思考的同時，內心也忍不住否認，不可能有這種事。藤崎繪留提到了黃色帶子，黃色帶子和這件事有某種關係。他們並不是在談遊戲的事，而是在討論現實。因為藤崎繪留在最後提到，確保滑雪客的安全最重要。

千晶的身體忍不住發抖。雖然是因為在寒冷中蹲著不動的關係，但內心也產生了莫名的不安。她緩緩站了起來，不知道該不該告訴快人和幸太。

29

卡賓滑雪板在雪地上勾勒出完美的弧線，卡賓滑雪板英文是 carving skis，carving 正是雕刻的意思。潔白的雪面上留下了兩道軌跡。入江達樹腳下的滑雪板在寫完平假名的「し」之後停了下來。雖然他有點膽怯，但是能夠完成這趟滑行很了不起。達樹的臉上露出了自然的笑容。

「很好啊，完全沒問題。」根津騎在雪地摩托車上說，達樹顯得有點難為情。帶他來北月滑雪區是正確的決定。達樹起初有點不知所措，但發現周圍完全沒有其他人後，雖然仍然有點害怕，最後還是滑了起來。他在滑雪時回頭看了好幾次，因為他擔心突然有人從後方滑下來。他可能至今仍然沒有忘記母親被人用力撞到的意外。

滑了幾次之後，達樹慢慢找回了原來的大膽。聽入江義之說，在意外發生之前，達樹的滑雪技術很出色，在任何斜坡都可以轉彎。滑雪技術和騎腳踏車一樣，一旦學會了，就一輩子不會忘記，關鍵是心理的問題。

入江也滑了下來。他展露了精采的技巧後，停在達樹身旁。

「你幾乎都回想起來了，是不是很暢快？」

達樹聽了父親的發問，也點頭回答。根津看到他明確表達了意見，暗自鬆了一口氣。

「要不要再滑一趟？」根津問他們父子。

「時間沒問題嗎？」入江問，「是不是差不多該回去了？」

「沒關係，再滑一趟沒問題。」

根津剛才和繪留通了電話。繪留告訴他，已經準備好現金，桐林也在纜車站屋頂綁上了黃色記號。雖然不知道歹徒什麼時候會聯絡，但至少上午不會有任何動靜。

入江低頭看著兒子，沉思了片刻，然後抬起了頭。

「既然這樣，可不可以帶我們去那裡？」

「那裡是……？」根津忍不住挺直了身體，雖然他猜到是哪裡，但為了謹慎起見，還是向入江確認。

「就是新月滑雪區和這裡交會的地方，也就是……那個地方。」入江雖然沒有明說，但根津已經清楚瞭解他在說哪裡。就是曾經發生意外的地點。

「我當然可以帶你們去，但是沒問題嗎？」根津輪流看著他們父子。

「這次來這裡的目的，就是要去那裡。」入江戴著護目鏡，所以看不到他的表情，但他的語氣很認真，「可以麻煩你嗎？」

入江顯然作好了相當的心理準備，才帶兒子來這裡。既然這樣，根津很希望能夠助他一臂之力。他回答說：「好。」

根津像之前一樣，讓入江坐在後方，載著他上了斜坡。過了半山腰後繼續前進，斜坡的角度越來越陡。

「嗯，沒錯，就是這種感覺。」坐在後方的入江小聲嘀咕，「我記得再往上一點，就是會合點。右側是雪壁……真懷念啊。」

根津聽到入江說「懷念」這兩個字感到意外。他以為對入江來說，那裡是他的傷心地，但是在意外發生之前，也是他們一家三口度過快樂時光的地方，即使他回想起那些美好的回憶也很正常。

雪地摩托車來到了意外發生的地點，根津曾經多次來這裡勘驗那次意外。

「對了，就是這裡。」入江下了雪地摩托車後，打量著周圍。他的臉上已經沒有懷念過去的樣子，他一定回想起發現妻子倒在血泊中的情景。

根津把入江留在原地，回到了剛才的地方。達樹孤零零地站在滑雪場正中央，他的臉上並沒有害怕的神色。根津認為應該沒問題。

雪地摩托車載著達樹出發了。因為已經坐了很多次，所以他也已經習慣，沒有緊緊抱著根津的身體。

入江並沒有穿上滑雪板，在原地活動身體取暖等他們。根津把雪地摩托車停在他身旁。

根津協助達樹下了車。因為天冷的關係，他的臉頰有點紅，除此以外，臉上的表情並沒有其他變化。

「達樹，你記得這個地方嗎？」入江問，「你仔細看一下周圍，以前是不是曾經來過這裡？」

但是，達樹並沒有打量周圍，立刻凝視著某一點。他注視著被雪覆蓋的樹林，位在這個斜坡的上方。

根津立刻意識到，撞到達樹媽媽的單板滑雪客就是從那裡衝了出來。雖然達樹因為恐懼陷入了混亂，但他似乎記得這件事。

「達樹，沒錯，媽媽就是在這裡死的。」入江跪在兒子面前，「你記不記得？媽媽是不是就在這裡倒下？」

達樹無力地搖著頭，擠出了「我不知道」幾個字。

「怎麼可能不知道呢？你當時不是和媽媽在一起嗎？你好好回想一下，不要不敢面對。」入江抓著兒子的雙臂，前後搖晃著。

但是達樹沒有說話，面無表情，眼神渙散，眼珠子轉個不停。

入江脫下手套，拉開了滑雪服口袋的拉鍊。他從口袋裡拿出一個塑膠袋，裡面裝了壓花。

「你看這個，我請人把媽媽種在庭院的三色堇做成了壓花，我們把這個壓花埋在這裡。」入江把壓花遞到達樹面前。

達樹眼神飄忽的大眼睛終於看向壓花，他目不轉睛地盯著壓花，但並沒有伸出手。

「你怎麼了？趕快把壓花埋在這裡，媽媽一定會很開心。」

但是，達樹就像凍結般一動也不動，看了看壓花，又看著父親的臉。

「來吧。」入江拿起兒子的右手，試圖把壓花放在他手上。

下一剎那，達樹推開了父親的手，壓花飄落在雪地上。

「達樹……」

「我不知道。」達樹的臉扭曲著，大聲吼道：「我不知道這種事。」

「你在說什麼？媽媽不是在這裡死了嗎？」

「我不知道，我不知道。」達樹用力甩著雙手，發出「啊、啊、啊」的尖叫聲衝了出去。但斜坡積了雪，而且他穿著滑雪鞋，所以跑得跌跌撞撞，很快就跌倒，倒在雪地中。

由於距離很近，並不需要用雪地摩托車。根津跑了過去，達樹像小動物一樣蜷縮著，發出了嗚嗚的哭聲。

入江走了過來，「真傷腦筋……」

「要不要先回去？」根津提議。

「現在也只能這樣了。」入江無力點頭。

根津抱著達樹，讓他坐在雪地摩托車上。達樹既沒有反抗，也沒有叫喊，似乎很想趕快離開這裡。

回到停車場，和來的時候一樣，讓入江父子坐在商旅車的後車座後，把車子開了出去。陽光很刺眼，根津把駕駛座前的遮陽板拉下來。

車內的氣氛很凝重，入江父子都沒有說話。

「達樹，你隔了這麼久第一次滑雪，感覺怎麼樣？是不是很暢快？」根津努力用開朗的聲音問。

「怎麼樣呢？叔叔特地帶你來這裡，你要回答啊。」入江語帶責備地說，根津忍不住提心吊膽，覺得這樣會讓達樹更加不敢說話。

「謝謝。」達樹用單調的語氣回答，聽起來有點魂不守舍。

「不用謝我，只要你玩得開心就好。」

「玩得很開心啊，」入江催促著兒子，「對不對？」

「嗯。」達樹輕聲回答。

「聽到你這麼說，我就放心了——過幾天我們再去，我會向主管請示。」根津看著後視鏡中的入江說。

入江板著的臉上勉強擠出了笑容，向他鞠了一躬。兒子剛才的反應似乎讓他深受打擊。

30

回到飯店停車場，根津協助入江父子下了車。達樹始終不發一語，滑雪時歡快的表情已經完全消失了。

「你們等一下有什麼打算？」根津看著他們父子問，「如果想在這個滑雪場滑雪，我會為你們準備纜車券。」

達樹一臉不悅地低著頭。入江義之低頭看著兒子後，輕輕搖了搖頭。

「不，今天就先這樣，我想他也累了，而且我想他應該還沒辦法在這裡滑雪。」入江看向滑雪場，被陽光刺得眯起了眼睛。

「是啊，不必著急，我剛才在車上也說了，下次應該還有機會帶你們去北月滑雪區，有進一步消息後，我會通知你們。」

「謝謝，麻煩你了。」入江在道謝的同時，按著達樹的頭。達樹面無表情地鞠了一躬。

根津目送他們父子走向飯店後，回到了巡邏隊的休息室。有三名巡邏員在休息室內，其中一人是桐林。繪留不知道去了哪裡。

「小桐，你出來一下。」根津對桐林說，然後走出了休息室。

桐林立刻跟了出來。

「繪留呢？」

「她去巡邏了，我猜她應該馬上就回來了。」

「那個是你去綁的吧？辛苦了。」根津向纜車站的方向揚了揚下巴，纜車站的屋頂上綁著一條黃色帶子。

桐林摸著頭，滿臉歉意地說：

「對不起，我不小心向繪留姊說了我們的計畫，就是我們兩個人要去追歹徒，設法拍下照片的計畫。」

根津用鼻子哼了一聲。

「繪留剛才在電話中告訴我了，她套你的話嗎？」

「不，是我做了傻事。我先問她，是不是她負責送錢？所以她起了疑心，問我為什麼要向她打聽這件事，我語無倫次，答不上來。對不起。」

根津皺起眉頭。他可以想像當時的狀況。在覺得桐林太大意的同時，也痛恨繪留的直覺太敏銳。

「嗯，這也沒辦法，但倉田經理已經同意，我們可以遠遠看著繪留。」

「真的嗎？」桐林露出欣喜的表情。

「對，所以並不是完全沒有機會，所以要準備好相機。」

「好。」桐林用力點頭後，小聲地問：「根津哥，你對這次交易有什麼看法？我覺得很奇怪。」

「哪裡奇怪？」

「就是歹徒的指示，他到底有什麼企圖？」

根津看著滑雪場，聳了聳肩說：

「歹徒有什麼企圖？因為之前的交易都很順利，所以歹徒食髓知味，最後想大撈一票吧。」

「嗯。」桐林在一旁發出低吟，他似乎並不同意根津的意見。

「怎麼了？如果你有什麼想法，就趕快說出來。」

「不，我並沒有什麼明確的意見，只是在想，如果滑雪場方面不答應交易，歹徒打算怎麼做？」

「不答應……？」

「我是說，如果沒有在纜車站的屋頂上綁記號的話。歹徒這次的要求是，如果想知道埋設爆裂物的正確位置，就拿錢出來。和第一次不同，這次並沒有說，如果不答應這場交易就要引爆。現在已經提出要在北月滑雪區設置障礙追逐賽的賽道，滑雪場方面也可以無視歹徒的要求。如果真的這麼做，你認為歹徒會採取什麼行動？」

根津皺起眉頭，抱著手臂。滑雪場方面的確有這樣的選項。如果真的不予理會，歹徒又會怎麼做？還是認定滑雪場一定會接受他提出的要求？

「其實根本不必理會這種要求，」桐林說，「我覺得歹徒可能也是死馬當活馬醫，所以才會提出比之前更高的金額，獅子大開口勒索五千萬，八成預料到會遭拒絕。」

「雖然這麼說，但公司方面很希望瞭解爆裂物的位置，加以拆除，否則就無法放心做生意。」

「雖然我知道……」桐林不服氣地歪著頭。

根津能夠理解他無法接受眼前的情況，而且根津也覺得很離譜。對滑雪場來說，五千萬圓是很大一筆錢。他根本無法想像，不知道要有多少滑雪客上門，才能賺到這筆錢。

根津在思考這個問題時，看向滑雪場。也許是因為擔任巡邏員多年培養起來的習慣，他都會在無意識中監視有沒有人做出危險行為。

他在滑雪場上看到兩個熟悉的身影。他們是瀨利千晶的表兄弟，正在緩斜坡上練習平地花式技巧。根津尋找千晶的身影，但並沒有看到她。

這時，滑雪服內的手機震動起來。他打開口袋的拉鍊，拿出手機。是倉田打來的。

「我是根津。」

「我是倉田，你在哪裡？還在北月嗎？」

「不，已經回來這裡了，入江父子已經回飯店了。有什麼狀況嗎？」

「接到歹徒聯絡了，你可以馬上來會議室嗎？」

「我知道了，要帶繪留一起去嗎？」

「好，盡可能不要引起別人的注意。」

「我知道。」

掛上電話後，向桐林說明情況時，繪留剛好騎著雪地摩托車回來了。來得早不如來得巧，根津也向她說明了情況。

「終於聯絡了，希望這是最後一次。」繪留挑起一雙鳳眼說。

「當然是最後一次，否則就傷腦筋了。」

「不，這很難說。歹徒拿到錢之後，可能又要求再多付一點。」桐林說，「因為我們每次都讓歹徒予取予求。」

根津撇著嘴角說：

「如果真的發生這種狀況，就到時候再說了，反正不是由我們來判斷——繪留，我們走吧。小桐，如果其他人問我們去哪裡，你就幫忙掩飾一下。」他用手背拍了拍桐林的胸口，走向飯店的方向。繪留也跟在他身後。

「你剛才在和小桐聊什麼？」

「沒聊什麼，只是在討論五千萬可是一大筆錢，所以很不甘心。」

「應該不是在計畫跟蹤歹徒吧？」

「才沒有呢，妳有完沒完啊。」根津說話時沒有看繪留的臉。

敲了敲會議室的門，聽到倉田的聲音說：「請進。」打開門後，打量著會議室內的狀況。除了倉田以外，只有總務部長宮內和滑雪場整備主任辰巳在裡面，所有人都圍著桌子站在那裡，根津看到中垣和松宮兩位總部長都不在，鬆了一口氣。

「聽說歹徒又聯絡了……」

宮內默默抓起會議桌上的紙，遞到他面前。根津接了過來，看著紙上印刷的內容。繪留也從一旁探頭看了過來。

「致新月高原滑雪場的諸位工作人員：

我方已確認你們的回答，同時高度肯定你們迅速而冷靜地作出了妥當的判斷。我方相信，對雙方來說，都將是一筆好交易。

那就不說廢話，說明本次的指示。

● 把裝了五千萬圓的防水包和上次使用的手機交給送款人，同時挑選能夠在這種狀態下，用雙板或是單板在斜率四十度的雪道上滑雪者擔任送款人。

● 送款人的右手臂綁上黃色頭巾。

● 送款人在今天下午四點整，搭乘第四雙人吊椅纜車，下纜車後，在落山雪道入口附近待命。

之前也曾經多次警告，在此重複一次。

只要我方認為諸位的行動稍有可疑之處，就會立刻停止交易，屆時有可能導致最不樂見的結果，你們必須為此負起責任，千萬不要忘記這件事。那就下午四點見。

埋葬者」

根津抬起頭，看向繪留。她也看著根津，兩個人都眨了一下眼睛。

「情況就是這樣。」宮內說，「你們誰要去？」他看了看根津，又看向繪留。應該是在問送款的事。

根津看著會議桌，上面放了一個背包。背包很鼓，應該已經裝了現金。

他走過去把背包拿了起來，比他想像中更重。

「差不多有五公斤。」倉田察覺了根津的想法說道，「比三千萬時重了不少，三千萬差不多有三公斤。」

「原來是這樣，歹徒是因為這個原因，所以才分次勒索嗎？」

「我們剛才也在討論，很可能是因為這個原因。一億圓有十公斤，不僅體積很大，而且也很重，只不過如果是這個原因，就搞不懂歹徒這次增加到五千萬的理由。既然認定也可以拿五公斤，應該第一次就要求五千萬。」

「是啊。」

「我可以拿看看嗎？」繪留走過來，根津把背包交給了她。她雙手拿著背包拎上拎下，點了點頭說：「對，的確有點重。」她又把背包背在身上，輕輕蹲下後又站了起來。

「怎麼樣？」根津問。

「嗯，可以，完全沒問題。」

「真的嗎？是不是派男人去比較好？」宮內語帶懷疑地說。

「不，交給繪留沒問題。」根津否定了宮內的意見，「這傢伙指定要背著背包，在斜率四十度的斜坡上滑雪。雖然我也能滑，但考慮到對方不知道又會提出什麼要求，還是繪留去比較好。比起單板，雙板應該更穩定。繪留，沒問題嗎？」

她放下背包後點了點頭說：「嗯，沒問題。」

「這一點的確令人在意。」宮內拿起歹徒的指示，皺著眉頭說：「斜率四十度的坡道很陡，歹徒到底想幹什麼？」

辰巳指著攤在桌上的滑雪場地圖說：

「雖然不知道歹徒的目的，但應該是要求從超級迴轉雪道滑下去。落山雪道中途有一個分岔點，大部分人都會滑寬敞的中階者斜坡，但對自己的技術有自信的人，會去狹窄的高階者斜坡，就是超級迴轉雪道。這裡的最大斜率超過四十度，積雪量不足時會關閉，但今天有開放。」

根津完全瞭解辰巳說明的情況，因為那是巡邏員每天早上重點巡邏的雪道，由於斜率很大，所以容易發生雪崩。

「從那裡滑下去之後會通往哪裡？」

辰巳聽了宮內的問題，面無表情地移動了地圖上的手指。

「直接滑下去的話，會和金色雪道會合，最後通往家庭雪道。如果再繼續滑下去，就來到飯店的西側。」

「難道要在中途交付現金嗎？」

「不，歹徒這次不可能簡單地收取贖款。」根津說。

宮內瞪大了眼睛問：「那你認為會提出什麼要求？」

「我認為這裡是關鍵。」根津指著滑雪場地圖上的一點說：「超級迴轉雪道的西側有一片樹林，那裡當然是非正規雪道，但只要穿越這片樹林，就有無數條下山的路線。我認為歹徒會使用這個方法。」

「之後呢？」

「這就不知道了。」根津聳了聳肩。

倉田雙手扠在腰上點了點頭說：

「很有可能。第一次交付贖款是在沒有夜場照明的滑雪場，第二次是在纜車下方的禁滑區域，歹徒都從滑雪客絕對不會去的地方逃走，完全有可能選中陡坡旁的非正規雪道。」

「所以只要守在那裡……」宮內露出盤算的眼神。

「宮內部長，這有點……」倉田為難地皺起眉頭。

「啊啊，我知道，我只是說說而已。」宮內用力搖著手。

根津看著他們的對話，忍不住感到意外。因為他原本以為所有人都和倉田一樣，只希望贖款可以順利交到歹徒手上，但仔細思考之後，就發現不可能有這種事，因為沒有人會眼睜睜地看著公司的錢被毫無關係的人拿走而無動於衷，因為這些金錢的損失遲早會影響到自己。

「我再次重申，」倉田輪流看著根津和繪留說：「順利完成交易最重要，必須儘快從歹徒口中問出爆裂物的下落，確保滑雪場的安全，千萬要謹記這件事。」

雖然倉田對著他們兩個人說這番話，但明顯是針對根津。

「我知道，我不會輕舉妄動。」根津向倉田保證。

距離四點還有一段時間，繪留繼續留在會議室待命，根津獨自離開了。他沿著走廊，準備回去休息室，聽到後方傳來腳步聲。

「根津。」有人叫他。

回頭一看，宮內正走向他。看宮內的表情，似乎有什麼想法。

「可以和你說幾句話嗎？」

「可以啊，有什麼事？」

宮內立刻打量周圍，然後揚了揚下巴說：「我們去吸菸室。」

在通往滑雪場的員工出入口前，有一間裝了空氣清淨機的吸菸室，裡面還有飲料自動販賣機。吸菸室內沒有其他人，宮內點了一支菸。

「這次的事辛苦你了，社長也要我好好稱讚你。」

「不，別這麼說……我並沒有做什麼。」根津不知所措地回答，因為他完全沒料到宮內會對他說這些話。

「真是太不甘心了，這可是五千萬、五千萬啊。歹徒竟然用一封電子郵件就得手了，天下哪有這種荒唐的事！難道你不想給歹徒一點顏色看看嗎？」

宮內用力吐著煙，根津更加意外地看著他。

「怎麼了？我臉上沾到什麼了嗎？」

「不，我只是沒想到宮內部長會說這種話……」

宮內不以為然地撇著嘴角說：

「我為了這次的事，跑了三趟銀行去領錢。第一次三千萬，第二次三千萬，這次又是五千萬，老實說，真的覺得很莫名其妙。錢這種東西，該有的地方還是有，公司整天說不景氣、不景氣，已經好幾年沒有加薪了。只要十分之一，不，百分之一給我們就好了，所以就對歹徒火冒三丈，很不甘心就這樣輕易交出去。我當然知道滑雪客的安全最重要，但是站在歹徒的立場，不可能輕易引爆炸彈。

因為一旦有人死了，那可是天大的重罪，而且到時候警察一定會出動。」

根津也完全同意。他用力點了點頭說：「我也這麼認為。」

「對不對？所以呢，」宮內又環顧四周，把臉湊了過來，「你可不可以在歹徒出現後再次追蹤？即使沒有抓到也沒關係，我只是希望能夠掌握有助於查明歹徒身分的線索。」

根津眨了眨眼睛問：「可以嗎？」

「但是不能讓歹徒發現，目的並不是為了把錢搶回來。」

「不知道倉田經理會說什麼。」

宮內露出苦笑，搖了搖夾著菸的手說：

「不要告訴他，也不要告訴兩位總部長。從下面看不到交付贖款的地方，所以即使你採取了什麼行動，他們也不會知道。」

總務部長不愧曾經處理過各種棘手的問題，他的想法很大膽，但是根津原本就打算和桐林兩個人調查有關歹徒的線索，宮內的這番話更為他壯了膽。

「好，那我來試試。」

「拜託你了，但是千萬不要窮追不捨。」宮內把手放在根津的肩上。

根津回到休息室，處理了幾件雜事，等待約定時間到來。桐林也不時走進來，他似乎也心神不寧。當休息室內只剩下他們兩個人時，根津把宮內的指示告訴了他，他瞪大了眼睛。

「原來公司內部也有人這麼想。」

「我能夠理解他的心情。雖然是總務部長，但我想他的薪水應該不高。」應該和大企業部長級的薪水有天壤之別。

「所以我們按照原定計畫進行嗎？」桐林問。

「當然，目前可以大致猜到歹徒逃走的路線，我們埋伏在某個地方拍照，之後再去追人。」

「好，感覺會很好玩。」桐林露出了笑容，但可以看出他很緊張。

下午三點半後，根津和桐林一起走出休息室。兩個人都穿著自己的滑雪服。桐林拿著雙板滑雪板，根津想了一下後，決定帶單板。因為宮內說，可以追歹徒，如果歹徒用單板逃走，自己的雙板技術可能追不上。

他看到繪留從飯店內走出來，身上背著背包，右手臂上綁著黃色頭巾。她看了根津和桐林一眼，沒有說任何話，走進休息室，換了滑雪鞋後走了出來。

「看妳的了！」根津對她說。

繪留默默點了點頭，穿上自己的滑雪板，兩隻腳輪流滑了起來。

31

「會不會是綁架案？」快人說：「因為她不是提到贖款嗎？藤崎要負責送贖款，既然這樣，就是綁架案啊。」他平時很愛看推理，說話的語氣很有自信。

「誰遭到綁架了？」千晶問。

「這我就不知道了，八成是哪一個滑雪客。藤崎不是說，確保滑雪客的安全最重要嗎？」

「她不是說確保滑雪客的安全，而是說確保所有滑雪客的安全。」

「所以代表不止一個人，有好幾個人遭到了綁架。」

「呃，會有這種事嗎？綁架的話，不是一個人就夠了嗎？」

「可能發生了情非得已的狀況，經常有這種事。原本只打算綁架一個人，結果發生了意想不到的事，不得不把其他人也一起帶走。」

「這是小說和電視的情節，我說的是現實發生的事。」

「現實也一樣，不是有日本的志工在外國的戰場上，不聽從避難的勸導，堅持留在戰場，結果一起被擄走嗎？有時候最好真的殺一個人，更能夠證明並非只是恐嚇而已，所以故意綁走好幾個人。」

千晶皺起了眉頭。

「這個滑雪場會發生這麼可怕的事嗎？」

「是妳在說發生了很可怕的事啊。」

「雖然是這樣……」

他們正在餐廳討論。千晶把藤崎繪留講電話的內容告訴了表兄弟，幸太目前正在監視巡邏隊的休息室。

就在這時，幸太來不及脫下護目鏡，就衝進了餐廳。

「藤崎離開巡邏隊休息室了，身上背了一個背包，裡面八成是贖款——」

千晶用拳頭捶了表弟側腹一拳。

「這麼大聲幹嘛！白痴！」

「啊，不，因為……」幸太用戴著手套的手捂著嘴。

「藤崎去了哪裡？去搭纜車嗎？」

「不，感覺不像去搭纜車，好像往家庭雪道的方向。」

千晶戴上針織帽，從坐在對面的快人旁邊的椅子上，拿了棕色的滑雪服。

「快人，衣服借我。」

「啊？為什麼？」

「因為他們記住了我的滑雪服，只要換一下上衣，就會感覺很不一樣。」

「妳到底想幹嘛？」

「那還用說嗎？當然去跟蹤藤崎啊，必須查清楚到底發生了什麼事。」

「我也去。」幸太說。

「不行，你會礙手礙腳。」千晶穿上衣服後，拿起護目鏡和手套，走向餐廳門口。如果不趕快去追，可能就追不到了。

來到餐廳外，她將單腳固定在滑雪板上，像溜冰一樣滑向家庭雪道。雖然緩和的上坡道很不好滑，但雙板應該也一樣，所以藤崎繪留應該並沒有走太遠。

「千晶。」身後傳來叫聲。

一個身穿綠色滑雪衣的年輕人追了上來，她以為是幸太，但發現滑雪褲的顏色不一樣。是快人。

「我不是說了，你會礙手礙腳嗎？」

「別這麼說，藤崎可是我心目中的女神，她面臨危險，我怎麼可能在餐廳享受美食？」他上氣不接下氣地大放厥詞。

「真受不了你，但如果你慢吞吞，我就不管你喔。」

不一會兒，他們來到家庭雪道，急忙四處找人，卻不見藤崎繪留的身影。這裡有好幾條吊椅纜車線路，難道她已經搭上了其中的纜車嗎？

「可惡，來晚了一步嗎？」快人懊惱地說。

就在這時，千晶發現前方有一個熟悉的單板滑雪客。

「啊，那個人！」千晶指著那名滑雪客的背影說，「他是根津。」

「啊？真的嗎？」

「八成沒錯。我之前曾經看過他在高跳台跳躍，而且也看過和他在一起的雙板滑雪客，他就是今天上午，站在纜車站屋頂上的人，所以他應該和根津他們一樣，也是巡邏員。」

「兩名巡邏員為什麼會在這裡？而且沒有穿制服。」

「我知道了，他們也在追藤崎，因為藤崎身上帶著贖款，怎麼可能完全沒有人監視？」

「所以，只要跟著他們……」

「就可以追到藤崎，趕快。」千晶用力滑了起來。

根津他們搭上了位在家庭雪道角落的吊椅纜車，雖然是雙人座的吊椅纜車，但他們分開坐。也許打算利用時間差，因應各種不同的局面。

「我們也分開搭纜車。」千晶說完，走向纜車站。

因為時間已經不早了，滑雪場內沒有太多人。根津坐的纜車在很前面，但她下纜車時，如果還在附近，或許會被他們發現。但自己並沒有做壞事，反正到時候見機行事。

只不過到底發生了什麼事？千晶忍不住思考。快人的推測雖然有點道理，但總覺得哪裡不太對勁。

她突然想到一件事，轉頭看向後方。快人不知道在想什麼，對她揮了揮手。千晶不理會他，看向他的後方，發現後方的纜車都是空的。

果然有問題——

完全沒有警察在監視。警察當然不可能穿制服，會偽裝成普通滑雪客，但是除了千晶和快人以外，看不到其他人追上來。無論怎麼想，這件事都太詭異了。而且藤崎繪留和根津在電話中討論交付贖款這件事就很不自然，通常不是該由警察決定嗎？

也就是說，無論發生了什麼事件，滑雪場都沒有報警。如果有滑雪客遭到綁架，滑雪場可能不報警嗎？還是綁匪威脅，「如果報警，就會殺了人質」？

也許自己正在見證完全意想不到的狀況。想到這裡，就覺得體溫些許上升，但滑雪服下起了雞皮疙瘩。

纜車站快到了，根津他們已經下了纜車，而且滑了起來。他們似乎要去搭位在更上方的第四雙人吊椅纜車。

千晶也下了纜車，快人也很快追了上來。

「千晶，第四雙人吊椅纜車。」

「我知道，趕快追上去。」

他們動作俐落地穿上滑雪板後滑了起來。

根津搭上第四雙人吊椅纜車時，已經四點零二分了。這座纜車的營業時間到四點為止，但工作人員不會制止排隊準備搭纜車的滑雪客，硬是關閉入口，所以通常都會延遲十分鐘左右才結束。

並沒有看到繪留坐在前方纜車上的背影。因為她會按照歹徒的指示，四點整搭上纜車，所以會在更前面。

纜車右側的寬敞雪道，是以前曾經舉辦過國際比賽的落山雪道。這個雪道很熱門，此刻也有踩著單板或是雙板的滑雪客不停地滑下來。

纜車很快到了站，根津看到繪留站在落山雪道的入口。她也看著根津，一定希望他不要輕舉妄動，節外生枝。

下了纜車後，根津坐在長椅上穿滑雪板，桐林來到他身旁，看著繪留的方向問：

「現在該怎麼辦？」

「不要一直看她，歹徒可能躲在哪裡監視，如果發現我們是一起的就很麻煩。」

「喔，對喔。」桐林慌忙移開了視線。

「辰巳主任推測，歹徒會要求繪留從超級迴轉雪道滑下去，我也覺得很有道理，所以我們先去那裡。」

「超級迴轉雪道嗎？瞭解。」

桐林先滑了起來。根津也起身開始滑行，進入落山雪道後，滑雪板的前端朝向正下方。豎起了鋼邊，壓低身體的重心，可以感覺到速度急速增加。

雪道在中途出現了岔路，右側出現了高階者雪道的標識，他毫不猶豫轉彎滑向那個方向。

桐林停在前方。由於前方斜坡的斜率發生了很大的變化，站在根津的位置看不到前方的狀況。

根津也在桐林身旁停了下來。超級迴轉雪道的最大斜率是四十度，但從上面往下看時，會覺得坡道幾乎是垂直的。再加上因為現在時間已晚，並沒有人在雪道上滑行。

「歹徒不可能要求她只是從這裡滑下去，我猜想會在斜坡的中途交付贖款。」

「這真是……膽大包天。」

「問題在於之後，我猜想歹徒打算穿越那片樹林。」根津說著，指向右側的樹林。

「只要穿越那片樹林，不需要經過滑雪場，就可以下山。」

「原來是這樣，那我們怎麼辦？要埋伏在這裡嗎？」

「不，在這裡太顯眼了，歹徒一定會起疑心。那就賭一賭，我們先進去。」

「進去哪裡？」

「樹林中，你躲在樹林中央，我再去更前面。你帶了相機吧？如果可以拍到歹徒，記得要拍下來。」

「知道了。」桐林說完這句話就滑了起來。他以斜滑降的方式滑了下去，樹林深處傳來了鋼邊摩擦雪面的聲音。太陽漸漸下山，開始結冰雪道變得很硬。

根津也滑了起來。他控制著速度，持續用介於長彎和短彎之間中彎的方式向下滑行，中途橫向穿越斜坡，滑向樹林。樹林前方拉著繩子，那是根津和其他巡邏員拉起的繩子。他鑽過繩子後，進入了樹林。樹木之間的雪很柔軟。

他前進了數公尺後停了下來，轉身面對雪道的方向，彎下了身體。

他聽到有人滑下來的聲音。原本以為是繪留，不由得緊張起來，但很快看到了一個穿著棕色滑雪服單板滑雪客的身影。

根津把頭壓得更低，避免被對方看到，沒想到那個滑雪客竟然直直朝向他的方向滑了過來。不僅如此，還像他剛才那樣鑽過繩子，進入了樹林。

可惡，為什麼偏偏在這種時候——

但是，對方並不是來非正規雪道享受鬆雪，來到根津身旁後問：「這是怎麼回事？」那是一個女人的聲音，而且很熟悉。

「妳是……」

「是我。」原來是瀨利千晶，「這不重要，你告訴我，到底發生了什麼事？」

「如果妳問我為什麼要來非正規雪道，當然有原因，只不過現在沒時間說明——」

「這我知道。你在監視藤崎，因為她身上帶著贖款。」

根津聽到千晶若無其事地回答，整個人愣住了。

「妳怎麼會知道？」

「這不重要，你先回答我的問題，到底是怎麼回事？有人被綁架了嗎？」

「綁架？誰說有人被綁架？」

「既然要交付贖款，不是代表有人遭到綁架嗎？」

「不，不是這樣——」

這時，斜坡上方傳來滑行的聲音。根津抬頭一看，這次沒錯，是繪留滑了下來，而且速度很快，周圍沒有其他人。

繪留幾乎沒有減速，經過根津他們面前。她身上的背包仍然很鼓，也就是說，贖款還沒有交給歹徒。

「完了，難道歹徒沒有指示她穿越樹林嗎？」

根津輕輕跳了一下，改變了滑雪板的方向，在樹木之間滑了起來。

「等一下，你還沒有向我說明。」千晶在身後追了上來。

「晚一點再向妳說明，這件事絕對不可以告訴別人。」根津邊滑邊叫了起來。

繪留已經滑得很遠，穿越超級迴轉雪道後，進入了黃金雪道。如果她不停下來，根津就追不上她，但她似乎並不打算前往非正規雪道。歹徒到底向她發出了什麼指示？

不一會兒，就來到了家庭雪道。這裡還有不少人，也許是考慮到安全的因素，繪留放慢了速度。根津也煞了車，保持一定的距離跟在繪留身後。

「根津哥，」桐林從後方追了上來，「這到底是怎麼回事？錢還在繪留姊身上。」

「我也搞不懂是什麼狀況，只能跟著她再說。」

根津發現千晶也滑到他身旁，似乎打算和他一起去追繪留。根津揮手趕人，她嘟著嘴，放慢了速度。

「那個人是誰？」桐林問。

「無關的人，只是湊熱鬧。」

繪留在飯店前停了下來。她脫下滑雪板，把背包放了下來。根津滑到她身旁問：

「喂，這是怎麼回事？」

「我接到電話，歹徒說，今天的交易取消。」

「為什麼？」

繪留轉頭看向根津，嘆了一口氣說：「歹徒說，觀眾太多了。」

「什麼？」

「歹徒在電話中說，周圍不要有一些奇怪的人監視，下次再有這種情況，後果自負。」

「是指我們嗎？」

「除了你們還有誰？」繪留說完，走向飯店入口。

32

倉田走出會議室，回到管理辦公室，看到了根津和藤崎繪留。兩個人都很沮喪。根津看到倉田進來後，從椅子上站了起來。

「不，你坐著沒關係。」倉田在點頭的同時，輕輕上下揮著手。

根津仍然站在那裡，鞠躬說：「非常抱歉。」

倉田抓了抓頭說：

「嗯，這也沒辦法，聽藤崎說，你們並沒有明目張膽地做什麼。」

「是啊，我們真的只是遠遠看著她而已，在超級迴轉雪道時，都一直在樹林中……」

「歹徒可能就是對這件事感到不滿。」藤崎繪留說。

「雖然是這樣，但我難以理解，」根津看著倉田繼續說道，「我們並沒有靠近繪留，從落山雪道到超級迴轉雪道，周圍都沒有其他人，歹徒到底在哪裡看到我們？」

「歹徒可能躲在某個地方遠遠地監視，只是你們沒有發現。」

「是嗎？沿途根本沒有地方可以躲藏，所以我們才去超級迴轉雪道。」

「哪有？到處都有小樹叢。」

「如果有的話，一定會發現，我在滑雪時並不是沒在動腦筋。」

「但歹徒就是看到你們了啊。」

「好了好了。」倉田安撫著他們，「你們兩個人有什麼好爭的？根本沒有任何意義。」

「對不起。」根津再次小聲道歉，「請問兩位總部長怎麼說……」

倉田放鬆了嘴角，吐了一口氣說：

「因為交易沒有成功，心情當然不可能好，但向他們說明情況後，他們也稍微能夠諒解，只是再三叮嚀，下次絕對不能再節外生枝了。」

「下次……不知道還有沒有下次機會。」根津小聲嘀咕。

倉田轉頭看向藤崎繪留問：

「歹徒不是說，下次再有這種情況，後果自負嗎？」

「對。」她點了點頭。

「既然這樣，就代表還有下一次機會，只是不可能有無限次機會，下次恐怕是最後的機會，所以絕對不能失敗。」

「是啊。」根津抿著嘴低下了頭，然後再度抬起頭說：「下次由我去交付贖款，總部長他們應該就不會有意見了。」

「是啊，也許這樣比較好，那到時候就拜託了。」

「好。」根津精神抖擻地回答，然後又鞠了一躬，走出了管理辦公室。藤崎繪留也跟著他走出去，但中途改變主意，又走了回來。

「怎麼了？」倉田問。

「有件事我覺得很奇怪。」

「什麼事？」

「雖然我剛才對根津那麼說，但也許他說得對，歹徒當時可能並不在現場。」

「妳為什麼這麼認為？」

「因為電話，雖然聲音很小，但我從電話中聽到了飯店館內廣播的聲音。」

倉田注視著藤崎繪留的臉，眨了眨眼睛問：「真的嗎？」

「應該沒有錯，所以這代表歹徒當時在飯店內。」

「歹徒並不一定只有一個人，可能除了在現場收取贖款的人以外，還有另一個人負責和妳聯絡。」

「歹徒會這麼大費周章嗎？」

「並非不可能，而且如果按照妳的說法，歹徒一開始就無意進行交易，為什麼要做這種沒有意義的事？」

「這我就不知道了……還有另一件奇怪的事。」

「什麼事？」

「歹徒的聲音。上次使用了變聲器，但這次感覺只是用手帕或是其他東西遮住嘴巴，讓聲音變得模糊，而且語氣也和上次不一樣。」

「可能只是換了其他人聯絡？」

「為什麼要換人？而且為什麼沒有使用變聲器？」

倉田吸了一口氣，很想說出合理的推理，但想不出來。藤崎繪留為他解圍說：

「也許並不是什麼值得在意的事。」

倉田抱著雙臂，不經意地看向窗外。窗外飄著雪花，他怔怔地想，今年的滑雪季似乎不需要為積雪不足煩惱了。

33

根津走出飯店，在回巡邏隊休息室途中停下腳步。因為他發現穿著棕色滑雪服的瀨利千晶站在雪地上，她把護目鏡推到頭頂上，抱著雙臂。

根津嘆了一口氣後走過去問她：「找我有事嗎？」

「啊？」瀨利千晶瞪大了眼睛，似乎表示難以置信，「你以為不向我說明任何狀況，就可以不了了之了嗎？你不把我放在眼裡嗎？如果你什麼都不告訴我，我就把我知道的事公布在網路上，這樣也沒問題嗎？」

根津皺起了眉頭。

「好啦，我會告訴妳，妳別大聲嚷嚷了。」

「也不想想是誰害我這樣大聲嚷嚷。」千晶嘟起嘴。

「我們去其他地方，這裡不方便。」根津走向已經進入夜場營業時間的滑雪場。

「你是指站在外面說話嗎？我可以去你們巡邏隊的休息室。」

根津停下腳步，回頭看著她說：

「其他巡邏員不知道這件事，包括我在內，只有三名巡邏員知道。」

「為什麼會……」

「我不是說了，我會告訴妳嗎？妳閉上嘴巴跟我來。」

根津再次邁開了步伐，瀨利千晶乖乖跟在他身後。

纜車的營業時間已經結束，纜車站周圍沒有人影。階梯下放著菸灰缸，但沒有人特地來這裡抽菸。

「首先，我想問妳一件事。妳為什麼知道繪留送贖款的事？」根津背對著飯店問，別人應該以為他在黑暗中抽菸。

「我聽到藤崎小姐講電話，但我並不是偷聽。我在巡邏隊的休息室旁，剛好聽到她說話，就是今天上午，她好像在和你通電話。」

「原來是那個時候。」根津皺起鼻子。他記得這件事，當時他帶入江父子去北月滑雪區，的確和繪留通過電話，也記得繪留曾經提到贖款這兩個字。

「所以果然發生了綁架案嗎？」瀨利千晶一臉嚴肅的表情問，「是不是這樣？否則根本不需要送什麼贖款。」

她似乎並不瞭解詳細情況，根津覺得不如乾脆回答說，發生了綁架案。就說飯店人員的孩子遭到綁架，綁匪勒索贖款。因為把人質的安全放在首位，所以決定不報警，而是支付贖款給綁匪。根津覺得這樣說明，對方應該就能夠接受了。

但是他很快打消了這個念頭。瀨利千晶並不笨，一定會追問是誰遭到了綁架，贖款的錢又是從哪裡來的。即使現在能夠矇混過去，遲早會露出馬腳。一旦她知道根津說了謊，一定會勃然大怒，上網亂寫一通。這個女生不僅不笨，而且個性很強。

「你在想什麼？該不會想騙我？別白費心機了，我會徹底確認你說的話到底是真是假。」瀨利千晶橫眉瞪眼，簡直就像看穿了根津內心的想法。

「我剛才閃過這個念頭。」

她咂著嘴說：「我就知道。」

「只是閃過這個念頭而已，但很快就改變了主意，認為不要對妳說謊比較好。」

「沒錯。」

「但是接下來告訴妳的事是秘密，妳要向我保證，絕對不可以告訴別人。」

瀨利千晶用力吐了一口白色的氣。

「告訴我的表兄弟沒關係吧？我已經把贖款的事告訴他們了。」

根津仰天搖了搖頭後，再度注視著她問：

「他們值得信任嗎？他們在妳的慫恿下闖入禁滑區域，還對抓他的巡邏員一見鍾情，感覺很輕浮。」

「他們的確很輕浮，我不否認這件事，但他們沒問題。只要我叫他們不要說出去，他們絕對會保守秘密。如果他們說出去，我會負責。」瀨利千晶露出嚴肅的眼神看著他，和之前在禁滑區域的樹林中，要求放過她表兄弟時的眼神一樣。

「好，」根津回答，「我相信妳。妳可以把這個滑雪場發生的事告訴他們，他們聽了之後一定會嚇破膽，說再也不會來這裡了。」

「這是怎麼回事？到底誰遭到綁架了？」

「沒有任何人遭到綁架，但的確有人質。」

瀨利千晶皺起眉頭說：「我聽不懂你的意思，誰是人質？」

「就是，」根津指著她說：「就是你們。」

「啊？」她瞪大了眼睛。

「同時也是我們。」根津的大拇指按住自己的胸口，「這個滑雪場內所有人都是人質，歹徒劫持了整個滑雪場。」

瀨利千晶似乎還聽不懂，根津向她說明了事件的概要。當她聽了歹徒恐嚇信的內容，就不再說話，只是輕輕點頭表示她在聽。

根津還告訴她，之前曾經兩次交付贖款，掌握了幾個沒有埋設爆裂物的區域，但由於還無法掌握爆裂物確切的位置，所以至今仍然無法設置障礙追逐賽的賽道。她聽了之後小聲嘀咕說：「原來是這樣。」

歹徒又第三次提出要求，剛才準備交付贖款，但最後沒有成功。根津說完之後總結說：「這就是整起事件的情況。」

瀨利千晶聽根津說完之後，仍然愣在原地，根津簡直以為她因為夜晚的低溫凍結了。她的帽子上積了薄薄一層雪。不知道什麼時候又飄起了小雪。

最後，瀨利千晶終於吐了一口白色的氣，然後又說：「太驚訝了。」

「任何人聽了都會驚訝。」

「簡直就像在聽電影的劇情，完全沒有真實感。如果有人突然告訴我這件事，我八成不會相信。」

「是啊，我在向妳說明的時候都忍不住懷疑，這一切到底是不是真的，但這是千真萬確的事實。」

瀨利千晶看向夜場燈光照亮的滑雪場，走了一、兩步。白天滑得還不過癮的滑雪客快樂地在滑雪場上一較高下。

「他們的腳下可能就有炸彈。」

「沒錯，雖然妳可能會問，既然明知道這樣，為什麼不關閉滑雪場報警，只不過我們也是為別人打工，根本沒有決定權。」

「對滑雪場來說，一旦事件曝光，這個滑雪季就沒辦法做生意了，難怪他們想要隱瞞。」

「不光是今年的滑雪季，事件一旦曝光，滑雪場的形象絕對會一落千丈。如果沒有抓到歹徒，問題就更大了。滑雪客會覺得明年之後，歹徒是不是又會故技重施，所以就再也不敢來這裡了。」

「的確是這樣，但到底是誰做這種事？為什麼會針對這個滑雪場？」

根津搖著頭說：

「完全沒有頭緒，歹徒在第一封恐嚇信中提到，滑雪場破壞環境，成為全球暖化的原因之一，所以要向滑雪場索取賠償費。」

瀨利千晶一臉驚訝地轉過頭問：「真的嗎？」

「千真萬確，但我想那只是牽強附會。歹徒應該基於其他理由鎖定了這個滑雪場。」

「因為這個滑雪場比其他地方更賺錢嗎？」

「怎麼可能？」根津笑得肩膀搖晃著，「這裡和其他滑雪場一樣經營不易，這幾年來，營業額持續下滑，只能靠母公司勉強維持經營。」

「但不是已經要支付超過一億圓的贖款了嗎？歹徒認為這個滑雪場有能力支付，所以才會找上你們吧？」

「這就不清楚了，」根津歪著頭說：「其實我很難理解歹徒這樣大費周章勒索滑雪場這件事。如果要勒索企業，應該找其他行業。雖然時下不景氣，但有很多公司可以拿出一億圓左右的錢。」

「所以你認為歹徒的目的並不是錢嗎？」

「我認為是這樣。」

「那是為了什麼目的？只是惡作劇嗎？」

「正因為不知道才在傷腦筋啊。如果知道歹徒的目的，就可以查出他的身分。」

瀨利千晶再度看向停車場問：「會不會有什麼怨恨？」

「妳說什麼？」

「怨恨，也許歹徒對這個滑雪場有某種怨恨，為了發洩，才做這種事。錢並不重要，只是為了讓滑雪場的人痛苦，甚至最後導致無法營業。」她說完這句話，轉頭吐了吐舌頭說：「不可能有這種事。」

根津無法對她說「對啊，不可能有這種事」這句話。他自認所有工作人員都盡了最大努力，讓來這裡的滑雪客都能夠樂在其中，但問題是無法滿足每一個人。滑雪場上每天都會發生意外和摩擦，所以滑雪客中可能也會有人因此對滑雪場產生反感。

比方說——

根津想起了一個男人，不，是想起一對父子。

34

「不可能，你想太多了。」倉田把手機放在耳邊，看著窗外的滑雪場說。目前是晚上八點五十分，夜場的營業時間也即將結束。

「雖然我也認為不可能，只是剛好想到這個可能性，而且時間也很巧合。」打電話來的是根津。巡邏員是輪班制，目前的時間由夜班人員負責，他已經下班回家了。

「你說時間巧合是什麼意思？」

「就是這起事件發生的時間點和入江父子來飯店的日子。」

「怎麼可能？這只是巧合。」

「希望是這樣。」

根津說，入江義之會不會是這次事件的主謀，動機當然是因為他死去的妻子。如果他認定那起意外的原因是滑雪場的安全措施有漏洞，就會成為他想要報仇的理由。

「你忘了嗎？意外發生的兩個星期後，入江先生曾經來這裡去現場供花。當時是你帶他去現場。入江先生不是明確表達，他並不恨滑雪場嗎？你當時這麼對我說。」

「我當然記得這件事，但是他可能當時就已經策劃了這次的事，所以先打預防針，避免在事件發生時，懷疑到自己頭上——我是不是想太多了？」

「你的確想太多了，如果要這樣懷疑，那就真的懷疑不完了。如果他打算追究滑雪場的責任，一定會在意外發生後就提出告訴，不需要用威脅勒索的方式，可以靠打官司光明正大地拿到賠償金。」

「也許他的目的不是為了錢，而是把滑雪場逼入絕境，最終希望滑雪場關閉……」

「我必須重申，我認為不可能。根津，你聽我說，入江先生在意外剛發生時，也完全沒有責怪滑雪場。任何人遇到這種事，通常會六神無主，說一些無心的話，還是你認為在意外發生的瞬間，入江先生就已經計畫了這次的事？」

「這……我並沒有這麼想。」

「根津，你聽我說，在這個滑雪場，你比任何人都更熟悉入江父子，他們也最相信你，最信賴你。如果他們知道你這麼想，不知道會有多難過？」

「我也不想懷疑他們，只是覺得不能完全排除這種可能性，所以打電話給你。老實說，我心裡也很不舒服。」

「我知道，我瞭解你的心情，我剛才也說了，你比任何人更熟悉他們父子，也最瞭解他們。正因為瞭解他們內心的遺憾，所以才會想到入江先生是歹徒的可能性。我瞭解你的意見了，但是接下來，你對入江父子的事就不要再胡思亂想了，這件事就交給我來處理。」

根津沉默幾秒鐘後回答說，他瞭解了。

「我之後還要面對他們父子，如果我內心有一些奇怪的想法，他們也會察覺。雖然好像把責任都推給了你，感覺很不好意思，但是倉田經理，這件事就交給你了。」

根津說話的語氣，似乎已經放下了這件事。

「就這麼辦，歹徒明天可能會有什麼新的指示，如果這次無法完成交易，障礙追逐賽的準備工作就來不及了。今天晚上別再多想，好好休息吧。」

「好，辛苦了。」

「辛苦了。」

倉田掛上電話後，坐在椅子上。管理辦公室內只剩下他一個人。

他並不認為根津的意見很荒唐，因為他也曾經想過同樣的可能性。

雖然不知道這次的歹徒究竟是單獨犯案，還是有其他同夥，但歹徒曾經兩次出現在這個滑雪場，今天也打電話給藤崎繪留，說「觀眾太多了」，所以代表就在這附近。歹徒為什麼都指定在滑雪場交易？或許可以運用奇特的方式交付贖款是一大優點，但既然已經知道滑雪場方面並沒有報警，根本不需要使用這種煞費苦心的方法。只要送款人把現金送去某個沒有人的地方，確認送款人離開後，就可以拿走現金。而且如果有警方監視，歹徒之前指定的交易方法都不可能成功。

倉田認為歹徒是因為自身的原因，所以指定在滑雪場內交易。到底是什麼原因？他想到了歹徒可能住在這家飯店內。

之前一直認定歹徒從其他地方來到滑雪場，拿走現金後離開，但是仔細思考之後發現，只要潛入內部，更容易確認滑雪場方面是否報了警。

歹徒是住宿在飯店的客人嗎？——當他在思考這個問題時，最先想到了入江義之。

雖然剛才對根津那麼說，但他無法斷言，入江並不痛恨滑雪場。即使在意外剛發生時沒有這麼想，隨著時間漸漸流逝，內心的恨意可能逐漸增加。

但是，倉田無意把這些推理告訴別人。因為目前沒有任何證據，純粹只是想像，但別人聽了之後，就會用懷疑的眼光去看入江父子。無論如何都必須避免這種情況發生。

他聽到了宣布夜場營業時間結束的廣播。一天的營業又順利結束了，雖然只是表面上的順利。

倉田走出管理辦公室，走去二樓的酒吧。他並不是去喝酒，而是從酒吧的窗戶眺望滑雪場。纜車已經停止運轉，在滑雪場內的所有滑雪客都滑完的十分鐘後，照亮雪面的燈光都會熄滅。倉田想要看滑雪場熄燈。

倉田走進酒吧，熟識的服務生面帶微笑地向他點頭打招呼。酒吧的人都知道，他向來不會點酒。

酒吧內只有一桌客人，三個人面對面坐在窗邊的桌子旁。倉田看到他們，停下了腳步。因為其中一人是入江義之，而且坐在他對面的是之前曾經在纜車上遇到的老夫婦。

入江也發現了倉田，他輕輕舉起手。那對老夫婦也轉頭看著他。

倉田走過去打招呼：「你好，達樹呢？」

「在房間內睡覺。今天難得去滑了雪，所以他可能累壞了。我一個人來這裡喝一杯，剛好遇到這兩位。」入江看著那對老夫婦。

「我們正伸長了脖子等有沒有人可以聊天。」老人笑著說，臉上的皺紋更深了。

「我記得兩位和入江先生住同一個樓層的皇家蜜月套房。」

「沒錯，沒錯。」老人點著頭，「房間很不錯，我們住得很舒服。」

老人拿出名片，上面印了一家倉田沒聽過的公司名字，和「顧問 日吉浩三」幾個字。日吉介紹了身旁的妻子，他妻子名叫友惠。

「日吉先生滑雪已經有五十年的經驗。」入江說。

「太了不起了。」倉田瞪大了眼睛，他真心感到驚訝。

「沒有沒有，」日吉在臉前搖著手，「只是滑雪的年數比較久，至於技術，從二十年前就沒有進步，反而越來越退步。」

「你太謙虛了。我曾經看過兩位滑雪，技術都很出色。很少有人自由腳跟滑雪可以滑得這麼漂亮。」

「是嗎？聽到滑雪場的人這麼說，大大增加了我的自信。」

「你真傻，這當然是客套話。」友惠皺起眉頭。

「不，我是說真心話。」倉田說，「而且你們的滑雪板是不是比較寬，在積雪很深的地方也可以滑得很順暢嗎？」

「對，我們很喜歡積雪很深的地方。你來得剛好，剛才正在和入江先生聊這件事。」日吉露出意味深長的笑容說，「聽說可以去北月滑雪區滑雪。」

倉田驚訝地看著入江，他露出尷尬的表情說：

「因為日吉先生很好奇北月滑雪區的情況，所以我脫口告訴他，今天早上和兒子兩個人去那裡滑了雪。」

「原來是這樣。」倉田小聲嘀咕。他當然不可能責備入江。

「太羨慕了，可以在沒有其他人的偌大滑雪場，而且是未壓雪的雪道上滑雪，簡直就像是天堂。」日吉說到這裡，探出身體問：「怎麼樣？我們也可以參加這個特別行程嗎？」

「不，這……」

倉田不能輕易答應，因為松宮再三叮嚀，除了入江父子以外，任何人都不得在那裡滑雪。

「我當然不會要求免費，我們會支付相應的費用。」

「不，不是錢的問題，因為原本就沒有這樣的行程。」

「倉田經理，我也想拜託你。只有我們父子獨占那麼出色的滑雪場，實在有點過意不去，可以帶日吉夫婦一起去嗎？」

倉田聽了入江的要求，有點不知所措。事件已經夠令人心煩了，他不想增加雜務，更何況很難說服松宮。

但是，當他看著入江義之的臉時，突然想到一個妙計。

35

兩個表兄弟聽完千晶的話都啞口無言，他們拿著啤酒罐，就像假人一樣愣住了。不一會兒，啤酒泡從幸太手上的啤酒罐溢了出來，流到他盤起的腿上。

「哇哇哇，好冰。」他慌忙喝了起來。

「你在幹嘛！白痴！」千晶把旁邊的毛巾丟給他。

時針顯示已經半夜十二點多了，她在居酒屋打工結束後，來到表兄弟借租的度假公寓。他們圍坐在玻璃茶几周圍，準備用零食當下酒菜喝酒，但千晶決定把根津剛才說的事告訴他們。果然不出所料，當他們聽說滑雪場被埋了炸彈，就嚇得魂不附體。

「這是真的嗎？」快人問，「如果是真的，不是很糟嗎？簡直太糟了。」

「你不需要說那麼多次，我也知道很糟，所以絕對不可以告訴其他人。因為萬一引起軒然大波，造成滑雪場關閉，你們也沒辦法再去那裡滑雪了。」

「不好意思，我已經不想再去新月高原滑雪了，反正到處都有滑雪場。」

快人很乾脆地說，千晶瞪著他的臉問：

「所以你的意思是，不管那個滑雪場怎麼樣，都和你無關嗎？」

「我不是這個意思，只是說不想在那裡滑雪了。我知道啦，不會去告訴其他人。」

「一言為定喔，如果你言而無信，我饒不了你。」

「妳相信我，但是真的沒關係嗎？到目前為止，雖然沒有發生任何狀況，但有可能不慎引爆啊。」

「有可能。」

「呃！」幸太驚叫著向後仰，「這也太糟了，千晶姊，妳也不要再去那裡滑雪了。」

千晶沒有回答，拿起罐裝啤酒喝了起來。她覺得味道比平時更苦。

「不會吧？千晶姊，妳該不會還想去那裡？」

「不可以嗎？」

「我沒說不可以，只是太危險了，我勸妳最好不要。」

千晶把罐裝啤酒放在茶几上，發出了噹的聲音。

「我不想做這麼卑鄙的事。」

「啊？這樣會很卑鄙嗎？」幸太看向哥哥，徵求他的意見。

快人搖了搖頭說：

「沒這回事，這可是攸關性命的事，遠離危險的地方哪有什麼卑鄙？」

千晶用力深呼吸後，看著表兄弟說：

「我和根津約定，除了你們以外，不會告訴其他人，也要求你們向我保證。但是明天也會有很多滑雪客去那裡，他們完全不瞭解狀況，我們自己躲在安全的地方，你們不覺得很卑鄙嗎？」

另外兩個人互看了一眼。

「妳從這個角度說，也算是有道理……」幸太小聲嘀咕。

「無論從哪個角度說都一樣，我認為既然知道危險的事卻不張揚，就必須負起相應的責任。」

「所以我和哥哥不去，也算是很卑鄙嗎？」

千晶吐了一口氣，嘴角露出笑容說：

「你們沒關係，因為是我不准你們說出去。」

「如果要這樣說，妳不是也一樣嗎？」快人說，「因為根津逼迫妳答應，絕對不可以告訴別人。」

「他並沒有逼迫我，而且即使沒有答應他，除了你們兩個人以外，我也不會告訴其他人。」

她看到兩個表兄弟訝異地皺起眉頭，又繼續說了下去。

「我去過很多滑雪場，所以很瞭解，目前所有的滑雪場生意都很不好。即使像新月這種看起來還在賺錢的滑雪場，只要稍有閃失，就會陷入危機。如果雪量不足，就沒有滑雪客上門；降雪太多，交通又會有問題，也會影響滑雪客的意願。冬季運動的人口已經逐年在減少，這次又發生了這起事件，我能夠理解滑雪場方面為什麼沒有報警，如果我是老闆，搞不好也會這麼做。」

兩人聽了千晶說的話，陷入了沉默。幸太伸手拿起洋芋片的袋子，喝著啤酒。

「但是交易不是已經完成了嗎？」快人問。

「嗯，根津說，明天就會完成，而且必須完成。」

「既然這樣，那妳明天不要去就好了，只有一天不去，就不算卑鄙了。」

千晶苦笑著搖了搖頭說：

「不管是一天還是十天，知道有危險，只有自己躲在安全的地方就是卑鄙的行為。」

「是嗎？」

「而且我也想確認事態的發展，我想親眼看一看，交易是否順利完成。根津和藤崎拚了命保護滑雪場，我不可能躲在房間裡蹺腳。」

「藤崎喔……」快人皺起眉頭，「妳提到這個名字，我就沒話說了。」

「你不必放在心上，這是我的問題。」千晶說完，用力點了點頭，好像在說服自己，然後喝完了剩下的啤酒。

幸太站起來走到窗邊，用手指擦了擦結了露水的玻璃，看著窗外說：

「雪下得很大，今年到底是怎麼回事？之前天氣預報預測，今年的降雪量會不足，根本一點都不準。」

千晶打開第二罐啤酒，從幸太的身後抬頭看著窗戶，內心祈禱明天交付贖款順利。

36

根津把自己的車子停在停車場時，數位時鐘顯示剛好是六點三十分。他直接去了巡邏隊的休息室，藤崎繪留和桐林已經到了，其他巡邏員還沒有來。

「有狀況嗎？」根津輪流看著他們兩個人，問完之後又接著說：「看來是沒有。」

「歹徒不可能三更半夜聯絡。」繪留說，「但是今天一定會聯絡，我們必須隨時做好準備，才能夠回應歹徒可能提出的各種要求。」

根津點了點頭說：

「在交付贖款時，不可能我們三個人都一起出動。繪留，妳盡可能留在管理辦公室，如果其他人問我去了哪裡，妳就隨便編個理由，說倉田經理有事找我幫忙。小桐，你留在這裡待命，做好平常的巡邏業務。」

「收到。」桐林做了敬禮的動作。

不一會兒，其他巡邏員也陸續走進休息室，然後像往常一樣，在滑雪場開始營業之前，分頭確認場內的狀況。根津也坐在桐林騎的雪地摩托車後方。

他們主要確認了纜車下方的雪道。昨晚也下了不少雪，目測到的地形和之前很不一樣。他們仔細確認是否有可能造成雪崩，雖然今天可能要交付贖款，但不能疏忽原本的業務。

根津打量著積了昨晚下的雪的斜坡，思考著今天交付贖款的事。他決定今天親自去送款，不知道歹徒是否會和之前一樣，指定將錢送到滑雪場的某個地方。果真如此的話，這次又會使用什麼方法？

確認完畢後，回到休息室，看到倉田站在休息室門口等他。

「辛苦了，你現在時間方便嗎？」

根津立刻挺直了身體問：「收到歹徒聯絡了嗎？」

「不，還沒有，但我有一件事要和你討論。我在飯店的大廳等你，你可以過來一趟嗎？」

「好。」

根津把巡邏時使用的工具放回休息室後，去了飯店大廳。倉田坐在角落的座位，根津也在他對面坐了下來。

「我要和你討論的，就是你昨晚打電話給我的那件事。」雖然周圍沒有其他人，但倉田還是壓低了聲音，「你不是在懷疑，入江先生可能和這次的事件有關嗎？」

根津露出苦笑搖了搖手，顯得有點尷尬。

「那件事不必放在心上，你說得對，至少我不該懷疑他們父子。倉田經理，一切都交給你處理。」

「我知道，但昨天和你通完話後，我想了一下，如果有辦法查清楚，那就來搞清楚到底是怎麼回事。」

根津不瞭解倉田想要表達的意思，微微歪著頭感到納悶。

「有一對姓日吉的老夫婦住在皇家蜜月套房，他們是長期住宿的客人，我也曾經和他們聊過幾次，他們來這裡之後，似乎也和入江先生混熟了。傷腦筋的是，他們聽說了入江先生的事，提出也想去北月滑雪區滑雪。」

「喔……」根津不置可否地附和了一聲。這件事的確有點傷腦筋，但他不瞭解和這次的事件有什麼關係。

「原本我覺得讓其他人去那裡滑雪不太好，但想了一下之後，決定同意他們的要求，只不過有兩個條件。首先，入江父子必須同行，我說如果不帶他們父子同行，無法獲得上司的同意，而且還提出必須由我們來調整去那裡的時間。也就是說，由我們決定什麼時候帶他們去，什麼時候帶他們回來。」

根津仍然無法理解倉田的目的。把入江他們帶去北月滑雪區，到底有什麼意義？

倉田一臉心懷妙計的表情探出身體說：

「你還不明白嗎？我們可以藉由這個方法，隨時把入江父子隔離在北月滑雪區，還有那對老夫婦可以當證人。」

「啊！」根津忍不住驚叫起來，「原來是這樣，在歹徒指定的交易時間之前，把入江父子帶去北月滑雪區，在交付完贖款後再帶他們回來，入江父子就有了不在場證明。」

「雖然無法排除有共犯的可能性，但我認為這種可能性無限接近於零。如果入江先生就是歹徒，不可能同意在交付贖款的時候去北月滑雪場，一定會找理由推託。」

根津連續點了好幾次頭。

「很不錯，既可以提供特別行程的服務，也可以澄清對入江先生的懷疑，簡直是一舉兩得。」

「我會設法說服松宮總部長，你負責帶入江先生他們去北月滑雪區，同時安排一個人手用雪地摩托車把他們載上去。」

「我知道了。」

「好。」倉田精神抖擻地站了起來。「今天是關鍵，不允許失敗，一定要克服這個難關。」

「是。」根津也打起精神回答。

37

將近正午的時候，辰巳神色緊張地走進管理辦公室。倉田正在處理公務，立刻停下手，抬頭看著他，用眼神詢問，是不是接到了歹徒的聯絡，但辰巳一臉愁容地搖了搖頭說：

「沒有，還是沒有任何聯絡。」他走到倉田身旁小聲說。

倉田忍不住咂著嘴。

「都這個時間了，仍然毫無音訊嗎？歹徒到底要故弄玄虛到什麼時候？」

「歹徒該不會打算停止交易？」

並不是完全沒有這種可能。倉田咬著嘴唇。

他注視時鐘後，對在一旁待命的藤崎繪留說：

「妳通知根津，請他安排帶入江先生他們去北月滑雪區，因為時間太晚會很不自然。」

倉田已經向她說明了詳細情況，她回答說：「知道了。」然後就走出了事務所。

「辰巳，你回去會議室，繼續等電子郵件。歹徒可能打算指定很倉卒的時間，我不希望浪費時間。」

「好。」辰巳匆匆走出門口。

倉田再度注視著時鐘，用手指敲打桌子，思考萬一歹徒沒有聯絡時的狀況。明天清早就必須開始設置障礙追逐賽的賽道，否則就來不及了。不，目前更重要的問題是，在不知道爆裂物被埋在哪裡的情況下，滑雪場到底可以營業到什麼時候。

不一會兒，有人從門口衝了進來。是藤崎繪留。她一臉凝重的表情。

「怎麼了？」倉田問她。

「根津說，找不到入江父子。」

倉田大吃一驚，「妳說什麼？」

「他們不在房間內，即使打手機也打不通。」

倉田拿出自己的手機打電話給入江義之。入江很久之前就曾經留了電話給他。藤崎繪留說得沒錯，手機打不通。

「根津目前在哪裡？」

「他在停車場，和日吉夫婦在一起。」

根津似乎聯絡到了日吉夫婦，倉田拿起防寒外套，站了起來。

他和藤崎繪留一起去了停車場，發現根津站在一輛廂型車前。巡邏員上山祿郎坐在駕駛座上，根津似乎找他帶入江等人去北月滑雪區，日吉夫婦坐在廂型車的後車座。

「我在入江先生的語音信箱留了言，告訴他我們在這裡等他。」根津說，「既然他們不在房間內，我猜想不是在飯店的某個地方，就是在滑雪場內滑雪。」

「我昨天曾經告訴入江先生，請他隨時保持手機暢通。」倉田看向身旁的滑雪場，但沒有看到入江父子的身影。

「我去請場內廣播幫忙找人。」

「麻煩妳了。」倉田聽了藤崎繪留的提議後回答。

上山打開廂型車駕駛座旁的車窗探出頭問：

「現在該怎麼辦？還是先帶日吉先生和太太過去？找到入江父子之後，我再回來接他們，然後請日吉先生和太太在那裡休息。」

「不，這可不行，」倉田說，「不能讓日吉先生和太太單獨留在那裡。不好意思，再等一下。」

「好，我都無所謂。」上山說完，關上了車窗。不瞭解事件的人，說的話聽起來也很狀況外。

「到底是怎麼回事？」根津小聲問，「竟然在這個節骨眼找不到人，難道不覺得有點奇怪嗎？」

倉田輕輕搖了搖頭說：「不要倉卒下結論。」

「但是……」根津的話還沒有說完，倉田口袋裡的手機震動起來。倉田拿出手機看了來電顯示。是辰巳打來的。

「喂？」

「倉田經理，歹徒寄電子郵件來了。」辰巳的聲音很緊張。

「是關於交付贖款的指示嗎？」

「沒錯，請你馬上回來。」

「好，請你通知一下宮內部長還有其他人。」倉田掛上電話後，注視著根津說，「接到歹徒的聯絡了，我去會議室，你暫時留在這裡等入江父子。」

根津沒有回答，向倉田靠近一步，然後瞥了一眼廂型車，一臉欲言又止的表情。

倉田伸出手制止了他。

「我知道你想說什麼。如果入江先生沒有出現，到時候再考慮這個問題也不遲。目前最重要的事，就是順利交付贖款。」

根津的喉嚨動了一下，似乎用力吞著口水，然後深深點了點頭說：「是啊。」

「那就拜託你了。」倉田快步走了出去。

倉田沿著走廊走去會議室時，看到宮內跟在中垣身後走進了會議室，兩個人的神色都很緊張。

走進會議室，辰巳正從印表機中拿出幾張紙，然後把紙發給了會議室內的其他人。倉田也接了過來，看著紙上的內容。

「致新月高原滑雪場的諸位工作人員：

我方對諸位昨天的行動備感失望，難以理解為何事到如今，要做出如此欺騙行為。

我方可以視之為交易不成立，從此不再聯絡。即使我方這麼做，也完全不會有任何問題，也毫無損失，但你們花了六千萬圓的鉅款，卻無法拆除滑雪場內的爆裂物。

然而，我方經過深思熟慮，決定再給你們一次機會，如果這次交易再次失敗，就不會再有下一次。而且如果是你們造成交易失敗，我方將會採取報復，請作好心理準備。

以下是這次的指示。

● 和上次一樣，將已經準備好的五千萬圓放在防水包內。

● 準備好上次的手機。

● 送款人必須和上次相同。

● 做好以上準備後，下午三點在中央滑雪場待命。

希望這次可以有一個對雙方而言理想的結局。

埋葬者」

38

根津發現自己在雪地上的影子變深了。他抬頭一看，發現烏雲散開，雲縫中露出了藍色的天空。

「喔，放晴了。」坐在廂型車駕駛座上的上山眉開眼笑地說。

「是啊。」根津心不在焉地回答時，他的手機響了。一看螢幕顯示，發現是倉田打來的。

「喂，我是根津。」

「我是倉田，入江父子來了嗎？」

「不，還沒有。」

「……這樣啊。」

「倉田經理，這件事果然太奇怪了。」

「我不是說了，不要急於下結論嗎？在目前的時間點，無論歹徒是誰，我們都只要做好一件事，那就是按照歹徒的要求，順利把現金交到對方手上，不是嗎？」

「雖然我瞭解……」

「你不用想其他事，拜託了。」

根津嘆了一口氣，吐出的氣在臉前變成一片白色。

「那去北月的事該怎麼辦？要取消嗎？」

「請你取消，因為如果不帶入江父子前往就沒有意義，而且今天要去北月這件事，還沒有徵得松宮總部長的同意，萬一出了什麼事，之後會很麻煩。」

「我瞭解了，那我會向日吉這麼說明。」

「不好意思，麻煩你了。」

「歹徒有什麼指示？」根津離開廂型車後小聲問。因為接下來要談的內容不能被上山等人聽到。

倉田在電話彼端調整呼吸。

「歹徒要求下午三點在中央滑雪場待命，金額和其他準備的物品和上次一樣。」

「我瞭解了，我會馬上回休息室開始準備。」

「不，不好意思，這次不能派你去。因為歹徒指示，必須和上次同一個人。」

根津倒吸了一口氣問：

「這是怎麼回事？為什麼要指定這種事？」

「我也不知道，總之歹徒這麼指示。我會聯絡藤崎。」

根津握緊了手機。他剛才還打算由自己去交付贖款，為什麼歹徒這次下達這樣的指示？

「我該做什麼？」

「你什麼都不用做。還記得昨天的事嗎？歹徒監視了我們的一舉一動，恐嚇信上還寫著，如果我們輕舉妄動，歹徒就會報復。」

「倉田經理，我昨天也說了，歹徒不可能看到我們，請你相信我。」

「我當然相信你，但眼前最重要的事，就是消除目前的危險，為此就必須順利把錢交給歹徒，我們只能聽從歹徒的指示。」

根津難以理解，沒有回答，倉田再次叮嚀。

「你聽到了嗎？我能夠理解你懊惱的心情，但希望你可以忍耐。」

根津非常瞭解倉田的處境。收到第一封恐嚇信時，他就主張必須即刻關閉滑雪場，同時向警方報案，但是無法獲得上司的贊同，只能答應歹徒的要求。事到如今，他只能認為自己的使命，就是趕快結束這件事。倉田內心一定也很不甘心。

「我知道了。」根津回答，他的聲音很無力。

「嗯，那我會再和你聯絡。」倉田說完，掛上了電話。

根津再次嘆了一口氣，注視著電話。他深刻體會到自己的無力。

「是倉田經理嗎？」坐在車上的上山問，他露出不安的表情。

根津走到廂型車旁，對上山和日吉夫婦說，因為找不到入江父子，所以必須取消前往北月的計畫。

「是嗎？那也沒辦法。」日吉浩三露出了遺憾的表情，但說話的語氣很平靜。他可能知道如果入江父子不在，就無法帶他們前往。

「但是真令人擔心啊，為什麼聯絡不到人呢？」日吉友惠走下車時說。

「不知道，他們可能去了手機收不到訊號的地方。」

「找到他們之後，可不可以也通知我們一下，否則太令人擔心了。」日吉浩三說完，從滑雪服口袋裡拿出手機，出示了自己的號碼，把螢幕放在根津面前。

「沒問題。」根津說完，記下了他的電話。

和日吉夫婦道別後，根津交代上山整理廂型車，自己回到了休息室，滿腦子只想著兩件事，第一是關於入江義之。他和達樹到底去了哪裡？他真的就是歹徒嗎？另一件事就是關於交易。只能聽從倉田的指示，眼睜睜地看著錢被歹徒拿走嗎？

「根津。」經過飯店旁時，聽到有人叫他。總務部長宮內站在後門旁。

根津小跑著來到宮內面前問：「有什麼事嗎？」

宮內摸著下巴，好像在摸鬍渣，然後露出意味深長的眼神看著他說：

「就是關於上次和你提過的事，你這次也願意幫忙嗎？」

「幫忙？要幫什麼忙？」

宮內做出摔倒的動作說：

「你這麼快就忘記了嗎？我昨天不是對你說，我想知道歹徒的身分，所以希望你監視交付贖款的地方，也許能夠掌握某些線索。」

根津看著總務部長一臉可怕的表情。

「宮內部長，你忘了昨天的事嗎？歹徒說發現我們在監視，所以取消了交易。」

「但是，你並不這麼認為，不是嗎？我聽倉田說了，你說有絕對的自信，歹徒不可能看到你。」

「我並沒有說絕對……」

「我認為可以相信你的直覺，所以認為值得再次挑戰。」

「但是倉田經理剛才叮嚀我不要輕舉妄動。」

宮內晃著肩膀苦笑著說：

「倉田當然必須這麼說，凡事都有場面話和真心話之分，他是滑雪場的負責人，必須確保滑雪客的安全，只能重視場面話，所以由我來說出真心話，我可不想把公司寶貴的錢交給不知道哪裡冒出來的阿貓阿狗。如果可以，很希望查明歹徒的身分，然後把錢要回來，你瞭解嗎？」

「我雖然瞭解，」根津歪著頭，「萬一歹徒又找麻煩怎麼辦？歹徒不是說，不會再有下一次了嗎？」

宮內皺著眉頭，不耐煩地搖了搖頭說：

「歹徒只是說說而已，我昨天也說了，歹徒根本不打算真的引爆。因為這麼做對歹徒沒有任何好處。他們已經拿到了六千萬圓，如果對我們的做法有意見，只要停止交易，然後收手就好。如果無論如何都想要更多錢，只要再提出要求就解決了。一旦真的引爆，只會導致警方介入調查，他們也失去了威脅的材料。我認為歹徒不可能做這麼愚蠢的事，更何況我很懷疑到底是不是真的埋設了爆裂物……」

「在這個問題上，我也有同感……」

「對不對？既然這樣，就沒什麼好猶豫的。只要交付贖款的時候，才有機會掌握查明歹徒真實身分的線索，所以說，這可能是最後的機會，沒有理由錯過這個機會。」

「但是，萬一交易不順利，不是很不妙嗎？歹徒或許不會引爆，但如果歹徒從此不再聯繫，我們就無法知道爆裂物到底在哪裡。」

宮內板著臉，從懷裡拿出了香菸。他把一支菸叼在嘴上，用打火機點了火。旁邊沒有菸灰缸，根津很好奇他要怎麼處理菸灰，沒想到他從另一側的內側口袋中拿出了攜帶型菸灰缸。

「那就只能到時候見機行事了，我反而認為即使這樣也沒有關係。」

宮內在吐煙的同時說了這句話，根津瞪大了眼睛。

「部長，你是認真的嗎？」

「當然是認真的。」宮內一派輕鬆地說，「只是沒辦法大聲說。你想一想，要多少滑雪客上門，才能賺到五千萬的淨利？如果要確保安全，就只限定開放歹徒聲稱安全的雪道，其他雪道都封閉。我們滑雪場很大，不會有人因為關閉了幾個雪道就抗議。」

宮內似乎無法忍受歹徒輕易拿走鉅款，根津想起他昨天也在抱怨自己薪水的事。

「但這只是你的意見，不知道社長和總部長他們怎麼想。」

宮內吸了一口菸，在吐煙的同時撇著嘴角說：

「我剛才不是說了嗎？凡事都有場面話和真心話，以他們的身分，當然不可能隨便亂說話。既然歹徒勒索現金，他們就必須表現出願意付錢的態度，但內心根本不想付錢，所以才需要像我這樣的角色。」

「所以部長認為他們內心的想法和你一樣嗎？」

「如果不是這樣，他們昨天不是會狠狠痛罵你嗎？」宮內露出了得意的笑容。

根津回想起昨天交付贖款失敗後倉田說的話。倉田說，總部長他們得知交易失敗當然不開心，但能夠諒解根津他們的行為。

「怎麼樣？你下定決心了嗎？」

「如果是這樣，當然沒問題，但倉田經理那裡——」

「我知道，我不會告訴他，所以這件事可以交給你嗎？」

「雖然我不知道能夠做多少事。」

「反正不試沒機會，有試有機會。」宮內捻熄了香菸，把菸蒂丟進攜帶式菸灰缸，「我想你已經聽說了，三點的時候在中央滑雪場。你最好先換好衣服。」宮內說完，走進了飯店。

根津目送著總務部長駝著背的背影離開，有一種不可思議的感覺。原來除了像倉田那樣謹慎的人以外，還有人有這麼大膽的想法。

總之，有宮內撐腰，就更為根津壯了膽。根津急忙回到休息室，看到桐林在休息室，立刻招手把他帶到休息室外，把宮內剛才說的話告訴了他。

「昨天才發生那種事，宮內部長又說這種話？」桐林一臉意外地歪著頭問。

「他似乎認定歹徒不會引爆，我也有同感。雖然倉田經理叮嚀我，絕對不要輕舉妄動，但既然有宮內部長撐腰，我的勇氣就增加了百倍，這次一定要成功。」

但是桐林沒有回答，露出滿面愁容。

「你怎麼了？」根津問他。

「根津哥，我還是退出好了。」

根津聽了桐林的回答，懷疑自己的耳朵，以為自己聽錯了。

「你說什麼？」

桐林直視著根津的臉。

「我說我不參加了，根津哥，我勸你最好也不要這麼做。倉田經理說得對，不該輕舉妄動。」

「等一下，為什麼會這樣？你昨天不是同意我的做法嗎？」

「但是我們昨天的行為造成交易取消了，所以我認為至少今天必須順利完成交付贖款這件事。」

「當然可以順利完成，我並不是要去妨礙交付贖款，只是想要揪住歹徒的尾巴。」

「昨天不是也不想妨礙他們嗎？但最後變成了那樣的結果。」

「昨天的事，你不是也覺得很奇怪嗎？我認為昨天歹徒是因為自己的原因取消了交易，和我們躲在那裡根本沒有關係。」

「但你根本無法斷言，不是嗎？根津哥，不要再冒險了，這次我們就在山下等他們完成這件事。」

根津搖了搖頭說：

「我拒絕，不能讓歹徒就這樣逃走。」

「但我們並不是警察，即使掌握了什麼線索，也不可能抓到歹徒。」

「不，那倒未必，不瞞你說，我對誰是歹徒已經有了頭緒，只剩下確認而已。」

桐林瞪大了眼睛問：「……是誰啊？」

根津打量周圍後，壓低聲音說：「就是入江先生。」

「怎麼可能？……為什麼懷疑是他？」

「你不是聽說了入江太太的事嗎？他有針對這個滑雪場下手的動機，而且原本約好要帶他去北月滑雪區，但他沒有現身。歹徒就在他爽約後又寄送了新的電子郵件，而且現在仍然聯絡不到他。我認為他很可能在某個地方為交易做準備。」

「果真如此的話，他一開始就不會和你約好要去北月。」

「那時候他可能以為有辦法解決，但這次必須由我們決定來回的時間，他在不得已的情況下，只能爽約了——我猜想八成是這樣。」

桐林一臉嚴肅的表情搖著頭說：

「我認為不是這樣。」

「為什麼？除了他以外，並沒有其他人會對滑雪場不利。」

「這……倒不見得。」桐林抓著頭說：「總之，我認為不要刺激歹徒，至少這次要安分一點。」

「那可不行，我知道你決定退出，但即使單槍匹馬，我也會去做。」根津轉身離開了。

「你要去哪裡？」桐林問。

「去停車場，我要回家一趟，因為要換其他滑雪服。」

「根津哥，請等一下，學長！」

雖然聽到身後傳來桐林的叫聲，但根津並沒有停下腳步。

來到停車場，他直直走向自己的車子。他繞到商旅車的駕駛座，打開車門時，聽到遠處有人叫他的名字。是女人的聲音。他打量四周，看到身穿棕色滑雪服的瀨利千晶跑了過來。

「太好了，我正打算去巡邏隊的休息室找你，差一點就和你擦身而過了。」

「太驚訝了，沒想到妳會來這裡。」

「為什麼？難道你以為我害怕炸彈，不敢再靠近這個滑雪場了？」瀨利千晶的眼中露出了好勝的眼神，「可別小看我。」

「我不是這個意思，妳找我有什麼事。」

她一臉若無其事的表情，揚起鼻尖說：「帶我一起去。」

「妳說什麼？」

「你一定會像昨天一樣，躲在某個地方監視他們交付贖款，所以我也一起去，你帶我一起去。」

根津驚訝地看著她的臉，忍不住笑了起來。

「怎麼了？我說了什麼好笑的話嗎？」

「不是。」根津笑著搖了搖頭。他暗自覺得這件事越來越有趣了。

39

手錶顯示目前是下午兩點四十三分。藤崎繪留背著裝了五千萬的背包，把倉田的手機放在滑雪服口袋裡，然後戴上帽子，戴上了護目鏡，雙手也都戴上了手套。

「根津在哪裡？」倉田問。

「不知道。」她搖了搖頭，「我一直沒看到他。他對其他巡邏員說，要去找失蹤的滑雪客……」

倉田猜想應該是入江父子。根津果然在懷疑入江義之嗎？入江義之在這個時間點失蹤的確很可疑。

但是，倉田認為事到如今，已經沒有時間想這麼多了。這次無論如何都要順利把贖款交到歹徒手上。

「那我就出發了。」藤崎繪留環顧其他人說道。會議室內除了倉田以外，還有中垣、松宮和宮內。

「交給妳了，這個滑雪場的安全就靠妳了。」中垣拍了拍她的肩膀。

「我只是按照歹徒的指示去做，無法做任何特別的事。」

「這樣就夠了。」倉田說：「妳不必做其他事，去對方指示的地方，把錢放在對方指示的地點就好。」

「我會這麼做。」藤崎繪留看手錶確認時間後，再次環顧所有人，最後向倉田鞠了一躬，走出了會議室。

「不知道結果怎麼樣。」

中垣坐在椅子上，點了一支菸。

「希望一切順利。」松宮也坐了下來。

「還有幾分鐘？」中垣叼著菸問宮內。

「大約十分鐘左右。」

「是嗎？希望事情就此落幕。」

「請問，」倉田低頭看著幾位主管問：「不去二樓嗎？」

「二樓？為什麼？」中垣納悶地皺起眉頭。

「當然是去看藤崎，因為從酒吧的窗戶可以看到她。」

「喔喔……對喔。」中垣在菸灰缸中捻熄了剛點的菸。

倉田覺得他們雖然看起來很平靜，但還是因為太緊張，所以亂了方寸。

所有人都去了二樓的酒吧，並排坐在窗前。看向中央滑雪場時，發現藤崎繪留剛好走在滑雪場上。她扛著滑雪板，另一隻手拿著滑雪杖。

倉田看著她，思考著歹徒為什麼指定和昨天相同的人交付贖款。昨天是因為歹徒提出了要在斜率四十度的斜坡上滑行的條件，所以才決定由她去，難道今天仍然需要符合這個條件嗎？

後方傳來開門的聲音，倉田轉過頭，看到走進來的人，忍不住站了起來。

社長筧純一郎悠然地走過來。

「社長……」中垣站了起來。

松宮和宮內也跟著站起來，筧上下擺了擺手，示意他們坐下。

「你們坐著就好，狀況如何？」

倉田沒有坐下來，向前一步說：

「巡邏員藤崎已經前往歹徒指示的地點待命，歹徒指定的三點快到了。」

筧點了點頭，走向窗前。中垣請他在自己旁邊的沙發上坐下，但筧沒有理會他，在自己身邊的座位坐了下來。

「今天就可以落幕吧？」

雖然不知道筧在問誰，但倉田回答說：「應該是這樣，歹徒也明確表示這是最後的交易，還說會具體告知爆裂物的位置。從之前交涉的情況來看，我認為可以相信。」

寬注視著窗外的滑雪場，搖晃著身體說：

「只能相信用爆裂物來威脅我們的傢伙嗎？真是太令人生氣了。話說回來，如果可以就這樣結束，也就放心了。一億一千萬，雖然要把這筆錢賺回來不是一件容易的事，但想到萬一有人傷亡，這個金額就很便宜。」

既然這麼擔心，就應該在事件發生時就關閉這個滑雪場，向警方報案。倉田很想這麼說，但還是忍住了。即使現在為這個問題爭論，也已經為時太晚了。

「倉田，」寬似乎察覺了他內心的想法，「你為了這次的事很辛苦，你應該並不贊成我的做法，但最後還是聽從了我的指示，我很肯定你的行為。」

「我並沒有做什麼，只是聽從歹徒的指示。」

「那是因為我下達了這樣的指示，這樣就好，新月高原滑雪場並沒有被人用炸彈威脅，而且在開張營業之前迎來瑞雪，如期開始營業。在正式開始營業之後，也沒有發生任何問題。雖然因為大雪的影響，日程稍微受到影響，但障礙追逐賽的賽道也按照原定計畫設置完成，也會順利舉辦比賽，四月中旬之前，都會像往年一樣持續營業。這樣沒問題吧。」

酒吧內響起和寬矮小的個子不相符的低沉聲音，雖然他說話的語氣很平靜，但倉田感覺到他的威嚴。他用這種方式叮嚀，以後也不要再提這件事。

「倉田，你聽到了嗎？」筧把頭轉向倉田的方向，一雙令人聯想到狐狸的小眼睛注視著他。

「社長，事件還沒有結束，」倉田說，「我希望贖款能夠順利交付。」

筧用鼻子哼了一聲，轉頭看向前方。

「啊！」這時，宮內叫了起來，「你們看，是不是歹徒打電話來了？」

倉田看向藤崎繪留，她的確拿著手機放在耳邊，不知道在說什麼。

她只說了幾十秒而已，就把手機放回口袋。她扛起滑雪板走了起來。

「她要去哪裡？」中垣嘀咕著。

「應該要搭箱型纜車，」倉田說，「如果是搭吊椅纜車，應該會穿上滑雪板。」

「真是夠了，又要在山上交付贖款嗎？所以我們只能等結果了。」筧舉起一隻手問：「這裡有服務生嗎？既然這裡是酒吧，就送杯白蘭地過來。」

40

根津看到繪留開始行動後，立刻拿起豎在一旁的滑雪板，對瀨利千晶說了聲「走囉」。他們正在飯店往滑雪場的出入口旁觀察繪留的動靜。

「她不滑嗎？」千晶也抱著單板，走在根津身旁。

「如果不滑，應該會把滑雪板留在原地，我猜八成要搭箱型纜車。」

根津想起第二次交付贖款時的情況。當時歹徒要求把現金從箱型纜車的窗戶丟下去，但那是利用繪留是巡邏員，能夠在纜車營業時間剛結束時搭纜車，才能使用這個方法。因為之後的纜車沒有人搭乘，沒有人看到歹徒拿走現金時的狀況，但現在還有其他人搭纜車。

而且，根津認為這個歹徒很小心謹慎，不可能再次使用相同的方法。

「根津先生，現在該怎麼辦？」千晶問。

他想了一下後說：「妳跟在繪留之後搭纜車，最好搭她後面那一節，如果不行的話，後面兩、三節也沒問題。」

「好，那你呢？」

「我剛好相反，會在她前面搭上纜車，先去山頂觀察。如果有什麼狀況，妳隨時打我手機。」

「好。」

根津聽了千晶的回答，快步走上前，越來越接近走在前方的繪留，很快就超越了她，走向纜車站。她並沒有發現根津。因為她沒看過根津身上的滑雪服，而且根津用護目鏡和面罩完全遮住了臉，不必擔心她會察覺。

在纜車站排隊時，繪留果然也出現了。一走進纜車站內，她立刻從口袋裡拿出手機，可能隨時準備接歹徒打來的電話。

纜車站的工作人員安排幾個人搭同一節纜車，除了根津以外，還有三人組的雙板滑雪客。根津轉頭看向後方，繪留也和其他人一起搭纜車。歹徒不可能不瞭解這種狀況，所以繪留在搭纜車時，應該不會和她聯絡，否則其他人可能會聽到他們的對話。

根津把臉貼在窗戶玻璃上打量著滑雪場，還有很多滑雪客在場內開心地滑雪，不知道歹徒帶著怎樣的心情看著眼前的景象，難道沒有想過，萬一發生爆炸，會造成什麼後果嗎？

根津滑雪服下的手機震動起來，但不是電話，而是收到了電子郵件。原本打算不理會，但想到可能是巡邏員同事傳來的，於是就拿出來確認。

是千晶傳的電子郵件。她也和其他人一起搭乘纜車，所以不方便打電話。郵件的內容是「我搭上了繪留小姐後方第三節纜車，目前沒有任何異狀」，還附上了一個女生比著勝利手勢的貼圖。根津發自內心佩服她這麼鎮定自若。

根津搭的纜車很快抵達了山頂站。走出纜車站後，沒有滑下斜坡，來到二十公尺外的地方等待繪留出現。

繪留很快走出纜車站，把滑雪板放在雪地上，但並沒有穿起來，而是打量周圍。歹徒似乎還沒有指示她接下來的行動。

千晶也跟著出現了。她看向根津，但並沒有走向他。她把滑雪板放在地上，坐在滑雪板旁。別人會覺得她在等同伴。

根津的手機響了。是千晶打來的。

「喂。」根津接起了電話。

「我問你，如果繪留小姐一直站在原地不動，我們該怎麼辦？如果只有我們兩個人一直留在這裡，絕對會引起懷疑，無論是繪留小姐和歹徒都會懷疑我們。」

她說得沒錯，滑雪客不停地走出纜車站，然後很快穿上滑雪板滑了下去，人潮不斷流動，所以長時間停在這裡不動，就會很引人注意。

「再等五分鐘。五分鐘左右應該不至於不自然。」

「之後呢？」

「……我會想出該怎麼辦。」

「好。」

掛上電話後，根津假裝確認固定器的狀況，觀察著繪留。她應該還沒有發現根津和千晶，但不可能一直在這裡等待她下一步行動。如果她五分鐘後還沒有動靜，到時候該怎麼辦？根津絞盡腦汁，但仍然想不出妙計。

五分鐘過去了。千晶坐在雪地上看了過來，根津開始穿滑雪板。因為他判斷繼續停留在這裡會出問題，至少必須離開繪留的視野範圍。千晶可能看到了他的舉動，也開始穿滑雪板。

根津正準備開始滑的時候，繪留有了動靜。她的手機似乎接到了電話，她正在講電話。然後，她把手機放回口袋，穿上滑雪板，拿起滑雪杖，像溜冰一樣，很有節奏地雙腳輪流滑了一小段後，動作流暢地開始滑行。

根津向千晶使了一個眼色後也出發了。繪留的背影已經在遙遠的前方，必須全速滑行，才有辦法追上她。根津幾乎用直滑降衝了下去。

在第一個岔路口時，繪留滑向左側雪道。根津見狀，心想不妙。因為那裡是難度很高的高階者雪道，很少有滑雪客會去那裡。

他在進入岔路之前減速，千晶也跟了上來，於是他停在那裡。

「慘了，前面是未經整地的斜坡，而且斜率很高，姑且不論剛下完大雪的時候，目前的狀況下，只有喜歡挑戰的人才會去那裡滑，如果我們進入這個雪道，一定會很引人注目。」

她似乎也在擔心同樣的問題。

「我們滑慢一點，且滑且看，看到繪留時，就先停下來。」

「好。」

他們緩緩沿著狹窄的連接通道前進，很快來到寬敞的斜坡上方。繪留不見蹤影，難道她已經滑下這個斜坡了嗎？

根津邊滑邊打量周圍。不僅沒有看到繪留，也不見其他人影。

斜坡邊緣近在眼前，他看向下方，下方的斜坡上有許多大小不一的自然隆起，有些地方的凹凸差有將近一公尺。

放眼望去，不見繪留的身影。可能已經去了更下面。

「怎麼辦？要再下去一點看看嗎？」

「好啊。」根津回答時，手機響了。他從口袋裡拿出手機，看了來電顯示後大吃一驚。是入江義之打來的。他慌忙接起電話。

「喂？」根津接起電話的同時打量四周。他以為入江果然是歹徒，在某個地方監視自己。

「啊，是根津先生嗎？我是入江，不好意思，這麼晚才和你聯絡。」

電話中傳來毫無緊張感的聲音，簡直有點令人洩氣。

「入江先生……你目前人在哪裡？」

「呃，這裡應該是北月滑雪區。」

「北月滑雪區？你怎麼會去那裡？」

「因為今天早上，達樹突然說想去北月滑雪區，而且說要去我太太喪生的地點，說要像當時那兩個單板滑雪客一樣，在非正規雪道上滑雪，所以我們就搭箱型纜車去了山頂，然後走向北月滑雪區。之所以沒有通知你，是因為我想你不會同意我們去滑非正規雪道，而且我以為能夠在我們約定的時間之前趕回去，真的很抱歉。」

「所以你們剛才都一直在北月滑雪區滑雪嗎？」

「不，不瞞你說，我們剛才都一直在山上。」

「山上？」

「對，我和我兒子一起離開了正規雪道，卻不小心迷路了。我們一直在山上徘徊。我兒子累得動彈不得，我想和你聯絡，但手機收不到訊號，真是傷透了腦筋。剛才終於來到像是北月滑雪區的地方。」

「原來是這樣……」

入江的話聽起來不像在說謊，而且也沒有理由說這種謊。

「我瞭解了，請你們滑下去的時候要小心，因為有可能會發生雪崩，下山之後，可以叫計程車。」

「好，我們再稍微休息一下就下山，不好意思，讓你們擔心了。」

掛上電話後，根津簡短地向千晶說明了情況。

「所以少了一個懷疑的對象。」她說。

「這樣很好，說句心裡話，我並不想懷疑他。先不說這件事──」根津把手機放回口袋的同時，注視著斜坡下方，「我們去找繪留，她可能已經去了很前面。」

「這個斜坡難度很高。」千晶話音剛落，就滑了下來。她在不規則的隆起之間鑽來鑽去，上半身完全沒有動，只有下半身好像彈簧一樣伸縮，充分展現了障礙追逐賽選手的實力。

根津也沿著斜坡滑了下去，但他無視雪地的起伏，而是直線向下滑，遇到落差大的地方，他整個人跳過去。

滑到斜坡一半的地方，他的眼角掃到有什麼東西動了一下。他立刻減緩速度，看向那個方向。

他看到繪留站了起來。繪留剛才似乎坐在那裡，所以在斜坡上方看不到她。她向根津的方向看了一眼，穿上滑雪板滑了起來。

根津再度加快了速度。千晶等在斜坡下方，繪留正一直線滑向千晶。慘了。根津內心感到不妙。

他的預感完全正確。繪留在千晶面前停了下來，脫下滑雪板，然後雙手扠腰看著根津，好像在等他。繪留戴著護目鏡，所以看不到她的眼睛，但可發現她一臉氣勢洶洶。

根津滑了過去，在她們面前停了下來。

「根津，果然是你。我就猜到是這麼一回事。」繪留說。

根津拿下面罩說：「妳什麼時候發現的？」

「下了纜車之後不久。因為身材、動作很像你，所以就注意到你。你看起來是一個人，卻遲遲沒有滑下去，我覺得很奇怪。」繪留又轉頭看向千晶說：「妳是瀨利千晶小姐吧？我也發現了妳。不是我在吹噓，我很擅長記住別人的滑雪服。即使妳借了表兄弟的滑雪衣搭配，也瞞不過我的眼睛。」繪留又轉回頭看向根津，

「你剛才滑下來時，我就知道自己猜對了。看你用驚人的速度滑下來的樣子，更加確定絕對就是你。因為你滑雪的動作很獨特。」

「真是敗給妳了。」根津皺起眉頭說：「我沒想到妳會在那裡？妳剛才在那裡幹什麼？」

「那還用問嗎？我按照歹徒的指示，把錢放去那裡啊。」

「放錢？」根津這才發現，繪留身上的背包變得很扁平。

「我下了纜車後等在那裡，接到了歹徒的電話，要我滑去高招雪道，中途有一個地方豎了旗子，然後在那裡挖洞，再按照指示去做。」

高招雪道就是剛才滑下來的那個斜坡。

「結果有看到旗子嗎？」

「就在我剛才坐的地方。我往下挖之後，看到一個背包和裝在塑膠袋內的紙條。」繪留從口袋裡拿出了白紙，上面印著「把錢裝在背包後放在這裡，你立刻離開這裡」。

「原來是這樣……」根津看著凹凸不平的雪道，原來繪留已經把五千萬圓交出去了。

「啊！」千晶叫了起來，「根津先生，你看那裡。」

根津順著她手指的方向看去，發現一個身穿灰色滑雪服的單板滑雪客正滑下來，似乎正滑向繪留剛才停留的地方。

他猜對了。那個滑雪客的確在那裡停了下來。

繪留拿出望遠鏡後，移開護目鏡，用望遠鏡觀察。

「好像是歹徒，身上背著那個背包。」

「有沒有看這裡？」

「那個人戴著護目鏡，所以看不清楚。」繪留拿下了望遠鏡，「而且已經離開了。」

肉眼也可以看到那個單板滑雪客滑了起來，而且當然沒有滑向根津他們的方向，幾乎是橫向移動。那裡是禁滑區域。歹徒一定打算闖入禁滑區域後下山。

「被擺了一道。」根津嘀咕著，有一種無力感，「如此一來，我們就無計可施了。剛才沒有發現妳，直接滑下來時，就注定我們已經輸了。」

「這樣反而比較好，因為目前最重要的事，就是讓交易順利完成。」繪留話音剛落，她滑雪服內的手機響了。

「歹徒打電話給妳，」根津說，「是不是要告訴妳，他們已經收到了錢？」

「不是，是我的手機在響。」繪留急忙拿出電話，接起了電話，「我是藤崎……

啊，倉田經理……啊？不可能？因為歹徒剛才把錢……啊？但是的確……」她的表情越來越緊張，而且眼神也飄忽起來。

「怎麼了？」根津搖著繪留的肩膀。

她一邊聽電話，一邊抬頭看著根津說：

「接到歹徒的電子郵件，說又有人妨礙，取消交易，而且要採取報復行動。」

「什麼？歹徒不是把錢拿走了嗎？」

「但是剛才接到了電子郵件——啊，對，根津就在我旁邊。」繪留又對著手機說了起來，可能倉田問了她什麼問題。

現在沒時間磨蹭。根津滑了起來。

「喂！根津，你要去哪裡？」繪留大聲問道。

「我去追剛才的滑雪客，抓住之後，我來問問是怎麼回事。」

「不行啦，你等一下。」

根津無視繪留的話，加速滑了起來。他大致猜到搶走錢的單板滑雪客會從哪一條路徑逃走，只要走捷徑，完全有機會追上。

「根津先生。」千晶也追了上來，「不要走那裡，走這裡。」

根津聽到她的聲音後放慢了速度，看到她滑向完全不同的方向。

「那個斜坡下面是山崖。」根津大叫著。

「沒時間說這麼多了，跟我來。」千晶也大叫著回答。

根津跟了上去，但斜坡前方果然是山崖。他看著千晶，不知道她到底有什麼打算，只見她探頭向懸崖下方張望，好像在尋找什麼。

根津也滑到她身旁向下看，發現十公尺下方，有一個舊纜車站。那是目前已經廢棄的纜車站，三角形的屋頂上積滿了雪。

根津注視著千晶問：「妳該不會打算從那裡……？」

她嘴角露出笑容，下一剎那，跳向空中。她落在屋頂上後，立刻滑了下去，然後再度跳了起來，最後漂亮地著了地，做出勝利的姿勢，抬頭看著根津，向他招手，示意他也趕快跳下去。

「真受不了妳。」根津嘆了一口氣，跳了下去。

41

「不行啦，你等一下。」

電話中傳來藤崎繪留的尖叫聲，這句話當然不是對電話另一端的倉田所說的。

「怎麼了？發生什麼事了？」倉田問。

「根津他們去追歹徒……去抓把錢搶走的單板滑雪客了。」

「把錢搶走？」

「我按照歹徒的指示，把現金放在高招雪道的中途，把錢放進埋在雪地裡的背包中，就在剛才，不知道從哪裡冒出來的單板滑雪客把背包拿走了，八成打算經由禁滑區域下山。」

「妳說的是真的嗎？那個人真的是歹徒嗎？」

「應該是，因為如果不是歹徒，不會做這種事。」

倉田搞不清楚狀況，忍不住心浮氣躁。

「總之，妳馬上回來這裡。」

「好。」

倉田掛上電話的同時，就聽到喀噹的聲音。筧從椅子上站了起來。他丟掉拿在手上的紙，那張紙飄落在倉田的腳下。

「怎麼會有這種荒唐的事？這到底是怎麼回事？怎麼會這樣？」

倉田撿起那張紙，上面印了歹徒寄來的電子郵件。內容如下：

「致新月高原滑雪場的諸位工作人員：

你們不顧我方的提醒，這次又有人干擾。

交易取消，以後我方也不再聯絡。

我方將對你們不誠實的行為採取報復行動。

埋葬者」

幾分鐘前，收到了這封電子郵件。辰巳把這封電子郵件送了進來，於是倉田打了電話給藤崎繪留——

「又是那個巡邏員從中作梗吧？」中垣問倉田，「就是那個姓根津的傢伙，他是不是又節外生枝？」

「他當時的確在附近。」

中垣聽了倉田的回答，踹向桌腳說：「混帳東西！」

「你們到底在幹什麼？」筧勃然大怒，「我再三叮嚀你們要謹慎行事，為什麼會變成這樣？」

剛才始終不發一語的宮內走到筧面前說：

「很抱歉，也許是我的疏失。」

「你嗎？你做了什麼？」

「我暗示根津，希望可以掌握瞭解歹徒真實身分的線索，不，我當然沒有叫他妨礙交易，必須確保贖款順利交付，在這個基礎上掌握線索，而且我並沒有很強烈地要求，他可能擴大解釋我的意思。」

筧用力咂著嘴說：

「你為什麼節外生枝，巡邏員終究是外行人，又不是警察，一旦掌握了什麼線索，絕對會做出魯莽的行為。」

「很抱歉，因為我想稍微減少滑雪場的損失……」

「一、兩億的錢根本不是什麼大數目，既然答應要做交易，如果不把錢交到歹徒手上，不是失去了意義嗎？」

「社長說得對，我太輕率了。」宮內不停鞠躬。

「打擾一下，」倉田打斷了他們的對話，「藤崎說，歹徒把錢拿走了。」

寬和宮內同時看向倉田，兩個人都露出驚訝的表情。

「什麼?什麼意思？」寬問。

「她按照歹徒的指示，把錢放在雪道的中途，歹徒不知道從哪裡冒了出來，然後就把錢拿走了。錢絕對交到了歹徒手上，但為什麼歹徒又寄了這封電子郵件……」倉田再度看著電子郵件，歪著頭納悶，「我無法瞭解歹徒的意圖？」

「歹徒出現了?倉田，這是真的嗎？」宮內露出懷疑的眼神看著倉田。

「藤崎這麼說，她沒有理由說謊。」

「但是……」宮內的視線飄忽起來。

「不，那個人不是歹徒，」中垣說，「一定是毫無關係的遊客剛好經過，看到那個姓藤崎的女巡邏員在雪地上放了什麼東西，於是就基於好奇拿走了。」

「不可能，因為藤崎還在那裡。如果有人想偷走，一定會等他們離開後再下手。更何況我不認為會發生這樣的巧合。」

「但並沒有辦法證明，那個人就是歹徒。」中垣一口氣說道，汗水順著他的太陽穴流了下來。

「也許只是歹徒的手下，但既然把錢拿走了，就是歹徒的同夥。我搞不懂，為什麼總部長會這麼認為？為什麼會認為他不是歹徒？」

沒有人回答倉田的問題。筧一臉可怕的表情瞪著中垣，中垣微微搖著頭，似乎覺得難以理解，坐在中垣身旁的松宮也一臉不知所措地沉默不語。

「總之，」宮內說，「既然歹徒寄了這封電子郵件，就代表交易失敗了。雖然不知道誰把錢拿走了，但歹徒的確打算報復——社長，必須立刻採取緊急措施。」

「嗯，你說得對。」筧點了點頭，一雙小眼睛看向倉田說：「今天提前結束營業，夜場也不開放。你應該有辦法找個適當的理由吧？」

「但是社長——」

「時間緊迫，不知道歹徒接下來會出什麼招，趕快行動。」筧大聲吼著，指向出口。

倉田鞠了一躬，轉身離開了。馬上結束今天的營業是正確的決定，只不過他跑向管理辦公室時，內心浮現了黑色的疑雲。事情不單純。這起事件背後隱藏了自己不知道的隱情。

42

根津幾乎沒有放慢速度，在林立的樹木之間滑行。茂盛的樹枝掠過眼前，轉眼之間就消失在身後。只要稍不留神，就會用力撞到樹木。但是，他無法放慢速度，因為搶走現金的歹徒不可能在某個地方停留。而且根津和千晶目前在厚達兩公尺的積雪上滑行，一旦停下來，雙腳就會被埋進積雪中動彈不得。

後方的滑雪聲緊追在後。那是瀨利千晶。即使不需要回頭確認，也知道她和自己保持了一定的距離跟在後方。根津想起之前在樹林中追她時的情景，以她的技巧，保持這種速度跟在自己身後根本易如反掌。

終於穿越了樹林，前方出現了幾乎沒有滑行軌跡的雪白斜坡，但中央有一座巨大的鐵塔。這裡是箱型纜車下方的禁滑區域，離第二次交易時，繪留從纜車上把錢丟下來的地點很近。

「根津先生，那裡。」

身後傳來千晶的聲音，但其實根津也發現了。有人影在鐵塔旁，而且是兩個人。其中一人穿著灰色滑雪服，就是剛才拿走背包的單板滑雪客。另一個人穿著黑色滑雪服。從身材來看，應該是男人。黑色滑雪服正背著灰色滑雪服剛才拿走的背包。

那兩個人似乎察覺了根津和千晶，慌忙滑了起來。黑色滑雪服也用單板滑雪。不一會兒，兩個人分開了。灰色往左，黑色進入右側的樹林。

根津立刻想到一件事，穿越右側樹林，前方就是懸崖。

那傢伙又要從那裡跳過去——

「我追黑色的。」根津大聲叫著，改變了滑雪板的方向。他衝進樹林，去追黑色滑雪服。今天絕對不會再讓那傢伙跑了。

黑色滑雪服的技術令人瞠目。他壓低重心，只靠下半身應對斜坡斜率的變化，同時在瞬間切換方向，而且完全沒有減速。根津在追逐的同時，感到全身冒著冷汗。如果因為恐懼稍微放慢速度，馬上就會拉開距離，但也不能暴衝，否則會無法控制滑雪板。一旦失去專注力，就會馬上栽跟斗。

根津再度穿越了樹林，前方是白色斜坡，但斜坡後方只有一片天空。黑色滑雪服並沒有放慢速度，反而更壓低重心，似乎試圖減少空氣的阻力。

黑色滑雪服躍向空中，完全沒有絲毫的猶豫或躊躇。那是充滿自信的飛躍。

根津也在相同的軌道上滑行。懸崖越來越近，下方就是溪流。一旦摔下去，就不只是受傷而已。

要不要放棄？該怎麼辦？——根津遲疑了千分之幾秒後作出了決定。如果不跳過去，就失去了一路追來的意義。

他全神貫注，計算著跳躍的時機。這不是表演空中技巧，而是為了生存的跳躍。

身體躍向空中。可以感覺到穿越了空氣，聽覺麻痺了。根津凝視著落地點。那裡是白色斜坡，積著像柔軟棉花般的白雪。他一心想著要跳到那個位置。

下一剎那，他的身體落在比他所想的地點前方幾公尺的位置。雖然感受到強烈的衝擊，但比他想像中更輕。滑雪板在厚厚的積雪上滑行，兩側揚起了雪煙。

根津的視線看向前方。黑色滑雪服的身影就在眼前，他也揚起了白煙，但根津的速度比他更快。黑色滑雪服似乎聽到了動靜，轉頭看了過來。根津覺得他似乎有點驚慌失措。

可以追上他——根津確信。

就在這時，根津的滑雪板底部承受了強烈的衝擊。他心想不妙，但已經來不及了。他的身體飛向半空，天空和雪面顛倒了。

他背部著地，摔在雪面上，滾了幾圈後停了下來。他被埋在雪地中動彈不得，而且護目鏡上都是雪，完全看不清楚。

他扯下護目鏡和帽子，脫下了滑雪板。他不顧一切地爬了出來，打量四周。

黑色滑雪服也倒在十公尺外的雪地中。根津看向剛才滑過的軌跡，發現有一棵很大的樹倒在那裡，上面積滿了雪。剛才滑雪板似乎不小心擦到了那棵樹。

黑色滑雪服仍然在雪地中掙扎。他的滑雪板埋在雪地裡，整個人動彈不得。根津走向他，每走一步，腳就埋進雪中，很不好走，但總算走到了黑色滑雪服身旁。

「喂！」根津叫了一聲。

黑色滑雪服似乎決定聽天由命，倒在雪地中沒有動彈，不發一語地低著頭。因為面罩和護目鏡的關係，所以完全看不到他的臉。

「把面罩拿下來。」根津說，「還是要我幫你扯下來？」

黑色滑雪服嘆了一口氣，心灰意冷地拿下了面罩，然後又拿下護目鏡。

根津看到他的臉，忍不住瞪大了眼睛，「你為什麼……？」

「你好。」

桐林祐介無力地露出苦笑，抬頭看著根津。

43

灰色滑雪服的單板滑雪客在千晶前方二十公尺的地方全速滑行。這個人當然知道後方有人在追他，所以才會和黑色滑雪服分道揚鑣後，進入了相反方向的樹林。十之八九以為在茂密的樹林中，可以甩掉追趕的人。

參加障礙追逐賽時，四名選手必須在彎彎曲曲的雪道一爭高下，所以即使樹木之間的間隔再狹窄，對千晶來說，這種樹林滑雪道根本不是問題。她在轉眼之間就來到灰色滑雪服身後。

灰色滑雪服不知道打什麼主意，離開了樹林，鑽過繩子，在正規雪道上滑了起來。而且並沒有筆直滑下去，而是用滑雪板的鋼邊在雪地上劃出優美的弧度，從長彎到中彎，短彎之後再度長彎，簡直就像在享受滑雪的樂趣。

千晶搞不懂他在玩什麼把戲，放慢了速度，和他保持若即若離的距離持續滑行。

灰色滑雪服回頭瞥了一眼，似乎確認仍然有人在追逐。因為彼此之間有一段距離，再加上對方戴了面罩，所以看不清楚臉上的表情。

這時，灰色滑雪服突然加快了速度，但似乎並不是想趁千晶不備逃走，反而好像在示意千晶跟著他走。

到底要去哪裡？千晶嘀咕著，追了上去。

灰色滑雪服在雪道上移動，不時回頭看著千晶。不一會兒，千晶察覺了對方想去的地方。真的假的。千晶再度嘀咕著。

果然不出所料，灰色滑雪服打算前往雪地公園。那裡有連續高跳台、滑箱，最後是軌道。

也許是因為時間有點晚了，起點處並沒有人。灰色滑雪服似乎覺得來得早不如來得巧，沒有放慢速度，衝向第一個高跳台。在他衝出去的瞬間，千晶以為這個人打算表演直線跳躍，沒想到灰色滑雪服很快緩緩轉向側面，是一個利用長時間滯空的背轉180。

灰色滑雪服穩穩地落地，然後滑向第二個高跳台。雖然不知道對方在眼前的狀況下，是基於什麼原因這麼做，但還是並肩滑行，觀看這一連串表演。

第二個空中技巧是反腳站姿的背轉540，從衝出高跳台，到抓板和落地，一連串的動作都很流暢。

接著，灰色滑雪服挑戰了滑箱，壓低重心後壓板頭，接著又右手抓住了浮起的滑雪板，最後挑戰了背轉板頭滑行。

千晶站在終點等待。因為她確信灰色滑雪服並不打算逃走。

灰色滑雪服來到最後的軌道時，完成了壓板頭背轉180的動作。離開軌道落地後，又表演了幾個平地技巧，一屁股坐在雪地上。眼前這個人似乎累壞了，肩膀用力起伏。

千晶右腳離開滑雪板，滑向灰色滑雪服。

「我該為你鼓掌嗎？」

灰色滑雪服搖了搖頭說：

「我落地的動作沒做好，在滑箱上也沒有速度，老實說，簡直爛透了。」那是年輕男人的聲音。

「沒想到你竟然這麼謙虛，還是自我要求很高？算了，無論是哪一種情況都無所謂。你就是歹徒吧？」

「歹徒？我聽不懂妳在說什麼。」

「裝糊塗也沒用，我親眼看到你把背包拿走了。」

灰色滑雪服歪著頭說：

「我不記得有這種事。我手上並沒有背包，妳是不是認錯人了？因為我這身滑雪服很大眾。」

千晶看不到他的臉，所以更加火大。

「你再怎麼狡辯也沒有用，你的同夥現在應該已經被抓到了。」千晶從滑雪服口袋裡拿出手機，打給了根津。

「是我，妳那裡的情況怎麼樣？」

「抓到人了，但是這傢伙裝糊塗，說我認錯人了。」

「那妳告訴他，我已經抓到桐林了。」

「桐林？好，我知道了。」

千晶沒有掛上電話，就把根津的話轉述給灰色滑雪服。雖然仍然看不到他的表情，但他沉默不語的樣子感覺很沮喪。

「我勸你不要再負隅頑抗了。」千晶說。

灰色滑雪服男子終於拿下護目鏡，也拿下了面罩，露出一張還帶著稚氣的瘦臉。

「你叫什麼名字？」

「我姓增淵。」

「增淵？」千晶歪著頭說：「我好像聽過這個姓氏。」

年輕男人微微放鬆了嘴角說：

「應該是我爸，他叫增淵康英，是北月町的町長。」

44

根津聽了瀨利千晶告訴他的情況，更加陷入了混亂。灰色滑雪服男子竟然是町長的兒子增淵英也嗎？

「該怎麼辦？要報警嗎？」瀨利千晶在電話中催促，從她說話的語氣中，可以感受到她情緒很激動。

「等一下，你們先等在那裡。啊，但千萬別讓他逃走了。」

「沒問題，他看起來並不打算逃走。等你決定該怎麼做之後，再通知我一下。」

「我知道了。」根津掛上電話，看著自己面前的人。桐林已經脫下滑雪板，終於坐了起來。

根津嘆了一口氣問：

「共犯是增淵町長的兒子嗎？喂，小桐，這到底是怎麼回事？你們為什麼要做這種事？」

桐林抓著戴了針織帽的頭說：

「一言難盡，很難說清楚……」

「我知道，但你還是必須向我說明。為什麼要埋設炸彈？是為了錢嗎？你們想要錢嗎？」

「並不是這樣。」桐林搖了搖頭，「根津哥，你想錯了，並不是我們幹的。」

「哪裡錯了？」

「並不是我們埋設了炸彈，而是其他人。」

「什麼？你不要信口開河，難道你要說恐嚇信也不是你們寫的嗎？」

桐林痛苦地皺著眉頭說：「恐嚇信……是我寫的。」

「什麼意思？你把我當傻瓜嗎？」根津抓住了桐林的滑雪服，「你寫了恐嚇信，拿走了錢，卻聲稱自己不是歹徒，難道你以為會有人相信這種鬼話嗎？」

桐林再度用力搖著頭說：

「我們就是寫恐嚇信的歹徒，這件事我承認，但並不是只有我們而已。最後的交易和我們無關。」

「你少騙人了，錢不是在你手上嗎？」

「這麼做的目的是為了讓交易成立，否則炸彈就會爆炸……」

「你到底在說什麼？我聽說歹徒剛才又寄了電子郵件，說交易失敗，要採取報復行動。喂！這到底是怎麼回事？」

桐林瞪大眼睛問：「這是真的嗎？」

「當然是真的，那不是你們的同夥寫的嗎？」

「慘了，根津哥，要出大事了！」桐林臉色大變，逼近根津說：「北月滑雪區很危險，北月滑雪區會發生爆炸。」

45

千晶看到增淵英也站起來，不由得緊張起來。

「你要去哪裡？」

「去北月滑雪區，在這裡磨蹭，就沒有纜車可搭了。」

「北月？為什麼要去那裡？我和根津先生約好了，不能讓你逃走。」

千晶想要抓住英也的手臂，但他巧妙地閃開了。

「我只是想去確認北月滑雪區是否平安無事。妳相信我，我不會逃走。我已經告訴妳真實身分，即使逃也沒用。」

「……你說要去確認北月滑雪區是否平安無事，這到底是怎麼回事？那裡不是沒有炸彈嗎？」

「妳好像瞭解內情，那我就告訴妳。炸彈就埋在北月滑雪區，而且那些傢伙打算今天引爆。只不過錢被歹徒搶走了，他們應該失去了引爆的藉口。」

「等一下，你在說什麼？你說的那些傢伙又是誰？」

「對不起，現在沒時間向妳解釋。如果妳想知道詳細情況，就跟我一起來。以妳的技術，應該可以跟得上我，只不過我無法保證妳的安全。」

英也說完這句話，就滑了起來。他似乎滑向箱型纜車站。纜車的營業時間的確快結束了。

事到如今，我怎麼可能退縮——千晶在嘴裡嘀咕著，穿上了滑雪板。

46

「北月滑雪區？到底是怎麼回事？」根津大聲問道。

「炸彈設置在北月滑雪區，他們一開始就打算破壞那裡。」

「你在說什麼？歹徒之前回答，北月滑雪區是安全的。」

「事實並不是這樣。」桐林著急地跺著腳，「因為我們覺得，只要寫北月滑雪區是安全的，他們就無法在那裡引爆了。」

根津做出了投降的姿勢。

「我完全聽不懂你說的話。」

桐林低頭咬著嘴唇，似乎陷入了猶豫，但很快下定決心抬起頭說：

「根津哥，請你趕快打電話給倉田經理，然後請他向社長他們報告，已經抓到我了，這樣或許可以阻止爆炸。」

「社長？你在說什麼啊？」

「就是社長，不，不光是社長而已，還有兩位總部長和增淵町長都是同夥，他們都想毀掉北月滑雪區。」

根津聽了桐林聲嘶力竭的大喊，陷入了混亂。他還是聽不懂到底是怎麼回事。

「你不要激動好好說。你剛才的說法，簡直就像在說社長他們是歹徒。」

「就是這樣，他們就是歹徒。雖然我不知道是誰實際去埋設炸彈，但是社長下達指示，其他人都是同夥。」

「別說傻話了，社長為什麼要炸掉自己公司的滑雪場？」

「因為北月滑雪區是累贅。不解決北月滑雪區的問題，就找不到買家購買新月高原滑雪場，筧社長打算賣掉整個滑雪場。」

「怎麼可能……怎麼可能相信這種事？」

「這是真的，是英也……增淵英也告訴我的，他偷聽到町長他們的談話。」

「為什麼北月町的町長也會在炸掉北月滑雪區的事上參一腳？一旦北月滑雪區封閉，北月町會受到最大的影響。」

「增淵町長並不是北月町土生土長的人，目前住的房子也只是暫時落腳的地方。等到任期結束，他就打算離開，所以他想要在離開之前，利用這次的機會撈一票。」

「別開玩笑了，如果北月滑雪區真的發生爆炸，警察和消防的人不可能袖手旁觀，一定會調查是誰幹的。」

「問題是並不會發生這種情況。空無一人的雪山發生雪崩，沒有人會想到是因為爆炸引起的，會以為是自然的雪崩。即使真的有人懷疑，也不是問題，因為北月町的警察和消防的長官也都知道這次的計畫，在接獲新月高原滑雪場報告，目前封閉的區域發生了雪崩，沒有造成任何死傷之後，不會進行詳細的調查，就會讓這件事落幕，所有人都串通好了。」

「你說什麼……」

「根津哥，拜託你了，請你馬上打電話給倉田經理，請他拜託社長，不要引爆炸彈。」

根津努力整理頭緒。桐林剛才說明了情況，但還是有很多難以理解的事。恐嚇信是怎麼回事？交付贖款又有什麼目的？但是如果桐林沒有說謊，現在沒有時間拘泥於這些疑點。

「喂，小桐，既然恐嚇信是你寫的，你當然知道倉田經理的手機號碼。」

「我知道……」

「那你打電話給倉田經理，我現在沒時間做這種事。我要去北月滑雪區。」

「這……太危險了。你為什麼要去那裡？」

「因為入江父子在那裡，如果他們被捲入雪崩就慘了。」

桐林目瞪口呆，沒有說任何話，就拿出了自己的手機。

根津穿上了滑雪板。

「我晚一點再問你詳細情況，但你要把所有情況一五一十告訴倉田經理。」

「我知道。根津哥，這個給你。」桐林從滑雪服口袋裡拿出什麼東西，丟給了根津。

根津接了過來，發現是雪地摩托車的鑰匙。

「摩托車就停在下方的林道上，沿著北側的斜坡上去，是往北月滑雪區最短的捷徑。」

「好。」根津握著鑰匙滑了起來。

47

倉田命令索道部主任津野，所有纜車立刻停駛，今天的夜場也取消。津野雖然不瞭解詳細情況，但似乎知道發生了緊急狀況，一臉緊張的表情拿起了一旁的電話。

這時，藤崎繪留衝了進來。「倉田經理！」

「啊，妳辛苦了。目前仍然不知道根津他們去了哪裡嗎？」

藤崎繪留著急地搖著頭，把手機遞到他面前。那是倉田的手機，專門用來和歹徒聯絡。

「目前是通話狀態，請你趕快接電話。」

倉田看了看手機，又看著她的臉問：「要和誰通電話？」

她露出嚴肅的眼神說：「是歹徒。」

「歹徒？」倉田大吃一驚，「歹徒打電話來嗎？」

「他好像並不是單純的歹徒，好像有很複雜的隱情……我並沒有問詳細的情況，總之，請你和他談一談。至於對方是誰，你只要聽聲音就知道了，你也認識他。」

倉田搞不清楚狀況，接過了手機說：「喂？」

「倉田經理，」對方在短暫沉默之後開了口，那是男人的聲音，而且以前曾經聽過這個聲音。「是我，我是桐林。」

倉田倒吸了一口氣，看著藤崎繪留。她用力點了點頭。

「桐林……為什麼你……？」

「對不起，因為有很多複雜的情況。我會盡可能簡短說明情況，可以請你聽我說嗎？」

「我當然會聽你說，到底是怎麼回事？」

「……今年的滑雪季開始前一個月左右，我朋友英也告訴我一件難以置信的事。英也就是增淵英也，他是北月町町長的兒子。」

「我知道他……他對你說了什麼事？」

「他告訴我……」桐林開始說的內容的確難以置信。

幾分鐘後，倉田衝進了二樓的酒吧。寬和其他人仍然在那裡。

「社長。」倉田走了過去。

寬皺起了眉頭。

「有什麼事？滑雪場已經停止營業了嗎？」

「你做出這樣的指示太奇怪了吧，請先取消計畫。」

「計畫？你在說什麼？」

「請你不要裝糊塗，就是炸掉北月滑雪區的計畫，我都知道了。」

筧臉色大變，他的表情僵硬。

「你聽誰胡說八道？」他尖聲吼道。

「根津抓到的歹徒，他們承認了自己犯的罪，但同時也說出是誰埋設了炸彈。我已經知道你們所有的計畫，社長，請你不要再一意孤行。」

「你在說什麼？難道你相信那種傢伙說的話嗎？你這樣也算是我們公司的員工嗎？」

「你這樣也算是公司的社長嗎？」

「你說什麼？搞清楚自己的身分！」

「是你沒有搞清楚自己的身分。」

筧怒目而視，發出很大的聲音站了起來，打算就這樣走出酒吧。倉田追了上去，但有人抓住他的右手說：「別鬧了。」

「放開我。」

「不行，你就乖乖留在這裡。」

「你們做這種事，難道不感到羞恥嗎？」

「廢話少說，你根本不懂得公司的經營。」

「這算是哪門子的經營，根本是犯罪。放開我，放開我！」倉田甩開中垣的手，右拳不小心打在他的臉上。中垣整個人倒向後方。

松宮露出害怕的表情後退。

筧露出憎惡的眼神看著他。

「你以為你這麼做，公司會放過你嗎？」

「你們可以開除我，我走出這裡，就會去警察局，當然是去縣警總部。即使你們有辦法收買小城鎮的警察，但不可能收買縣警總部的部長。」

筧啞口無言。倉田大步走向他，從他上衣口袋裡拿出手機。

「請你下令取消引爆，八成是指示秘書小杉去做這件事。」

筧皺著眉頭，拿著自己的手機，不甘不願地按了按鍵，然後把手機放在耳邊，但很快搖頭說：「沒辦法，電話打不通。」

「小杉在哪裡？」

「在埋設炸彈的地方……北月滑雪區的上方，比纜車站更高的地方。」

「為了引爆，特地去那麼近的地方嗎？」

「可以遙控操作炸彈定時器的開關，但因為埋在雪地裡，無法接收到普通的電波，只能用微波傳輸訊號，而且必須在數十公尺以內才有辦法操作。」

倉田忍不住咂著嘴說：

「那就請你一直撥打到電話接通，無論如何都必須阻止他引爆，否則你們全都會去坐牢，搞不好會犯下殺人罪。因為目前有人在北月滑雪區。」

倉田看到筧驚訝地張大嘴，走向出口。

走出酒吧後，發現藤崎繪留站在走廊上等他。

「根津有沒有打電話給妳？」

「沒有。」她搖了搖頭。

「這樣啊。」

倉田沒有停下腳步，走下樓梯，去管理辦公室拿了防寒外套後，再度回到走廊上。

藤崎繪留跟在他身後問：「倉田經理，你要去哪裡？」

「我要去北月滑雪區，雖然我去了也解決不了問題。」

「我也要去。」

「不——」太危險了，妳不要去。倉田原本想這麼對她說，但最後把話吞了回去。因為看到她真摯的眼神，知道她不會輕易退縮。

「好。那就走吧。」倉田說完，小跑了起來。

48

下了纜車後，增淵英也走向和滑雪場相反的方向，他的腳步沒有絲毫的猶豫。

「連接通道不是封閉了嗎？」千晶走在他身後問。

「正式的路徑封閉了，但有一條穿越樹林的捷徑。別擔心，我是在地人，從小就在這裡玩，就連每一棵樹的位置都記得一清二楚。」

英也自信滿滿地說。千晶看著他的背影，想像著他對這個滑雪場感情如此深厚，如今卻可能遭到捨棄，內心一定很痛苦。同時也回想起剛才在纜車內聽到的驚人情況。

十一月的某一天，筧純一郎去了增淵康英家。英也那天剛好在家，偷聽到他們兩個人的談話。因為一個月後就是滑雪季，他很想知道北月滑雪區是否有辦法營業。

沒想到他們兩個人的談話完全出乎英也的意料。

新月高原飯店暨度假村的母公司廣世觀光打算出售滑雪場，而且和買家之間的談判已經進入最後階段。如果順利的話，今年冬天之後，就再也看不到新月高原飯店暨度假村這個名字了。

只不過有一個原因導致買賣雙方的談判陷入僵局。那就是北月滑雪區。入不敷出的累贅滑雪區不僅阻礙談判的進行，甚至可能會導致買賣破局。然而，廣世觀光當初買下滑雪場時的合約，明確記載了不能單獨割捨北月滑雪區進行買賣。雖然最正規的方法，就是先關閉北月滑雪區後再買賣，但礙於林野廳的規定，必須拆除纜車，同時必須植樹造林，將整座山恢復原狀，這當然必須耗費很大一筆費用。

於是，筧和其他人針對廣世觀光當初收購滑雪場時，簽定合約中的例外事項動起了歪腦筋。根據那條例外事項，在轉售時可以捨棄因為雪崩和地震等自然災害，導致出現重大損害的區域。也就是說，只要北月滑雪區發生大規模雪崩，就可以解決這個問題。

筧和其他人打算用炸藥造成雪崩。雖然只要專家介入調查，就會立刻發現其中有問題。只不過他們已經事先採取了措施，把警察和消防的高層都一起拉進這個計畫。對廣世觀光來說，考慮到把一個滑雪區完全恢復原狀的費用，買通町長和那些公務員的錢根本是九牛一毛。

在滑雪場開始營業後，持續關閉北月滑雪區，不讓任何人靠近。去年發生的死亡意外剛好成為絕佳的藉口，然後在積雪量達到顛峰時引爆，也就是引發雪崩——這就是筧等人的計畫。

英也找他的朋友桐林討論這件事。他們共同得出結論，無論如何都必須阻止這件事發生，但是到底該怎麼做？他們最先想到在網路上公布這件事，只不過很可能被人認為是惡作劇。是否可以向媒體爆料？但是如果自己不暴露真實身分，媒體也不會相信，而且英也希望在警方介入調查之前，就可以阻止這件事，因為他不希望自己的父親變成罪犯。

他們也曾經想過拆除埋設的炸彈，但如果不知道埋設的地點，根本無計可施，也不可能整天都監視。

他們絞盡腦汁，最後想到了反向利用炸彈，恐嚇滑雪場的方法。筧等人不可能報警，因為一旦報警，就必須關閉滑雪場，而且必須接受警方正式展開調查。更何況發生這麼重大的事件，北月町的警察分局沒有能力處理，會由縣警總部接手。如此一來，筧等人就無法靠賄賂把這件事壓下來。

他們猜想筧等人會在搞不清楚和自己的計畫是否有關係的情況下，聽從恐嚇信中的指示。一旦真的出現這樣的結果，就等於掌握了主動權。

英也和桐林雖然在恐嚇信中索取現金，但其實另有目的。他們的真正目的是希望北月滑雪區開放。目前只有活力雪道和金色雪道可以成為障礙追逐賽的會場，但只要歹徒方面沒有說這兩個雪道安全，滑雪場方面就只能將賽道設置在北月滑雪區。一旦在北月滑雪區內設置賽道，在比賽結束之後，就沒有理由繼續關閉。營業中的滑雪場發生雪崩，即使發生在深夜或是黎明，沒有任何人受害，警方和消防人員都會展開大規模調查，搞不好國土交通省也會介入調查，所以筧等人就不得不放棄執行爆破計畫。

英也和桐林建立了以上的方案後，開始進行周到的準備工作。桐林以巡邏員的身分，進入滑雪場內當臥底也是準備工作之一，同時必須在正式下雪之前，將模擬引爆裝置的道具藏在滑雪場內。

千晶聽了增淵英也說明的情況，感到頭暈目眩。她不是很瞭解公司內部的事，但知道各地滑雪場的經營都陷入困境，她猜想新月高原也一樣。只是做夢都沒有想到，背地裡竟然有這種事。她得知滑雪場的經營者褻瀆了滑雪這項運動，內心深受打擊。

同時她也恍然大悟。難怪國際性的障礙追逐賽在即，滑雪場方面遲遲沒有設置賽道。社長應該嚴厲叮嚀負責人，無論如何都不能開放北月滑雪區。

她也有難以理解的事，那就是歹徒三次要求現金這件事。第二次時，英也他們在電子郵件中說，北月滑雪區很安全。既然目的是為了讓北月滑雪區開放，不是應該到此為止嗎？

英也回答說，第三次恐嚇並不是他們做的。「那是社長他們幹的，他們應該發現了我們的目的，所以將計就計，自己偽裝成歹徒。」

千晶歪著頭，搞不清楚社長等人這麼做的目的。

「我猜想社長他們的計畫應該是這樣。他們第三次要求現金，但是這次不會順利交付，推說是有人妨礙或是找其他的理由取消。在取消兩次之後，就說交易失敗，要採取報復行動，然後引爆炸彈。但是滑雪場方面既然沒有向警方報案說遭到恐嚇，當然也不能對外公布發生爆炸的事，最後只會說是發生了原因不明的雪崩。倉田經理和根津先生他們內心也有愧疚，只能聽從社長的命令，他們就能夠按照原來的計畫進行。」

千晶忍不住發出低吟。雖然難以相信，但都合情合理，也可以解釋之前感到不解的事。比方說，根津曾經透露，有一個姓宮內的主管暗示他要揪住歹徒的尾巴。對社長他們來說，根津完全沒有採取任何行動，他們反而很傷腦筋，所以宮內才會唆使根津這麼做。而且上次交付贖款時，歹徒也很快就通知取消交易。原因很簡單，因為他們一開始就打算取消交易。

英也說，他們提出「在背上背包的狀態下，能夠在斜率四十度的雪道上滑雪者擔任送款人」的條件，也是猜到如此一來，就一定會找藤崎繪留擔任送款人。否則由根津擔任送款人，就沒有人會在交付贖款時節外生枝。今天也是基於相同的理由，要求「送款人和上次相同」。

英也說，一切都是機關算盡。

英也和桐林打算如何對抗筧等人的盤算？

「很簡單啊，我們再次冒充歹徒。」

筧等人需要和歹徒之間的交易失敗這個事實，作為引爆的藉口，所以英也他們決定讓交易看起來順利完成。他們猜想筧等人只是隨便向藤崎繪留下達指示，然後就突然宣布取消交易。於是他們就搶先向藤崎繪留下達指示，當著藤崎繪留和根津等人的面把錢取走。筧接到這樣的報告之後，就沒有藉口引爆北月滑雪場的炸彈。

他們的計畫很完美，但是千晶不得不告訴他，他們的計畫並沒有成功。因為「另外的歹徒」已經寄了電子郵件給滑雪場，表示「取消交易，要採取報復行動」。

英也聽了千晶說的話，在纜車中抱著頭。

「怎麼辦？即使這樣，你仍然要去北月滑雪區察看嗎？」

「當然啊。」英也毫不猶豫地回答，「我要親眼看著他們幹的好事。」

49

雪地摩托車發出震耳欲聾的聲音，簡直就像水上摩托艇在白色海上的疾馳，如果不維持速度，雪地摩托車的車身就會陷入積雪中。根津拚命踩著油門，雪地摩托車有後視鏡，他不時瞥向後視鏡，但後方揚起的雪煙讓他幾乎什麼都看不到。

從出發到現在不知道過了幾分鐘，終於抵達了北月滑雪區的半山腰。根津在打量周圍的同時下山。不一會兒，看到好幾條滑行的軌跡，看起來都是剛留下不久的軌跡。將近三十分鐘前，接到入江義之的電話，說他在北月滑雪區，並且說稍微休息後就會下山。如果這些軌跡是他們父子留下的，代表他們已經下山了。

根津稍微鬆了一口氣，沿著斜坡繼續下山，看到了前方的纜車站，和目前已經沒有使用的滑雪飯店，旁邊停了一輛雪地摩托車，而且摩托車旁站了一個人。根津驚訝地騎了過去，對方似乎也發現了，轉頭看了過來。那個人竟然是根津很熟悉的人——上山祿郎。

「咦？根津，你怎麼會在這裡？」上山問。

「我才要問你這個問題，你在這裡幹什麼？」

「沒什麼特別的理由，今天不是說好要帶入江父子來這裡嗎？雖然後來取消了，但我很好奇北月這裡的情況怎麼樣，所以就來察看一下，結果看到入江父子在這裡，嚇了一大跳。」

「入江父子？你遇見他們了嗎？」

「對啊，聽入江先生說，他們打算從山頂繞過來，結果迷了路，在山裡走了很久。」

「他們現在呢？已經回去了嗎？」

「沒有，他們在山上。」

「在山上？」根津的心臟劇烈跳動，「為什麼？為什麼還在山上？他們不是滑下來了嗎？」

「剛才曾經滑下來，我就是在這裡遇到他們，但達樹看起來很開心，說還想繼續滑，所以我就說，可以載他們上去。」

「你載他們上去了嗎？」

「對啊，我先載入江先生上去，然後又載了達樹……」上山一臉困惑地回答，似乎在問，這樣有什麼問題嗎？

你這個笨蛋。根津忍住沒有罵出來，騎著雪地摩托車出發了。因為他知道不能責怪毫不知情的上山。

他掉頭之後，快速衝上斜坡。不知道距離爆炸還有多少時間，但他無法退縮。前方是一片無人的白色斜坡，但是突然出現一道雪煙，以驚人的速度滑下斜坡。根津瞪眼凝視。他以為是入江義之。可惜並不是，那個人比入江更高大。

根津產生了直覺，同時改變了雪地摩托車的方向，擋在那個雙板滑雪客下山路徑的前方。

滑雪客在幾公尺外停了下來，不發一語，似乎在觀察他。

「你打開了開關嗎？」根津問。

「我不知道你在說什麼。」滑雪客回答，根津聽了他的聲音發現，自己曾經見過對方好幾次，他是筧的秘書小杉。

「你別裝蒜，我全都知道了。」

小杉似乎知道瞞不過去了，聳了聳肩。

「回答我！距離爆炸還有幾分鐘？」

「時間不多了，你最好也趕快離開這裡——」

「我問你還有幾分鐘？」根津大吼道，「趕快回答我。」

小杉看著手錶回答說：「差不多十分鐘左右。」

根津騎著雪地摩托車衝了出去。現在無暇在這裡和小杉浪費時間。

雪地摩托車衝上未經整地的陡坡，車身用力彈起，根津的身體也每次都跳了起來。他忍不住發出呻吟，但仍然沒有放鬆油門。

他眼角掃到了動靜，立刻放慢了速度，轉頭看過去。斜坡中途有黑色的影子，明顯是人的影子，而且不是一個人而已。

他騎了過去，發現是兩個人。其中一人坐在雪地上，另一個人站在旁邊，可惜並不是入江父子。站著的人穿著白色滑雪服，坐著的人穿著棕色滑雪服。根津以前看過這兩套滑雪服。

「日吉先生……」根津叫了一聲。坐在地上的是日吉浩三。

「啊，根津先生，真是太好了。」日吉對他說。

「怎麼了？」

「你離開之後，我們還是很想來這個雪道滑看看，好不容易來到這裡，沒想到剛開始滑，膝蓋就受傷了，所以沿途滑滑停停，終於來到這裡。」

「誰教你沒有好好做暖身運動。」日吉友惠無奈地說，但根津現在沒時間和他們討論這些事。

「請你坐上來，趕快。日吉太太，妳先滑下去，中途絕對不要停下來。很快就會發生雪崩。」

兩位老人驚訝地瞪大眼睛。

「雪崩？為什麼會……」日吉嘀咕著。

「等一下再向你們解釋。」根津大叫起來，「趕快，請趕快坐上來。」

日吉可能終於察覺事態不妙，準備站起來，但可能膝蓋很痛，忍不住皺起眉頭。根津跳下雪地摩托車，協助他上了車，但友惠仍然一臉擔心地站在旁邊。

「妳在幹什麼？趕快滑下去！」根津大聲說道，現在沒時間注意自己的用字遣詞。

友惠慌忙滑了起來。她的自由腳跟滑雪技術很穩定，一定能夠順利滑下山。

根津騎上雪地摩托車說：「請抓緊了。」話音剛落，馬上騎了出去，把油門踩到底。日吉在後方發出叫聲，但根津聽不到他在叫什麼。

騎了一會兒，看到人影出現在前方。是穿著藍色滑雪服的男性雙板滑雪客——一定是入江義之，身旁還有看起來像是達樹的身影。

「入江先生。」根津叫著他的名字騎了過去，入江停了下來，把護目鏡推向額頭。他的臉上帶著笑容。

「你好，讓你擔心了。」

根津聽了他慢條斯理的語氣，忍不住著急起來。

「請你們趕快下山，這裡即將發生雪崩。」

「啊？」入江看向後方的山。

「即將發生爆炸，沒時間了，趕快下山。」

入江雖然搞不清楚狀況，但還是點了點頭，看向身後的達樹問：

「達樹，你可以滑下去吧？要跟著我！」

達樹用力點頭。義之見狀，滑了起來，達樹也跟在父親的身後。

根津也再度騎著雪地摩托車出發。這下子就沒問題了。

「轟！」正當他鬆了一口氣時，聽到了山搖地動的聲音。接著又連續傳來「轟！轟！」兩次巨響。巨大的震動發出沉悶的聲音，震動不僅傳入耳朵，連內臟也跟著震動起來。

根津看向後視鏡，但他的雙眼看到的不是雪崩，而是達樹跌倒了。他慌忙停下來，轉頭看向後方。達樹一屁股坐在雪地上，可能被剛才的巨大聲音嚇到了。雖然沒有受傷，但他的滑雪板脫落，滾到了下方。

根津正打算騎回去，但在下一剎那，一道雪牆隨著巨大的聲響從遠方撲了過來。雪崩的速度可能達到時速一百公里——根津的腦海中想起接受巡邏員訓練時聽到的這件事。

50

倉田和藤崎繪留把車停在北月滑雪區的停車場時，聽到了那個聲音。連腹部都跟著震動的重低音持續響了三次。

倉田和藤崎繪留互看了一眼。一定是歹徒引爆了炸彈。

「我們去看看。」

兩個人一起走向滑雪場，看到上山祿郎站在纜車站附近，而且日吉友惠竟然站在不遠處。你們在這裡幹什麼？倉田正想問他們，斜坡上方傳來地鳴聲。倉田說不出話，抬頭看向上方。

地鳴聲持續了十幾秒。顯然發生了大規模雪崩，但重點是其他人安全與否。倉田走向上山身旁的雪地摩托車說：「借我一下。」不等上山回答，他就騎上了摩托車。

「我也去。」藤崎繪留坐在後車座。

倉田發動了引擎，把雪地摩托車騎上斜坡。

才騎了一會兒，就有一輛雪地摩托車迎面騎了過來，有幾個人跟在摩托車後滑了下來。有單板滑雪客，也有雙板滑雪客。

倉田把雪地摩托車停了下來。

根津騎的雪地摩托車最先來到他面前後停下來，日吉浩三坐在後車座。

雙板滑雪客是入江義之，還有兩名單板滑雪客。個子嬌小的是女人，穿著灰色滑雪服的是增淵英也。他背著入江達樹。增淵英也把達樹放在雪地上後，達樹發出小孩子的聲音說：「啊啊，剛才嚇死我了。」

倉田看著根津問：「所有人都平安無事嗎？」

「虛驚了一場，」根津點頭笑著說：「因為在雪崩逼近時，達樹跌倒了。」

「幸好化險為夷。」

「是啊，」根津指著增淵英也說，「因為他不知道從哪裡冒了出來，抱起了達樹，然後就一路滑了下來。雪崩在半山腰的斜坡停止了。」

「原來是這樣，那還真是千鈞一髮。」

入江義之推著達樹，走到增淵英也面前說：

「謝謝你，你是我們的救命恩人。」

站在義之身旁的達樹也鞠躬道謝。

沒想到增淵英也突然用力搖著頭。他皺著一張臉，跪在雪地上，然後跪在他們父子面前說：

「不是，我不是你們的救命恩人，我是兇手，是我害死了達樹的媽媽。」

51

打開會議室的門，所有人的視線都集中在倉田身上。根津、藤崎繪留、瀨利千晶、桐林、增淵英也還有入江義之八個人都在會議室內，達樹回房間休息了。

「已經說明完了嗎？」倉田問根津。

「大致都聽說了，」根津看向桐林和增淵英也，「我也能夠理解他們的心情，社長他們的計畫太可怕了。」

桐林和英也向和這起事件有關的所有人說明事情的真相。日吉夫婦和入江也在場，因為必須向他們說明為什麼會發生那場不自然的雪崩。

「話說回來，我完全被你騙了。」根津對桐林說，「你可以跳得那麼遠，之前還說你不擅長單板滑雪。」

「對不起。」桐林把身體縮成一團。

「我和繪留在休息室聊事件的情況時，你不是站在門外聽到了嗎？當初是因為這個原因，只好讓你加入我們，那也是事先計畫好的嗎？」

「不，那反而是失算。原本希望假裝不知情和你們分頭行動，但也因此能在第一次交付贖款時，以巡邏員的身分最後搭纜車，所以沒讓其他人看到英也把錢拿走。」

「這樣啊，那天的確是你最後搭纜車。」根津皺著眉頭，「在歹徒提出第三次交易時，你說不能答應，那是因為你已經猜到是社長他們在搞鬼嗎？」

「沒錯，只不過當時還不知道他們的目的，在他們很快就取消交易時，我想到了一個可能性，然後聽你說，宮內部長希望你揪住歹徒的尾巴時，我就更加確信，他們打算讓交易失敗，然後在北月滑雪區引爆。」

「如果你早一點告訴我……不，這是強人所難。」根津抓了抓頭。

「社長他們怎麼說？」藤崎繪留問倉田。

倉田嘆了一口氣，在椅子上坐了下來。他剛才去酒吧和筧等人談了這件事。

「他和我談條件。」

「談條件？」根津露出意外的表情問，「什麼條件？」

「說白了，就是要求保守秘密。只要不把事情說出去，在轉賣滑雪場之後，仍然能夠保住各自的工作，同時也不追究桐林他們恐嚇的事。」

「他們在說什麼？如果把恐嚇的事報警，他們自己也下不了台。」根津咬牙切齒地說。

「但是，一旦報警，這個滑雪場就完蛋了。」藤崎繪留說，「發生過爆炸事件的滑雪場……大家都會避之唯恐不及。」

「雖然是這樣……」根津的嘟囔聲聽起來格外大聲。

這時，傳來敲門聲。「請進。」倉田應了一聲，門打開了，辰巳探頭進來，遞給他一張紙說：「這是報告。」倉田瞥了一眼，上面寫著令人驚訝的事實。

「我請辰巳去調查了北月滑雪區的災情，」倉田對其他人說，「根據他巡視的結果，只有纜車站有一部分破損，幾乎沒有重大的災情，纜車也幾乎沒問題。」

「喔！」其他人不約而同地叫了起來。

「所以他們在出售滑雪場時無法捨棄北月滑雪區。」根津拍著手說：「王八蛋社長，活該！」

「只不過這樣一來，以後還要和那些人繼續打交道。」

根津聽了藤崎繪留的話，皺起眉頭發出呻吟。其他人也都陷入了沉默。

「我可以說幾句話嗎？」日吉浩三舉起了手，「只要連同北月滑雪區一起出售，就皆大歡喜了，對嗎？」

「是啊，但是社長他們說，沒辦法——」

日吉揮了揮手，打斷了倉田的話。

「星雲興產想要買這個滑雪場，只要說服那家公司就解決了。」

「說服？要怎麼說服？而且你為什麼知道誰要買這個滑雪場？」

「這就叫薑還是老的辣。」

日吉說完這句話，坐在他身旁的友惠拉著他的袖子說：

「你不要再賣關子了，既然要說，就趕快實話實說。」

「哈哈哈，也對。」日吉清了清嗓子後說：「我在星雲興產擔任會長。」

一陣奇妙的沉默後，所有人都看著他，沒有人說話。

「但是，你的名片上……」

「倉田經理，間諜怎麼可能在名片上寫自己的真實身分？」

「間諜？」

「對，我就是間諜，」日吉環顧所有人後說，「星雲興產內部，也對於是否要購買這個滑雪場意見分歧，北月滑雪區成為最大的問題，大家都希望能夠剔除，於是我就決定和太太兩個人親自來這裡看看。沒想到來了之後，發現北月滑雪區仍然封閉，如此一來，沒辦法確認到底是怎樣的雪道。我正在為這件事感到焦急，沒想到就遇到了這次的事件。」

「原來是這樣。」

倉田想起第一次遇到這對夫妻時的情況，他們的確一開始就很關心北月滑雪區。

「今天終於去了北月滑雪區，那裡的確有問題。考慮到收支的問題，的確很想捨棄，但是我認為經營滑雪場不光是盈利而已，北月滑雪區很出色，如果捨棄真的太可惜，而且，」日吉看向根津，「今天我雖然違規闖入了禁滑區域，但你救了我一命，我必須回報。」

「所以真的……」

「對。」日吉對倉田點了點頭，他臉上的表情很平靜，但眼神很堅定。

「我回公司之後，就會立刻下達指示，連同北月滑雪區一起買下來。怎麼樣？這樣是不是解決了所有的問題？但是我有一件事要拜託各位，這次的事，請各位放在心裡。如同剛才有人所說，一旦變成曾經發生過爆炸事件的滑雪場，星雲興產就無法再買下這個滑雪場。」

所有人都像撥雲見日般露出了開朗的表情，但是沒有人說話。倉田認為是大家都不知道該如何形容這份喜悅，因為他自己就是如此。

這時，有人猛然站了起來。是增淵英也。

「謝謝，如果能夠這麼做，北月町就得救了。」

「你很愛北月町。」

日吉瞇起眼睛說，英也一臉痛苦的表情搖了搖頭。

「不是，如果不是因為我引發了那起意外，北月滑雪區的名聲就不會一落千丈，他們也找不到藉口關閉那裡。至少在意外發生之後，如果我沒有逃走……」

說完，他看向入江義之，跪在地上。

入江皺起眉頭，把頭轉到一旁說：「別這樣，不用再下跪了。」

「啊……對不起。」英也沒有站起來，繼續說道，「會長剛才提出了那樣的要求，所以我們不會把這次的事告訴警察，但我打算向警方自首去年的事。真的很對不起，當時完全沒有想到會演變成那麼重大的意外……事後得知你太太去世時，我嚇壞了，沒有勇氣主動到案說明……雖然原本我一廂情願地認為，如果這次可以保護北月町，就是將功贖罪，但是一碼歸一碼。我會去自首，無論花幾年的時間，我都會為自己的行為贖罪。雖然這對達樹重新站起來可能沒什麼幫助。」

桐林也在他身旁一起跪了下來，不發一語地低下頭。他應該也會主動去警局說明。在場的所有人都已經在北月滑雪區聽說，他們就是那兩個撞到入江義之太太的單板滑雪客。他們沒有察覺滑雪板的鋼邊割到了她頸動脈就逃走了。

「這……的確應該這麼做。」入江小聲地說：「你們應該去警局，不必擔心達樹，我會照顧他，話說回來……很高興你們說出了這件事，我也終於可以好好睡覺了。」

增淵英也扭曲著臉，癱坐在地上。他的後背顫抖著。桐林的淚水也順著臉頰滑了下來。倉田聽著他們的嗚咽，內心也感慨不已。

52

「我們終於迎接了這一天的到來，來自世界各地的頂級選手，將表演各位以前從來沒有看過的絕技，飆速搏命競賽表演，總之，敬請各位期待即將展開的熱戰。你死我活的障礙追逐賽開始了！」

根津聽著主持人有點激動過度的聲音，走進了設置在賽道上方的區域。非職業選手都在這裡等待出場比賽。

要在將近一百名選手中找人並不是一件容易的事，而且這些選手都已經戴上了頭盔，根津只能根據背號找人。

這時，不知道哪裡傳來一個熟悉的聲音叫著：「我在這裡！」他急忙打量周圍，發現一個身穿粉紅色滑雪服，戴著粉紅色頭盔的選手輕輕向他揮手。他走過去，向護目鏡內張望，發現正是瀨利千晶。

「妳這身衣服還真花稍。」

「因為今天即使被巡邏員發現也不怕。」

「妳的表兄弟呢？他們不來為妳加油嗎？」

「他們回東京了，因為錢花完了，而且快人又被甩了。」

「被甩了？這樣啊。」

「不必理會那個軟弱的傢伙。」千晶說完，笑了起來，「根津先生，你也應該參加比賽啊。」

「我明年來參加，到時候會借妳拿一下我的獎盃。」

「不要搶我的台詞，等一下我會拿獎盃去巡邏隊休息室，到時候你要請客。」

根津苦笑著說：「加油囉。」轉身離開了。

障礙追逐賽如期舉行，而且按照原訂計畫，將賽道設置在活力雪道。聽說倉田和辰巳連續熬夜趕工，根津在某天早晨看到突然出現的賽道時，忍不住發出了感嘆的聲音。那些經常參加國際大賽的選手應該也會感到滿意。

根津穿上滑雪板，沿著賽道旁緩緩下山。許多觀眾都在賽道旁觀看比賽，他忍不住從經營者的角度思考，真希望平時也都這麼熱鬧。

雖然目前還沒有正式決定，但聽說連同北月滑雪區在內，整個滑雪場出售一事即將簽約。星雲興產表示願意繼續僱用目前所有的工作人員。

筧和兩名總部長已經調回廣世觀光，雖然已經派人接任，但只是形式而已，目前倉田是滑雪場的最高負責人。

根津看到了倉田的身影，他和藤崎繪留一起看比賽。

根津從他們後方靠近，原本打算叫他們，但最後打消了這個念頭。因為他看到繪留的手挽著倉田的手臂。

根津趁他們沒有發現，悄悄滑了起來。

比賽開始了，觀眾大聲為選手聲援。選手像風一樣從賽道上方呼嘯而過。

國家圖書館出版品預行編目資料

白雪之劫 / 東野圭吾著；王蘊潔譯. -- 初版. -- 臺北市：皇冠，2022.12
面；公分. --（皇冠叢書；第 5060 種）（東野圭吾作品集；42）
譯自：白銀ジャック

ISBN 978-957-33-3959-5（平裝）

861.57 111018372

皇冠叢書第 5060 種
東野圭吾作品集 42

白雪之劫

白銀ジャック

作　　者—東野圭吾
譯　　者—王蘊潔
發 行 人—平　雲
出版發行—皇冠文化出版有限公司
台北市敦化北路 120 巷 50 號
電話◎ 02-27168888
郵撥帳號◎ 15261516 號
皇冠出版社（香港）有限公司
香港銅鑼灣道 180 號百樂商業中心
19 字樓 1903 室
電話◎ 2529-1778　傳真◎ 2527-0904
總 編 輯—許婷婷
責任編輯—蔡維鋼
行銷企劃—蕭采芹
美術設計—鄭婷之、李偉涵
著作完成日期— 2010 年
初版一刷日期— 2022 年 12 月

法律顧問—王惠光律師

讀者服務傳真專線◎ 02-27150507
電腦編號◎ 527043
ISBN ◎ 978-957-33-3959-5
Printed in Taiwan
本書定價◎新台幣450元/港幣150元